# La meute de Chânais

Tome 1 :

## Aymeric – la malédiction



YSALINE FEARFAOL

ISBN: 1500852546
ISBN-13: 9781500852542

A mon patient et aimant mari

**Du même auteur :**

La meute de Chânais :

*Tome 1 : Aymeric – la malédiction*

*Tome 2 : Aloys – le sacrifice*

*Tome 3 : Faolan - la vengeance (à paraître)*

Les Plumes d'Ysaline :

*Recueil 1 : Plume d'amour*

*Recueil 2 : Plume de vie (à paraître)*

Retrouvez mon univers sur mes blogs,
http://fearfaolysaline.canalblog.com/

http://encoursdelecture.canalblog.com/

Ou sur Facebook :

www.facebook.com/LesChroniquesdYsalineFearfaol.

www.facebook.com/LesPlumesdYsaline

# *REMERCIEMENTS*

Cette deuxième édition a vu le jour grâce à l'extrême gentillesse de Sophie Jomain, auteur de talent qui m'a fait l'immense joie de s'intéresser à mon univers et m'a donné de précieux conseils pour améliorer mes écrits. Merci à elle de m'avoir aiguillée vers Maxime Gillio, correcteur aussi taquin qu'impitoyable (une histoire de main et de cheveux…), et vers Fleurine Rétoré, illustratrice de génie.

Un très grand merci à mes bêtas lectrices, Aurore et Magali – qui m'ont permis de les transformer en bibliothécaires dans cette série-, toujours aussi sagaces et exigeantes dans leurs relectures.

Enfin à tout seigneur tout honneur, tout mon amour à mon mari, qui a toujours cru en moi et m'a inlassablement poussée à publier mes écrits. Je t'aime.

Et surtout merci à vous, mes lecteurs, pour votre fidélité, votre gentillesse et votre intérêt pour mes romans.

# *Introduction*

Je n'appartiens pas à votre espèce. Vous ne me voyez pas, ne m'entendez pas, et pourtant, je suis là, tout près de vous.

Mon rôle est de relater la vie d'une lignée, de sa création à sa disparition. Je nais et meurs avec elle. Je n'interviens pas, je ne donne pas d'opinions, je ne fais que transcrire des faits.

J'ai eu la chance inouïe de naître avec la famille de Chânais, et j'ai été le témoin privilégié de leur histoire tumultueuse et des passions violentes dont elle a été et est encore le théâtre. De façon tout à fait exceptionnelle, et compte tenu du caractère extraordinaire du destin de cette lignée, j'ai été autorisée à en publier le récit. Bien sûr, vous n'en croirez pas un mot, et vous lirez mes livres comme un roman. Pourtant, ils sont vrais, de la première à la dernière ligne.

Mon nom étant imprononçable dans votre langue, j'en ai choisi un venu de votre monde. Je ne l'ai pas choisi au hasard ; il devait refléter l'histoire que j'écris encore à ce jour.

Je m'appelle Ysaline Fearfaol, et je suis la Chroniqueuse des de Chânais. C'est sur un parchemin couleur de nuit que je vais vous conter l'histoire d'Aymeric, le membre le plus sombre et le plus violent de la lignée, torturé par un terrible secret qui menace de le détruire…

# *Chapitre 1*

La nuit était silencieuse. Trop silencieuse. Le vent tournoyait paresseusement autour des tourelles du château, s'engouffrait entre les cheminées, puis se heurta à une fenêtre fermée, celle d'un grand bureau, insista un instant, en vain, renonça et s'en alla, préférant jouer avec les feuilles mortes.

Il ne vit pas l'étrange lueur semblant soudain sortir du mur de pierre, et éclairant la pièce. Elle provenait d'un espace entre les moellons. Un en particulier bougea, et glissa silencieusement sur le sol, révélant une cache à l'intérieur de laquelle se trouvait un parchemin roulé et scellé d'un sceau. Mû par une force invisible, le parchemin s'envola et se posa doucement sur le sous-main de cuir qui garnissait l'élégant et sobre bureau. Il brilla encore un instant, plus fort, puis s'éteignit.

Le vent, capricieux, revint et eut le temps de capturer quelques étincelles magiques qui s'étaient faufilées par un interstice entre les pierres, et les emmena dans son errance au-dessus des arbres. Il ramena en retour le chant d'un loup solitaire, rejoint peu à peu par d'autres hurlements. Puis de furtives silhouettes se rejoignirent au centre d'une clairière afin de lancer vers la lune un concert qui, de tout temps, avait fait frémir le cœur des hommes.

Au même moment, à une dizaine de kilomètres de là, une jeune femme brune se dressa en sursaut sur son lit, le cœur battant. Elle venait de faire un rêve étrange, et qui lui avait semblé si réel qu'un instant, avant de réaliser qu'elle se trouvait chez elle, dans sa chambre, et que tout ceci n'était qu'un songe, elle se demanda où étaient passés les arbres, la clairière et les loups.

Cette nuit-là elle ne se rendormit pas. Car chaque fois qu'elle baissait les cils, un immense loup noir aux insolites yeux gris se dessinait sous ses paupières closes. Il la regardait fixement…

# *Chapitre 2*

Allongé nu sur son lit, Aloys de Chânais lisait un roman fantastique lorsque la sonnerie de son portable l'arracha à sa lecture. Il commença par jeter un regard torve à l'appareil, puis il tendit fébrilement la main pour le saisir lorsqu'il reconnut le numéro qui s'affichait.

— C'est encore pour Aymeric ?

— Bien vu, lui répondit une voix familière à l'autre bout du fil.

Le jeune homme roula sur le dos en réprimant un gémissement excédé.

— Qu'est-ce qu'il a fait, cette fois ?

— À part se soûler la gueule, casser le bar et tabasser une dizaine de clients ? Oh, trois fois rien, vraiment. Il…

— Non ! Pas tout de suite, laisse-moi au moins le temps d'arriver, d'accord ?

— Bien sûr.

Aloys s'affala sur les oreillers, bras et jambes écartés. Il avait besoin de quelques instants pour se reprendre et ordonner ses pensées. Il offrait un spectacle magnifique ainsi allongé, avec ses cheveux dorés qui balayaient ses épaules, ses yeux d'émeraude, ses longues cuisses musclées, son torse puissant aux pectoraux parfaitement dessinés et son imposante virilité, qui même au repos atteignait une taille des plus respectables. Un profond soupir s'échappa de sa poitrine avant qu'il ne se lève d'un bond pour saisir un jean et y emprisonner ses fesses fermes. Il attrapa le premier tee-shirt qui lui tomba sous la main et l'enfila avant de passer ses bottes de motard et de quitter discrètement le manoir. Si jamais Duncan apprenait qu'Aymeric avait encore fait des siennes ce mois-ci, il ne donnait pas cher de la peau de son cousin…

Il ne fallut que peu de temps au jeune homme pour atteindre la ville voisine. Non pas qu'elle fût particulièrement proche, mais son style de conduite assez personnel avait une nette tendance à raccourcir les distances. Il arrêta sa machine devant un bar situé dans le quartier chaud de la ville, examina d'un air résigné la baie vitrée brisée, repéra la voiture garée le long du trottoir – et dont le capot était incrusté dans le moteur – puis poussa un soupir de martyr avant de franchir ce qui restait de la porte d'entrée.

— Oups, fit-il lorsque celle-ci s'effondra tout à fait sous sa poigne.

— Aloys, sois gentil, n'achève pas le peu qui reste debout ici ! Je sais bien que le bar appartient aux de Chânais, mais vois-tu, même si je ne suis que le gérant, j'ai mis tout mon cœur à faire la déco.

— J'ai bien peur que tu ne doives recommencer, mon pauvre Yvon… Il y a quoi qui tient encore debout, ici ?

— Quelques tables, deux ou trois chaises, peut-être un tabouret. Le comptoir aussi. Enfin, je crois.

Accablé, Aloys parcourut du regard la scène de désolation qui l'entourait. Le comptoir avait en effet l'air intact, mais la glace située derrière était en miettes. La table de billard était cassée en deux, et elle s'en sortait bien par rapport aux autres tables dont la plupart étaient tout juste bonnes à faire du petit bois. Le jeune homme passa rapidement sur ce qui restait des chaises et des tabourets, examina avec désespoir la porte des toilettes défoncée puis refit face au gérant.

— D'accord, on va essayer de prendre les choses dans l'ordre… Et d'abord, où est Aymeric ?

— Euh… On a dû le menotter pour le calmer.

— Le… menotter ?

— Et ça n'a pas été sans mal… Il a fallu aussi qu'on le tase, les videurs et moi. Plusieurs fois. Je sais, c'est illégal, et en plus, il fait partie de la famille qui possède ce bar, mais il n'y avait vraiment pas moyen de le calmer.

— Ne t'excuse pas, je connais mon cousin, et je sais de quoi il est capable. Qu'est-ce qui a déclenché la bagarre ?

— Eh bien… Aymeric buvait tranquillement dans un coin. Trop, c'est certain, mais bon, j'avoue qu'il ne cherchait de noises à personne.

— Mais… ?

— Mais une bande de petits loubards est entrée, grandes gueules, hâbleurs, parlant fort… Tout le monde les connaît dans le quartier, et pas en bien. Pourtant, le coin n'est pas des mieux famés !

— Et… ?

— Aymeric leur tournait le dos. Il était en tête à tête avec sa bouteille. Je ne sais pas trop ce qui a pris à ces types, ils avaient sans doute trop bu, ou ils s'étaient shootés, ou les deux, je ne sais pas, mais en tout cas, ils ont commencé à le prendre à partie.

— Oh là là…

— Comme tu dis. Il s'est levé d'un coup, en a chopé deux en même temps et le carnage a commencé.

— Le… carnage ?

— Il n'y a pas d'autre mot pour qualifier ce qui s'est passé. Il les a littéralement massacrés. Et le bar avec, comme tu vois. Écoute, j'ai déjà vu Aymeric en rogne, et ce n'est pas la première fois qu'il cause des dégâts dans ce bar, mais là, il était vraiment… enragé. Bon Dieu, Aloys, il en a envoyé un voler par-dessus le bar d'une seule main !

— Ah, quand même…

— Et il en a fracassé un autre sur la table de billard. Ou plutôt, il a fracassé la table de billard en se servant du chef de la bande comme massue.

— Ça va, arrête-toi là, j'ai compris l'idée générale. À propos, où sont les candidats au suicide qui sont venus chercher des poux au fou furieux qui me sert de cousin ?

— Eh bien, on les a ramassés, époussetés un peu et mis dehors en leur disant qu'ils avaient de la chance qu'on ne porte pas plainte pour avoir troublé la sérénité de ce bar parfaitement respectable, et en ajoutant qu'il valait mieux pour eux qu'ils ne remettent plus jamais les pieds ici. Après tout,

Aymeric fait partie de la famille des patrons. Ils étaient pas mal amochés, mais rien de vraiment sérieux. Et si jamais il leur venait l'idée de se plaindre, personne ici ne corroborera leurs dires.

— Et à quel moment avez-vous pris le risque de vous interposer entre Aymeric et ses… adversaires ?

— Quand il en a balancé un à travers la baie vitrée sur ma voiture.

— Ah, c'était ta voiture…

— C'était, oui. Je n'ai pas trop l'impression qu'elle est toujours en état de fonctionnement.

— De ce que j'ai vu, non. Je n'ai plus qu'à t'en payer une neuve en plus du chèque pour faire refaire le bar de fond en comble. À ce rythme, je vais devoir me commander un nouveau chéquier plus tôt que prévu ! Comment avez-vous fait pour maîtriser le fauve, au final ?

— On a d'abord essayé de le calmer en lui parlant, mais il ne voulait rien entendre. L'un des videurs a eu le malheur de demander à son voisin ce qu'il avait bien pu prendre pour être dans cet état, il l'a entendu, et…

Yvon s'interrompit, visiblement gêné, puis poursuivit tout en jetant un regard d'excuse à son interlocuteur :

— Il a descendu son pantalon au milieu du bar en disant que si ça nous chantait, on pouvait toujours lui donner un bocal pour qu'il pisse dedans et qu'on fasse ensuite faire une analyse avec ce qu'on aurait recueilli…

— Oh non, non, pitié, dites-moi que je fais un cauchemar et que je vais me réveiller… Il n'a pas fait ça ?

— Ben… si.

— Même qu'il avait une de ces triques… intervint une voix goguenarde et indéniablement féminine depuis le bar.

— En fait, ajouta une autre voix, tout aussi féminine et franchement hilare. C'est par jalousie qu'ils l'ont tasé.

— Oui, ils ont eu du mal à supporter la concurrence, renchérit la troisième serveuse. Mais en ce qui nous concerne, il recommence quand il veut !

— Ben oui, soupira Yvon en écartant les mains d'un geste impuissant. Elles étaient là, elles ont tout vu, et le moins qu'on puisse dire, c'est qu'elles ont apprécié le spectacle…

— Oh, Yvon, ne fais pas ton ronchon… C'est pas tous les jours qu'on a droit à un strip-tease avec un aussi beau modèle en lice…

— Mais qu'est-ce que j'ai fait pour mériter ça… gémit comiquement l'interpellé. Non seulement je suis à la tête du seul bar de France qui se fait régulièrement dévaster par le même fou furieux bagarreur et exhibitionniste à ses heures perdues, mais en plus, j'ai hérité des trois serveuses les plus délurées de la planète…

— Oh, Yvon chéri, minauda l'une d'elles en battant exagérément des cils et en lui envoyant un baiser du bout des doigts. Nous sommes aussi les meilleures…

— Les plus drôles… ajouta sa voisine.

— Les plus intelligentes… conclut la dernière du trio.

Un éclat de rire secoua le bar. De telles chamailleries y étaient habituelles, au sein d'une équipe somme toute réduite et qui s'entendait plutôt bien. Yvon savait y faire régner une ambiance à la fois sérieuse et conviviale. Tous l'appréciaient, et c'était l'une des raisons qui faisait que les de Chânais le payaient aussi généreusement. Doté d'un solide bon sens en plus d'un humour très pince-sans-rire, il n'était dépourvu ni de culture ni d'intelligence, et s'il avait choisi ce métier, c'était parce qu'il aimait le monde de la nuit et l'agitation qui y régnait. Aloys participa à l'hilarité générale, avant de se lever et de se diriger vers les trois filles, qu'il entoura de ses bras, enjôleur.

— Écoutez, les filles, vous connaissez mon cousin… Il a un sale caractère et n'est pas du genre marrant, mais moi, je suis tout prêt à payer de ma personne…

— Quand tu veux, beau blond ! fit l'une de ses interlocutrices en plaquant une main sur le torse musclé du jeune homme. Mais là, on est en service, alors il faudra que tu attendes un peu...

— Hélas pour moi... fit Aloys en mimant un désespoir sans fond. À défaut de repartir avec une jolie fille, je vais aller voir dans quel état est mon cousin. Mais je ne vous oublie pas, mes beautés !

— C'est génétique, la drague à deux balles chez les de Chânais ? rit Yvon en se levant pour accompagner Aloys dans l'arrière-salle.

— J'ai quand même un peu plus de classe que mon cousin… ! Je ne me mets pas à poil au milieu des bars, moi !

— Je ne parierais pas que tu n'en es pas capable, étant donné que tu joues régulièrement au strip-teaseur au *Silver Evening*…

— Tu devrais essayer ; tu es plutôt beau garçon, et c'est plutôt excitant, comme situation…

— Vous êtes tous des obsédés du sexe, dans la famille ?

— Pourquoi ? C'est mal ?

— Je renonce… Ton cousin est là-dedans. Et ça, c'est les clés des menottes.

— Euh… Il y a beaucoup de clés…

— Il y a aussi beaucoup de menottes.

— Ah.

Yvon eut un sourire amusé puis s'éloigna, laissant Aloys face à la porte. Le jeune homme soupira, puis rassembla son courage pour entrer. Il se passa pensivement la main dans les cheveux devant le spectacle qu'il découvrit. Aymeric était assis sur une chaise, les chevilles menottées aux pieds de cette même chaise, les mains attachées dans le dos par d'autres menottes, elles-mêmes reliées à la tuyauterie du radiateur par une quatrième paire de menottes. Ses yeux gris à l'éclat cynique se plantèrent dans les siens, vifs et dépourvus de toute trace d'ivresse. La bagarre avait cependant laissé quelques traces : sa chemise était déchirée, laissant apparaître son torse puissant, et ses cheveux noirs étaient aussi ébouriffés que s'il avait mis les doigts dans une prise électrique. Aloys avait un succès certain auprès des filles, mais lorsqu'Aymeric était là, c'était lui qu'on remarquait en premier. Il avait la beauté virile et dangereuse d'un ange déchu, et dégageait un magnétisme animal absolument irrésistible, qui faisait se retourner sur lui toutes les représentantes de l'autre sexe ainsi qu'un bon nombre de représentants du sien

— T'as mis le temps ! aboya-t-il en reconnaissant son cousin.

— Dessoûlé ?

— Je n'ai jamais été soûl et tu le sais très bien. Bon, tu m'enlèves ces menottes ou je le fais tout seul ?

— Je crois que tu t'es déjà fait assez remarquer comme ça pour ce soir… Mais qu'est-ce qui t'a pris de baisser ton pantalon au beau milieu du bar ?

— J'ai eu l'impression que les serveuses appréciaient le spectacle…

— Je ne parle pas de ça ; tu montres tes fesses et ta queue à qui tu veux, mais là, Duncan va forcément l'apprendre, et…

— Pour ce que ça changera…

Aloys, qui s'était agenouillé pour retirer les menottes liant les chevilles de son cousin, leva brusquement la tête et croisa le regard d'Aymeric, dans lequel toute trace de cynisme et de forfanterie avait disparu pour faire place à une expression d'amer désespoir.

— C'est demain, n'est-ce pas ? l'interrogea-t-il doucement.

Aymeric se contenta d'acquiescer d'un grognement, le visage sombre. Aloys acheva de le libérer en silence. Aussitôt libre, son cousin se redressa, frottant machinalement ses poignets, qui portaient la marque des menottes.

— Ils n'y sont pas allés de main morte, constata Aloys.

— J'ai un peu résisté.

— Un peu ? Tu as dévasté le bar et mis au tapis tous les videurs ! Et je ne te parle même pas de la voiture d'Yvon, que tu as massacrée !

— Je n'ai pas tapé si fort que ça.

— Le capot de la voiture est incrusté dans le moteur.

— Je parlais des videurs.

— Je n'ai rien cassé à personne ce soir. Enfin, je crois.

— C'était qui, les types qui te sont tombés dessus ?

— Jamais vus. Des petits branleurs quelconques, qui ont voulu jouer à « c'est mon territoire et pas le tien ». Je te signale quand même que je ne leur ai rien demandé.

— Non, tu t'es contenté de taper.

— Ne joue pas avec les mots ! J'étais tranquille dans mon coin, et c'est eux qui me sont tombés dessus.

— Bon, il n'y aura déjà pas de risque de plainte de ce côté-là, renonça Aloys. Allez, viens, je te ramène à la maison. On tâchera d'éviter Duncan. Et je t'en prie, tiens-toi à carreau quand on sortira.

Lorsque les deux jeunes gens franchirent la porte et se retrouvèrent dans la salle dévastée, l'atmosphère se modifia très nettement, et une indéniable tension se mit à planer dans l'air. Un sourire railleur se fit jour sur les lèvres d'Aymeric, qui promena un regard empli d'une arrogante supériorité autour de lui, appréciant visiblement de voir les regards se baisser devant lui.

— Arrête de jouer à qui pisse le plus loin, grommela Aloys à voix basse.

— Les ordres, c'est moi qui les donne, riposta son cousin sur le même ton.

Aloys hésita, mais au fond de lui, il savait bien qu'il ne pouvait pas rivaliser avec Aymeric, aussi s'inclina-t-il et s'effaça-t-il pour le laisser passer et gagner la sortie de sa souple et silencieuse démarche de prédateur en chasse. Un silence absolu régna dans la pièce jusqu'à ce qu'il soit sorti, puis tout le monde se remit à respirer. Aloys se dirigea vers le gérant et sortit son chéquier un peu froissé de la poche arrière de son pantalon. Il s'empara d'un stylo et signa l'un des chèques avant de le tendre à Yvon.

— Tu mettras le montant qu'il faudra pour réparer les dégâts d'Aymeric, je te fais confiance.

— Aloys, un de ces jours, ton cousin fera vraiment une grosse bêtise, tu sais... C'est un tueur, tu en as conscience ?

— Oui. Mais c'est aussi mon cousin. Ça ira ?

— Oh, il n'y a eu que du matériel cassé, et quelques bobos sans gravité. Quant aux voyous qu'il a tabassés, ils n'ont pas volé leur correction. Mais tâche de le tenir un peu en laisse, quand même...

— Comme s'il m'écoutait...

Aloys envoya un dernier baiser aux trois jeunes femmes présentes tout en leur promettant qu'il reviendrait bientôt, puis rejoignit Aymeric qui l'attendait dehors, nonchalamment appuyé sur sa moto.

— Tes clés, lança-t-il. Je conduis.

— Mais c'est ma moto !

— Tes clés.

Résigné, Aloys jeta ses clés à son cousin, qui enfourcha le puissant engin et mit le contact. Aloys eut à peine le temps de grimper derrière lui qu'il démarrait déjà.

Le retour au manoir se fit à une vitesse record, plus encore que lorsqu'Aloys était au volant. Après avoir rangé la moto dans le garage, les deux cousins se dirigèrent vers l'entrée de la maison. Ils allaient gravir les marches du perron lorsque soudain, une haute silhouette leur barra le passage, interpellant Aymeric d'un ton glacial.

— Alors comme ça tu as encore fait des tiennes, Aymeric… ?

Le jeune homme recula d'un pas. Il aurait reconnu cette voix et cette silhouette n'importe où : Duncan de Chânais, l'aîné de tous les occupants du manoir et chef incontesté de la petite bande. Il haussa les épaules avec désinvolture.

— C'était juste une petite bagarre de rien du tout.

— Tu ne me parles pas sur ce ton !

Le poing de Duncan fusa. Aymeric était costaud, mais Duncan l'était plus encore, et il s'écroula deux mètres plus loin, la mâchoire endolorie et les lèvres en sang. Lorsqu'il voulut se relever, il réalisa que Duncan était debout devant lui, le dominant de toute sa taille.

— Tu ne bouges pas d'un poil, gronda son aîné.

Aymeric se raidit, prêt à se rebeller, mais l'expression qui se peignit sur le visage de son interlocuteur le convainquit d'obéir, et il resta à ses pieds, appuyé sur un coude et tête baissée.

— Ça fait combien, ce mois-ci ? Deux, trois, quatre fois ?

—… Trois.

— Bravo. Tu te rappelles qu'on est censé passer relativement inaperçu ?

— Je suis… désolé.

— Ça ne me suffit pas !

— Duncan…

La voix hésitante d'Aloys, qui s'était approché, interrompit la conversation. Le jeune homme dut rassembler son courage pour soutenir le regard vert de Duncan et poursuivre.

— Duncan, demain, c'est… c'est l'appel pour lui, et c'est ce mois-ci que… enfin, que tout a commencé.

Duncan hésita brièvement, puis secoua la tête, faisant voler ses cheveux blonds.

— Il y a des limites à ma capacité de compréhension. Et là, elles sont atteintes. Je suis clair ? ajouta-t-il en reportant son attention sur son lieutenant toujours au sol.

—… Oui.

— Oui qui ?

— Oui, Seigneur.

Dubitatif, Duncan resta un instant silencieux, les yeux toujours fixés sur la nuque courbée d'Aymeric. Plus que jamais, il ressentait la violence du jeune homme, une violence qui ne demandait qu'à exploser, mais aussi une violence teintée d'amertume et de désespoir. Au fond de lui-même, il comprenait parfaitement son besoin incessant de bagarres, car il connaissait le lourd secret qui le dévastait, mais en tant que chef de la bande de Chânais, il ne pouvait risquer de le laisser mettre en danger leur sécurité. Alors une fois de plus, le cœur lourd, il se résigna à prononcer sa sentence.

— Je ne veux plus qu'on entende parler de toi pendant au moins les six mois à venir, alors dis-toi bien que si tu fautes, c'est Aloys qui en paiera le prix.

À ces mots, Aymeric leva vivement la tête, horrifié, mais le beau visage de Duncan était dur et fermé, indiquant qu'il ne reviendrait pas sur sa décision. Dans un effort désespéré pour ménager son cousin, Aymeric ravala son orgueil et se mit sur les genoux, suppliant.

— Aloys n'y est pour rien, Seigneur. Je t'en... prie, épargne-le.

— Ma décision est sans appel, Aymeric. À toi de faire en sorte qu'il n'ait à subir aucune punition.

L'aîné des de Chânais fit volte-face et s'éloigna sur ces mots, tandis que son lieutenant se relevait lentement et faisait face à son cousin, qui avait légèrement pâli en entendant le verdict de Duncan.

— Désolé, Aloys, fit-il enfin. Je ne voulais pas te mêler à ça... Je me tiendrai à carreau, je t'en donne ma parole.

— Je te fais confiance, Aymeric. Allez, viens, on va aller se détendre un peu, toi et moi. Et demain, après l'appel, je serai là.

Aymeric ne répondit pas, mais son cousin ne s'en formalisa pas. Il le connaissait trop bien pour espérer des remerciements prononcés à haute voix. Le coup d'œil et le petit sourire qu'il lui avait adressés étaient suffisamment éloquents.

En silence, Aymeric et Aloys s'enfoncèrent dans les bois tout proches.

# *Chapitre 3*

*Quatre mois plus tôt*

Adam ferma doucement la porte de la chambre de sa nièce et poussa un gros soupir. Yseult s'était enfin endormie, mais ça n'avait pas été sans mal, comme tous les soirs depuis des mois maintenant. Il serra les dents en repensant à ce qui s'était passé, au drame qui avait bouleversé la vie de la jeune femme, et une fois de plus, une folle envie de meurtre lui tordit les entrailles. Saisissant un des poignards de collection accrochés au mur de son bureau, il le lança avec autant de force que de précision. L'arme mortelle se planta au beau milieu du front d'un jeune homme blond dont la photo était épinglée sur un panneau en liège. Traversant la pièce d'un pas vif, Adam arracha l'arme et se recula pour recommencer, ajoutant un nouveau trou aux dizaines qui parsemaient déjà le portrait. Chaque fois, il imaginait que le bellâtre était réellement devant lui, et que c'était dans sa chair que s'enfonçait son arme préférée. Non que l'archéologue fût particulièrement belliqueux, mais lorsqu'on touchait à sa nièce adorée, il ne répondait plus de rien, et près de quarante années de fouilles archéologiques sur des chantiers aux quatre coins du monde l'avaient maintenu dans une forme que lui enviaient bien des plus jeunes. Et il se sentait tout à fait capable de réduire Charles Saint-Eve en bouillie.

Charles Saint-Eve… Mannequin de son état, fiancé depuis plus d'un an à son Yseult… Charles Saint-Eve, qu'il avait accueilli chez lui pratiquement comme un fils, et qui avait trahi sa nièce chérie de la plus horrible des manières… Adam projeta une dernière fois le poignard sur la photo découpée dans un magazine de mode, avec tant de force que le manche vibra lorsque la lame s'enfonça au beau milieu du sourire insolent du traître, puis s'assit rageusement dans un fauteuil après s'être servi un whisky bien tassé. Il ne buvait que rarement, en général lorsqu'il était énervé, et justement, ce soir, il l'était particulièrement. Les sourcils froncés, il avala une large rasade d'alcool, qui descendit comme un feu liquide le long de son œsophage, et se mit pour la millième fois au moins à repenser à ce qui s'était passé depuis qu'Yseult avait rompu avec Charles.

Tout avait commencé le jour où Yseult avait découvert que celui qu'elle aimait la trompait sans vergogne avec les mannequins féminins de la société qui l'employait et dans laquelle il n'était rien moins que la vedette courtisée, adulée et à laquelle on passait tous les caprices. Yseult avait aussitôt mis fin à leur relation, mais le salopard – comme le surnommait Adam – n'avait pas supporté de se faire couper l'herbe sous le pied, et avait tout fait pour retourner la situation à son avantage.

Ce qui, vu sa notoriété, n'avait pas été très difficile…

Il avait commencé par présenter leur rupture comme étant de son fait dans les magazines people, faisant d'Yseult le portrait peu flatteur d'une hystérique jalouse et possessive, qui lui faisait scène sur scène à chaque fois qu'il défilait et que des filles lui souriaient. Lui-même se donnait le rôle d'un amoureux patient et prévenant, qui avait tout fait pour l'apaiser et la rassurer, mais qui, finalement lassé par ses crises, avait préféré mettre fin à leurs fiançailles. La réalité était bien sûr tout autre…

— Yseult n'a rien d'une hystérique, grommela Adam en projetant un autre poignard sur la photo. C'est sans aucun doute la jeune femme la plus intelligente et la plus équilibrée que je connais ! Et toi, tu n'es qu'un connard arrogant et prétentieux que je rêve de découper en tout petits morceaux avant de les faire frire, de les pendre et de les noyer ! Tu ferais mieux d'éviter ma route si tu tiens à ta sale petite gueule !

L'archéologue se resservit un autre whisky, qu'il but cul sec. Charles ne s'était pas contenté de cela, il avait mené une véritable campagne pour détruire celle qui avait osé le quitter, à coups d'insinuations mensongères, de faux rapports médicaux et de témoignages fantaisistes, le tout présentant Yseult comme une gamine capricieuse, stupide, nymphomane, volage et inconstante, qui n'hésitait pas à se jeter dans les bras du premier venu et ne savait pas se tenir en société. Lui-même jouait le rôle de l'amoureux martyr, qui avait tenté en vain d'apprendre les bonnes manières à une godiche afin d'en faire une femme du monde.

Là encore, la vérité n'était pas celle qu'il présentait au reste du monde. Si Yseult ne prisait guère les mondanités, elle connaissait cependant parfaitement les règles de bonne conduite sociale.

— Elle les connaît même dans plusieurs cultures, figure-toi, grogna Adam en attrapant un nouveau poignard. Tu as peut-être voyagé pour tes défilés idiots, mais elle, elle a réellement approché les habitants des pays dans lesquels nous avons fait des fouilles, elle s'est imprégnée de leurs croyances, de leur façon de vivre, et elle a même appris bon nombre de dialectes locaux ! Toi, c'est tout juste si tu sais parler ta propre langue ! Tiens, prends ça !

Un autre des poignards de collection s'envola et se planta dans le liège. Adam ne vérifia même pas s'il avait réussi son coup ; à ce jeu-là, il était imbattable, et n'avait pas bu suffisamment pour que l'alcool embrouille ses sens. Soulagé pendant au moins une demi-seconde, l'archéologue ne tarda pas à se remettre à broyer du noir.

Yseult avait bien tenté de faire face à ces accusations, mais c'était d'autant plus difficile que Charles était célèbre et adulé par les foules, alors qu'elle-même n'était qu'une historienne inconnue du grand public, bien que son nom soit réputé dans les milieux spécialisés dans lesquels elle évoluait. Usant et abusant de son charme et de sa notoriété, il avait démonté méthodiquement chacune des tentatives de la jeune femme pour faire valoir son point de vue, trouvant chaque fois un nouveau reproche à lui adresser et déguisant son fiel derrière une façade faussement compatissante envers « cette pauvre Yseult tellement éprouvée et à l'esprit si faible ». Peu soucieux de vérité, les tabloïds et autres magazines à sensations ne s'étaient guère préoccupés de vraisemblance, les histoires inventées par Charles étant beaucoup plus croustillantes et plus vendeuses. Il avait été jusqu'à dire – à mots couverts, mais parfaitement clairs cependant – qu'elle ne savait rien faire au lit et était tout juste bonne – et encore ! – à faire le ménage et la cuisine.

Sur le coup, Adam avait bien failli aller sonner chez lui en compagnie de quelques-uns de ses chers poignards pour tester leur tranchant sur l'anatomie de l'odieux personnage, afin de voir comment il réagirait s'il découpait quelques morceaux soigneusement choisis de sa personne et qu'il les lui faisait avaler… S'il s'était tenu tranquille, c'était parce qu'il avait tellement peur qu'Yseult ne fasse une bêtise s'il la laissait seule qu'il n'osait plus la quitter. Les choses avaient été si loin qu'Yseult avait failli perdre son travail, et seule l'immense influence d'Adam au sein de la communauté archéologique avait empêché cette dernière avanie. Il n'avait cependant rien pu faire pour empêcher que sa nièce soit mise en congé de durée indéterminée.

— Ça ne peut plus continuer comme ça ! s'écria Adam en assénant un coup de poing sur le bras de son fauteuil. Il faut qu'elle accepte de partir !

Car Yseult continuait à se battre envers et contre tout, même en sachant qu'elle n'avait aucune chance face au pouvoir que possédait son ex-fiancé, et chaque combat lui coûtait de plus en plus cher… Il n'était pas question pour elle de se rendre ou de lâcher prise, même si elle dormait de moins en moins, devenait de plus en plus nerveuse et oubliait de vivre.

Et cette fois, il se jura de réussir à la convaincre de s'en aller refaire sa vie ailleurs.

# *Chapitre 4*

Le soleil brillait lorsqu'Yseult ouvrit les volets et les fenêtres de son appartement. Deux mois seulement qu'elle avait emménagé dans ce trois pièces d'une petite ville bretonne, et elle s'émerveillait toujours de voir la mer au loin depuis sa fenêtre. La jeune femme passa la main dans les ondulations souples et vaporeuses de ses longs cheveux châtains pour tenter de discipliner un peu son abondante crinière, renonça et s'accouda à la croisée. Dans la cuisine, le café passait doucement, et son arôme venait chatouiller ses narines. Il y avait longtemps qu'elle ne s'était pas sentie aussi reposée. Les mois précédents avaient été difficiles pour elle. Des gens à qui elle faisait confiance l'avaient trahie, elle avait découvert que son ex-petit ami lui jouait la comédie et la trompait sans vergogne, se moquant d'elle derrière son dos, bref, tout ce qui faisait sa vie partait à vau-l'eau. Si elle n'avait jamais craqué publiquement, dans le secret de sa chambre, ses yeux bleus avaient versé plus de larmes qu'elle ne pensait en posséder. Pour se défouler, elle avait jeté les affaires de son ex par la fenêtre (un certain nombre étaient d'ailleurs arrivées en morceaux sur le trottoir).

— Tu sais quoi ? fit-elle à l'adresse d'un oiseau qui chantait dans un arbre tout proche. Je l'aurais bien jeté par la fenêtre, lui aussi, mais malheureusement, il est plus grand et plus fort que moi. Bon, ça ne m'aurait pas empêchée de souffrir, mais qu'est-ce que ça m'aurait fait du bien !

Quant au reste… Elle avait fini par comprendre que les personnes qui l'avaient trahie ne valaient pas l'amitié qu'elle leur avait offerte. Et pour ne pas sombrer dans la dépression la plus noire, elle avait écouté son oncle et pris une décision radicale : couper les ponts avec tout le monde et partir. La vente de tout ce qu'elle possédait lui avait procuré une assez jolie somme. Elle avait toujours rêvé d'habiter au bord de la mer, alors elle y était allée. Comme ça, sans réfléchir, sans rien planifier. Elle avait longé la côte atlantique, s'arrêtant au gré de sa fantaisie, et puis un jour elle était arrivée dans cette petite ville isolée, surmontée par un majestueux château d'allure médiévale. Pour la première fois depuis des mois, un sourire était né sur ses lèvres, et elle avait cherché autre chose qu'une chambre d'hôtel pour se loger. Quelques heures lui avaient suffi pour trouver le trois pièces. Étonnamment, il était meublé, ce qui faisait bien l'affaire d'Yseult. Elle écouta à peine les explications de l'agent immobilier. De toute façon, elle se fichait complètement de savoir pourquoi un appartement meublé était à louer. Extérieurement, elle paraissait tout à fait normale, marchait, parlait, agissait, mais intérieurement, elle était comme engourdie, et quelque chose d'aussi trivial qu'un appartement meublé à louer ne pouvait pas l'atteindre.

Durant les jours qui suivirent, elle explora la ville, passa beaucoup de temps sur la plage proche, hypnotisée par le bruit et le spectacle des vagues qui venaient mourir sur le sable, découvrit un club d'équitation qui lui parut sympathique, parla avec des gens et commença peu à peu à les reconnaître au lieu de les oublier aussitôt, bref, commença à guérir de certaines de ses blessures. Elle trouva un travail à la bibliothèque de la ville, travail qui la satisfaisait parfaitement, car elle n'avait rien d'autre à faire que déchiffrer de vieux documents (sa spécialité), et se remit lentement à regarder autour d'elle.

La seule chose dérangeante dans sa nouvelle vie était les rêves étranges qu'elle faisait depuis la première nuit, celle où elle s'était réveillée en sursaut en croyant avoir entendu hurler des loups et où elle avait vu un gros loup noir dont les yeux gris semblaient transpercer son âme. Depuis, chaque nuit, elle revoyait ce loup. Malgré sa taille exceptionnelle, il ne lui semblait pas menaçant, et elle n'avait pas peur de lui. Enfin, si, un peu, car il était clair qu'il était tout sauf un gentil toutou domestique, mais pas trop, et pas vraiment. Des sensations compliquées, qu'elle acceptait sans faire l'effort de les analyser. Elle avait trop réfléchi, trop analysé, trop cherché à comprendre durant les mois précédents et n'en avait plus envie. À présent, elle prenait la vie comme elle venait, sans se poser de questions, et surtout, sans s'attacher. Et elle fuyait comme la peste les hommes qui cherchaient à l'approcher, surtout ceux au physique ravageur comme l'avait été celui de son ex.

— Et si j'allais pique-niquer sur la plage, aujourd'hui ? demanda-t-elle à la cafetière. Il fait beau, et c'est plutôt agréable de lire en écoutant les vagues. Et si jamais je croise des dragueurs à la petite semaine, je ferai comme s'ils n'existaient pas !

De toute façon, je ne vois pas pourquoi ils s'intéresseraient à une fille qui ne les regarde pas !

Satisfaite à l'idée de la journée qu'elle prévoyait, Yseult acheva son bol de café d'un trait, se doucha et s'habilla en un tournemain – maillot de bain sur lequel elle passa un short en jean effrangé et un tee-shirt fuchsia qui avait connu des jours meilleurs, mais parfait pour l'équitation ou la plage, surtout quand on ne cherchait pas à séduire – avant de préparer son pique-nique, son sac avec deux livres, de la crème solaire, sa casquette préférée (qui elle aussi avait connu des jours meilleurs) et une serviette de bain. Par précaution, l'indispensable parasol ne quittait pas le coffre de sa voiture. Comme ça, pas de risques de l'oublier.

Il lui fallut moins d'une heure pour arriver à sa plage favorite. Il y avait déjà du monde, et elle dut marcher un peu pour trouver le coin tranquille dont elle rêvait. Elle coinça son parasol entre deux rochers tout en se battant avec ses cheveux, qui, ayant décidé une fois de plus de n'en faire qu'à leur tête, s'échappaient par mèches entières du gros chignon qu'elle avait tordu sous sa casquette. Elle prit le temps de les rattacher à nouveau avant d'étaler sa serviette sur le sable chaud et de sortir son livre.

La matinée fut calme et paisible. Yseult alterna la lecture avec les baignades lorsqu'elle avait trop chaud, sans se préoccuper une seconde de ce qui se passait autour d'elle. Elle avala son sandwich en rêvassant, les yeux fixés sur les vagues, rattacha une fois de plus ses cheveux qu'elle ne se résignait pas à couper malgré leur indiscipline notoire et s'apprêtait à reprendre son livre lorsque soudain elle remarqua le silence qui l'environnait. Jusque-là, les cris des mouettes et des baigneurs avaient constitué un agréable bruit de fond à sa lecture, mais là, plus rien, même pas les mouettes. Vaguement inquiète, elle regarda autour d'elle, appréciant cette fois que sa chevelure se soit répandue hors de sa casquette et cache son visage, et brusquement elle les vit.

On ne pouvait pas ne pas les voir. Tout le monde avait les yeux fixés sur eux tandis qu'ils avançaient sur la plage, d'une démarche souple et élastique.

*La démarche de prédateurs,* songea Yseult, tandis que son cerveau lui criait « danger, danger ! »

Ils étaient environ une demi-douzaine, tous très grands, très musclés et très torse nu. Ils marchaient comme des conquérants, sûrs de leur séduction et de leur supériorité. Leurs jeans taille basse laissaient deviner un peu plus que nécessaire la partie de leur anatomie située sous leurs abdominaux en tablettes de chocolat et soulignaient leurs cuisses aux muscles puissants. Leurs épaules larges, balayées par leurs cheveux aux mèches rebelles, luisaient de transpiration, comme s'ils venaient de courir, et pourtant ils n'étaient pas essoufflés. Ils parlaient et riaient fort, se bousculaient sans trop de précautions, mais sans jamais se déséquilibrer. En apparence, ils ne prêtaient attention à personne, mais Yseult eut l'intuition que ce n'était justement qu'une apparence, car lorsqu'ils furent assez près pour qu'elle voie leurs visages, elle remarqua que leurs yeux, eux, ne riaient pas autant qu'auraient pu le laisser supposer leurs paroles légères.

Elle-même dut encaisser un nouveau choc en les apercevant de près. Tous, absolument tous, ressemblaient à des anges déchus, avec des traits d'une ténébreuse beauté mêlée à une sauvagerie à peine cachée sous un vernis civilisé. Elle devait bien s'avouer que jamais elle n'avait vu des spécimens masculins d'une telle perfection, et le signal « danger ! » sonna plus fort dans sa tête. Toutes les filles les suivaient des yeux, le regard énamouré, ainsi que quelques hommes, bien que la plupart aient plutôt un regard amèrement envieux envers leur physique de rêve. Yseult sentit sa méfiance augmenter. Elle en avait soupé, des beaux gosses au physique de rêve… Car si son ex n'arrivait pas à la cheville des nouveaux venus, il était communément rangé parmi les beaux gosses. De repenser à lui fut comme un coup de poignard dans le cœur de la jeune femme, qui serra inconsciemment les dents et musela ses sentiments pour ne pas que la blessure se rouvre

Un réflexe de protection la fit saisir son livre pour s'y plonger et essayer d'oublier le groupe qui s'avançait dans sa direction.

Mais ce n'était pas si facile, car même si elle ne le voulait pas, elle ne pouvait s'empêcher de songer à la vision que formaient les jeunes gens. Au centre, celui qui était vraisemblablement leur chef : plus grand et plus musclé que les autres, un charisme comme on en voyait peu, des cheveux dorés qui brillaient sous le soleil. À sa droite, son probable lieutenant : presque aussi grand et charismatique que lui, des cheveux noirs comme la nuit, et quelque chose d'animal dans tous ses mouvements. Étonnamment, ils avaient un indéniable air de famille, air qui se retrouvait d'ailleurs dans chacun des membres de la troupe, comme le nota malgré elle Yseult. Tout en se disant que la génétique semblait favoriser injustement le physique de certaines familles, elle se força à cesser de les passer en revue et à revenir à son livre. Trois fois déjà qu'elle relisait la même page sans en avoir compris un traître mot… Elle fronça les sourcils, énervée après elle-même. Non, elle ne retomberait pas dans le piège. Une fois lui avait suffi. Pour affermir sa résolution, elle s'autorisa à entrouvrir la porte sur la souffrance qu'elle cachait soigneusement, passa en revue son ego dévasté qu'elle avait tant de mal à reconstruire, sentit à nouveau flamber la haine et la colère, et lorsqu'ils la dépassèrent, elle put les ignorer avec un magnifique sang-froid.

Peut-être n'aurait-elle pas réussi si elle avait su que l'intégralité de la bande l'avait remarquée dès qu'ils étaient arrivés à proximité du coin qu'elle occupait depuis le matin. Paradoxalement, si elle avait levé les yeux comme les autres, ils ne lui auraient pas prêté une attention particulière. Mais seule de toute la plage, elle les ignorait, et de ça, ils n'avaient pas l'habitude…

Duncan, le charismatique leader, avait été le premier à l'apercevoir, petite silhouette cachée derrière ses longs cheveux. Intrigué par son indifférence apparente, il avait attendu quelques instants avant de gratifier son second d'un coup de coude dans les côtes.

— Aymeric…

— Quoi ?

— La fille, là-bas… Elle nous ignore pour de vrai ou elle fait semblant pour qu'on la remarque ?

— Quelle fille ? Au cas où tu ne l'aurais pas remarqué, il y en a pas mal, des filles, ici.

— Oui, mais il n'y en a qu'une seule en train de lire.

À son tour, l'athlète aux yeux gris avait aperçu Yseult, et il avait levé un sourcil surpris.

— Je crois bien qu'elle nous ignore…

— Qui nous ignore ?

Aloys venait d'entendre la dernière phrase prononcée par son cousin, ce qui avait piqué au vif sa curiosité. D'un geste du menton, Aymeric lui désigna la jeune femme, toujours concentrée sur sa lecture.

— Vexant, ça ! commenta Ciaran en se rapprochant. Ça va porter un coup à notre réputation.

— Pour une fois, tu as raison, lança Aydan, un sourire mi-figue mi-raisin aux lèvres. Qui eût cru que tu savais réfléchir… ?

— On t'a sonné, toi ? grommela l'interpellé en gratifiant son voisin d'une bourrade qui aurait jeté un homme normal à terre, mais qui fit à peine vaciller son voisin.

— Alors, lançons la chasse, les gars, les interrompit Faolan. Le premier qui attire son attention gagne le droit de la mettre dans son lit sans que les autres interviennent, OK ?

— Ouh… tu as de la chance que les filles ne soient pas là, siffla Aloys. Elles t'arracheraient tes bijoux de famille avec un couteau rouillé pour te les faire avaler tous crus !

— Justement, elles ne sont pas là, rétorqua Faolan. Qui me suit, alors ?

Les sourires entendus qui s'échangèrent valaient toutes les réponses du monde. Duncan leva les yeux au ciel de l'air indulgent d'un grand frère qui voyait ses petits frères s'amuser. Aymeric fut le seul à visiblement se renfrogner, et ses yeux gris devinrent encore plus sombres et plus froids. Aloys jeta un regard à son cousin, parut sur le point de parler, puis se ravisa et rejoignit les autres. Sûrs de leur séduction, les jeunes gens passèrent devant Yseult en continuant à se chamailler pour rire. Ils dégageaient un véritable torrent de séduction et d'érotisme, et plus d'une fille s'était carrément retournée pour les dévisager, cherchant par tous les moyens à attirer leur attention. Concentrés sur leur pari, ils les ignoraient. Ils s'arrêtèrent à quelques pas d'Yseult et commencèrent à retirer leurs jeans. Leurs mouvements étaient naturellement empreints d'une grâce féline tandis qu'ils dévoilaient peu à peu leur anatomie, en un numéro qui imitait à merveille celui d'une troupe de stripteaseurs. Numéro destiné à Yseult… qui, à leur intense stupéfaction, ne leva pas les yeux de son livre. Pourtant, elle les avait vus, et elle aurait menti en disant que les voir se déshabiller pour apparaître en maillot de bain la laissait indifférente, mais elle s'était promis de faire comme s'ils n'existaient pas, et elle avait bien l'intention de tenir cette promesse. Elle inclina un peu plus la tête pour se dissimuler davantage derrière l'écran de ses cheveux, ce qui l'empêcha de remarquer les regards mi-surpris, mi-vexés que les jeunes gens se jetèrent les uns aux autres. Décidant d'employer une méthode plus énergique pour se faire remarquer, Faolan feignit de jeter son jean trop loin, ce qui le fit atterrir sur le parasol d'Yseult à la place des rochers où les autres avaient posé le leur. Prise par surprise, la jeune femme sursauta, leva les yeux… et se retrouva face au sourire ravageur de Faolan, qui s'était agenouillé devant sa serviette.

— Désolé, fit-il en braquant ses yeux d'un bleu glacier dans les siens. Je crois que j'ai surestimé ma force…

— Et ta modestie, tu la surestimes aussi ? Je veux juste avoir la paix, OK ?

Les mots avaient jailli tout seuls, sans qu'Yseult ne les prémédite une seule seconde, et elle fut tout aussi surprise que son vis-à-vis. Un instant déconcerté, Faolan ne tarda pas à se reprendre et reprit d'une voix caressante.

— Allons, il fait trop beau pour rester sous un parasol… Viens plutôt t'amuser avec nous…

— On n'a peut-être pas la même définition du mot s'amuser… En ce qui me concerne, lire me convient très bien. Et je ne suis pas réputée pour être sympa quand on m'empêche de lire.

— Lire, on peut le faire dans un fauteuil ! La plage, c'est fait pour s'amuser, rencontrer des gens.

— Qui te dit que j'ai envie de rencontrer des gens ?

— Personne n'aime rester seul.

— Moi si.

— Oh, allons… Ne me fais pas croire ça…

— Mieux vaut être seul que mal accompagné.

— Aucune fille ne s'est jamais plainte de ma compagnie…

L'alarme qui s'était tue retentit à nouveau dans la tête d'Yseult, plus puissante que jamais. Elle revit soudain Charles, son ex-petit ami, Charles qui avait feint durant des mois d'être amoureux d'elle, Charles qui lui tenait le même genre de propos suffisants, Charles qui l'avait trahie de la plus ignoble des façons, s'était moqué d'elle en compagnie de ces filles super sexys avec lesquelles il la trompait sans vergogne, la traitant de petite intellectuelle sans attrait et mal fagotée, juste bonne à lui faire la popote et à s'occuper de sa lessive. Charles qui avait quand même fait une drôle de tête lorsque ses possessions avaient volé par la fenêtre de l'appartement d'Yseult et qu'il avait trouvé les serrures changées. Car si elle avait été trop confiante, la jeune femme n'était pas pour autant faible, et ses colères étaient en général dévastatrices.

Et là, soudain, sur cette plage jusque-là si tranquille, la rage et l'humiliation revinrent en force. Le discours de Faolan lui rappelait celui de Charles, et avant qu'elle ne prenne conscience de ce qu'elle faisait, elle leva la main et le gifla avec toute la violence dont elle était capable.

— Dans « je veux juste avoir la paix », qu'est-ce que tu ne comprends pas, exactement ? Je suis venue ici pour être tranquille, et je n'ai vraiment, vraiment pas envie de tailler une bavette avec le premier bellâtre qui passe !

Le sang battait à ses tempes lorsqu'Yseult se leva. Aveuglée par la fureur, elle rassembla ses affaires avec brusquerie, les jeta n'importe comment dans son sac et s'éloigna à grands pas, laissant sur place un Faolan interdit, qui n'avait même pas eu le réflexe de porter la main à sa joue brûlante. Elle entendit cependant une voix crier au jeune homme :

— Râteau !

La suite de la conversation, par contre, lui échappa totalement. Faolan, l'air toujours ahuri, s'était levé pour faire face au rieur.

— Qu… quoi ?

— Tu viens de te prendre le râteau du siècle, mon vieux…

— Mêle-toi de tes affaires !

— Suffit, les roquets !

L'intervention de Duncan ramena aussitôt le calme entre Faolan et Ciaran. Le leader s'avança de quelques pas et suivit Yseult d'un regard pensif.

— Ce n'est pas toi qu'elle a frappé, Faolan…

— Ah bon ? C'est curieux, j'ai pourtant bien l'impression que c'est moi qui ai la marque des cinq doigts de sa main droite sur ma joue…

— D'accord, c'est toi qui as pris physiquement une claque, mais dans sa tête ce n'était pas toi qu'elle frappait.

— Tu peux être plus clair, là ? grimaça Corin.

— Non, je ne peux pas. Je ne suis pas dans sa tête, mais je sais qu'elle est à vif. Et qu'aucun de vous n'a de chances de la séduire.

— Il fallait le dire, que tu te la réservais, fit Aloys en haussant les épaules. Aucun d'entre nous ne prendra le risque de chasser sur tes terres, tu le sais bien.

— Non, répondit Duncan en suivant des yeux la petite silhouette qui s'éloignait. Non, je ne me la réserve pas… Vous pouvez continuer votre pari stupide si ça vous chante, mais moi je suis prêt à parier que vous vous casserez les dents.

L'attention du jeune homme tomba par hasard sur Aymeric, qui suivait la progression de l'inconnue, mâchoires crispées et regard sombre, et il ajouta à voix basse, plus pour lui-même que pour les autres.

— Oh non, quelque chose me dit qu'elle n'est pour aucun de vous…

Le lieutenant de Duncan avait pour habitude de se tenir à l'écart des filles, et ce bien que toutes se retournent sur lui, sans être le moins du monde rebutées par sa sauvagerie. Mais là, même s'il l'avait caché, il avait été parmi les premiers à remarquer la lectrice solitaire, cette jeune femme qui pourtant ne ressemblait en rien au type de fille sur lequel il s'était retourné jadis, cette jeune femme qui les ignorait avec une telle application qu'on ne pouvait que trouver cela suspect.

Cette jeune femme qui, avec ses longs cheveux, ressemblait à la silhouette blessée qui hantait ses rêves depuis que le parchemin était sorti de sa cachette…

De son côté, Yseult s'était assise dans sa voiture avec soulagement. Ses mains tremblaient lorsqu'elle les posa sur le volant. Elle appuya sa tête sur ses avant-bras croisés et réprima le sanglot qui lui montait dans la gorge. Non, elle ne pleurerait pas, elle ne verserait plus une larme pour le salopard qui avait mis son cœur en lambeaux. Aucun homme ne valait la peine qu'on verse une larme pour lui. Elle ne pensait même pas à celui qu'elle avait réellement frappé, mais à celui qu'elle aurait aimé frapper, celui qui lui avait fait tant de mal et qu'elle aurait tant aimé faire payer…

La jeune femme essuya rageusement les larmes qui commençaient à couler sur ses joues, démarra et quitta le parking dans un crissement de pneus furieux. Pourquoi avait-il fallu que cette équipe de play-boys arrive sur la plage… ? Tout allait si bien jusqu'à maintenant… ! Elle passait une délicieuse journée, pensait même avoir trouvé un équilibre dans sa nouvelle vie, et voilà qu'elle découvrait que tout cela n'était qu'une façade, qu'elle souffrait toujours des trahisons qu'elle avait dû affronter, et que rien, rien n'était réglé…

Arrivée chez elle, Yseult jeta son sac dans un coin pour saisir son téléphone d'une main maculée de larmes. La sonnerie retentit longuement et elle s'apprêtait à raccrocher lorsqu'une voix masculine retentit à l'autre bout du fil.

— Allô ?

— Salut, oncle Adam…

— Yseult, ma belle… ! Comment vas-tu ?

— J'ai connu des jours meilleurs…

À des centaines de kilomètres de là, son oncle se raidit, sur le qui-vive. Il avait élevé Yseult depuis la mort de ses parents dans un accident de voiture, alors qu'elle n'était qu'une enfant d'à peine trois ans. Lui, le vieux célibataire endurci, s'était retrouvé du jour au lendemain avec en charge cette petite fille aux grands yeux trop sérieux, qui semblait devoir ne plus jamais sourire, et qui, dès le premier soir, avait grimpé d'autorité sur ses genoux pour s'endormir dans ses bras. Et il était resté là, gros ours maladroit ne sachant que faire, mais refusant de déranger le petit ange qui s'était abandonné contre lui. Ce soir-là, Yseult avait définitivement et irrévocablement conquis son oncle, qui s'était promis de tout faire pour lui faire oublier le drame qui venait de bouleverser sa vie.

À ses parents férus d'histoire, Yseult devait son prénom si peu commun. À son oncle, elle devait la connaissance de dizaines de terrains de fouilles autour du monde. À chaque période de vacances scolaires, ils s'envolaient vers une nouvelle destination, et elle découvrait une nouvelle époque, une nouvelle culture. Très vite, elle était devenue une historienne érudite, et avait montré un vrai talent pour le décryptage de parchemins anciens. Rien ne la rebutait jamais, ni l'état de délabrement du parchemin, ni la difficulté de la langue, ni le temps qu'il fallait passer sur un document pour en tirer quelque chose. Elle avait obtenu facilement son doctorat d'histoire médiévale, et avait rapidement commencé à travailler dans son domaine de prédilection, le déchiffrage de textes anciens. L'argent laissé par ses parents lui permettait d'envisager avec sérénité d'éventuelles périodes de chômage, mais ce n'était jamais arrivé. Sa réputation était internationale.

Et puis elle avait rencontré ce Charles Saint-Eve, ce mannequin qui présentait si bien, mais dont le cœur renfermait une fourberie sans nom. Pour lui, elle avait abandonné son indépendance pour un emploi fixe, afin de rester à ses côtés. Adam devait bien reconnaître que lui aussi s'était fait avoir par le physique et l'apparente sincérité du jeune homme, et qu'il était tombé d'aussi haut qu'Yseult lorsque sa duplicité avait été mise en évidence. Il l'avait alors portée à bout de bras, puis il avait fait tout ce qui était en son pouvoir pour lui rendre le sourire, approuvant sans réserve tous ses projets, lui demandant seulement de lui donner régulièrement de ses nouvelles lorsqu'elle avait décidé de partir. Il avait été heureux de la voir remonter la pente, et voilà qu'à présent, sa petite chérie semblait souffrir à nouveau.

— Yseult, si quelqu'un t'a fait du mal, je te jure que cette fois tu ne pourras pas m'empêcher de le découper en lanières avec un canif rouillé… grogna-t-il en plantant violemment un coupe-papier dans un bureau qui en avait vu d'autres au fil du temps.

À l'autre bout du fil, la jeune femme sourit en entendant le bruit de la lame qui s'enfonçait dans le bois.

— Oncle Adam, ne martyrise pas ton bureau, il est innocent. Non, personne ne m'a fait de mal rassure-toi. C'est plutôt moi qui ai fait du mal à quelqu'un.

— Toi ? Tu ne ferais pas de mal à une mouche !

— Dis ça au type qui a la marque de ma main sur sa joue…

Un silence stupéfait suivit cette déclaration, puis Adam Chandrett éclata d'un rire homérique.

— Alors ça… J'aurais payé cher pour être là ! Qu'a-t-il fait pour mériter un tel traitement ?

Yseult résuma ce qui s'était passé à son oncle, qui ne tarda pas à retrouver son sérieux. Il se sentait déchiré entre deux sentiments parfaitement contradictoires : le soulagement qu'Yseult ne soit pas retombée dans le même piège qu'avec le sinistre Charles (qu'il rêvait toujours de tuer à petit feu), et la tristesse de constater à quel point son enfant adorée était devenue cynique et méfiante. Il fit cependant taire cette dernière pour lui répondre.

— La prochaine fois, peut-être que ce jeune crétin écoutera ce qu'on lui dit au lieu d'entendre ce qu'il avait envie d'entendre ! Après tout, une bonne claque, ça remet les idées en place. Et sinon, ton travail ?

— Oh là là, c'est tout bonnement incroyable, ce qu'il y a comme documents, dans cette bibliothèque ! C'est curieux, pour une aussi petite ville, d'ailleurs. Des tonnes et des tonnes d'archives plutôt bien conservées, pas trop mal classées, mais pas traduites. Il paraît que c'est le seigneur du château qui a décidé de les mettre en ordre.

— Le… seigneur du château ?

— Euh… oui, c'est ainsi qu'on appelle le duc de Chânais, ici. Au début, c'est étrange, mais on s'y fait vite. La preuve, je ne me suis même pas rendu compte de ce que je disais, et je ne suis là que depuis deux mois. C'est drôle, mais je ne trouve même pas ça choquant. On a un peu l'impression d'être hors du temps, ici. La famille de Chânais est là depuis plus de mille cinq cents ans. Le château n'est pas aussi vieux, mais presque. Certaines parties, d'ailleurs, datent de sa construction. Le truc complètement incroyable, c'est que la famille entretient ce monument sans aucune aide. Il n'est absolument pas visitable, même pas le parc, qui est entouré d'un mur immense, sans la moindre brèche.

— Je me trompe, ou tu en as fait le tour ?

— Non. Ça m'a pris pas mal de jours ; le domaine est immense, et j'y suis allée petit bout par petit bout. Je me demande d'où vient leur fortune pour entretenir une propriété pareille !

— Ce duc, tu l'as déjà vu ?

— Non. Plus de la moitié de la ville lui appartient et il est révéré comme un seigneur féodal. C'est proprement hallucinant ! J'avoue que j'aimerais bien le croiser ; après tout, je travaille pour lui, puisque la bibliothèque lui appartient.

— Tu es quand même tombée dans une drôle de ville, tu ne crois pas ?

— Oui, mais c'est un rêve d'historien, cette ville Un vieux château, une famille ancienne qui a toujours la mainmise sur la ville, une bibliothèque pleine de vieux manuscrits… Et puis je suis près de la mer, et il y a un club d'équitation sympa.

— Qui appartient à la famille de Chânais, je suppose.

— Ça… Quand viens-tu me voir ?

— Dès que je pourrai me libérer, promis. En attendant, si tu revois tes dragueurs à la petite semaine, essaie un crochet du droit, c'est pas mal aussi.

Adam fut récompensé par le rire clair d'Yseult, qui, sa bonne humeur retrouvée, récupéra son sac et entreprit de le vider en chantonnant.

Pas une seconde elle ne se douta que la bande de la plage parlait encore d'elle… Après son départ, Duncan avait réuni les siens autour de lui.

— L'un d'entre vous sait qui est cette fille ?

— Une boxeuse professionnelle ? suggéra Faolan en se massant machinalement la joue.

— N'exagère pas, se moqua Ciaran. Tu n'as pris qu'une toute petite claque… Pas de quoi fouetter un chat !

— Mon ego n'est pas du même avis que toi.

— Ton ego s'en remettra, le coupa Duncan, j'ai posé une question, et j'attends une réponse.

Mais le reste de la bande ne lui offrit que des dénégations. Pensif, le jeune homme se laissa aller contre un rocher.

— C'est curieux, quand même… La ville n'est pas si grande…

— Duncan, tu es sûr qu'elle ne t'intéresse pas ? s'enquit Aloys, perplexe.

Son chef lui jeta un regard acéré avant de reprendre :

— Si, elle m'intéresse, mais pas dans le sens où tu l'entends. Je veux savoir qui elle est, pourquoi elle est ici et si elle compte y rester.

— Mais… insista étourdiment Aloys. Si tu ne veux pas la mettre dans ton lit, pourquoi…

Il n'eut pas le temps de finir que son interlocuteur lui tordit le poignet dans le dos et le mit à genoux tout en grondant d'une voix grave.

— J'ai dit « je veux savoir ». Ça veut dire que je veux savoir et que je n'ai pas à m'en expliquer, c'est clair ?

— C'est bon, Seigneur, je m'excuse, grimaça Aloys, les traits tordus par la souffrance. J'ai… j'ai outrepassé mon rang, désolé.

Duncan le lâcha brusquement, le regard sombre. Il n'aimait pas être contredit ni être interrogé, et surtout, il n'était pas du genre à se justifier quand il prenait une décision. Aloys se releva en frottant son poignet devenu bleu. La force de son chef était réputée, or il ne s'était pas préoccupé de la retenir. Préférant se faire oublier, il recula derrière les autres, tandis que Duncan se tournait vers Aymeric, resté à l'écart durant toute la discussion. Il l'entraîna plus loin, faisant signe aux autres de les laisser.

— Tu n’as rien à dire ?

— Non. Je devrais ?

— Cette fille t’intrigue, pas vrai ?

— Oh, tu sais, moi, les filles…

— N’essaie pas de me mentir, ou je te mets aussi à genoux, et il n’y aura pas le reste de ta bande pour te cacher.

Son lieutenant hésita, mais il savait que les menaces de Duncan n’étaient pas vaines, et il capitula.

— Très bien. Elle m’intrigue. Ce n’est pas tous les jours qu’une fille reste indifférente quand on est dans les parages, et c’est encore moins fréquent qu’elle balance une claque à l’un de nous. Même les lesbiennes craquent devant nous, et elle, elle n’est pas lesbienne.

— Tu en es sûr ?

— Oui.

— Pourquoi ?

— Une intuition.

— Tu fais confiance à tes intuitions sur les filles, maintenant… ?

— Oui, ben j’ai beaucoup appris, avec le temps, figure-toi.

Le sourire moqueur de Duncan prouva à Aymeric qu’une fois de plus il s’était fait avoir et avait plongé à pieds joints dans le piège tendu par son chef. Il soupira, résigné.

— OK, un point pour toi…

— Ne fais pas cette tête… Ce que tu peux être susceptible, quand même… !

— On voit bien que tu n'es pas à ma place…

— Tu veux que je te redise ce que j'en pense ?

— Non, merci, je n'y tiens pas.

Il y eut un moment de silence entre les deux jeunes gens, puis Duncan reprit doucement.

— Et si c'était elle, Aymeric… ? Tu y as pensé ?

— J'y pense chaque jour de ma vie, Duncan, surtout quand l'appel se manifeste. Mais depuis le temps, je ne sais pas si je dois y croire encore…

— Bon sang, Aymeric, ne baisse pas les bras ! Tu n'as pas le droit de perdre espoir !

— On voit bien que tu n'es pas à ma place. Ça fait… si longtemps, maintenant.

— Oui, mais des choses ont changé. Le parchemin est sorti de sa cachette, cette fille arrive, tu commences à faire des rêves étranges… Beaucoup de coïncidences, non ?

— Tu vas un peu vite, là ! Nous ne savons pas encore si cette fille est bien nouvelle ou si c'est nous qui ne l'avions jamais vue. D'accord, la ville n'est pas très grande, mais elle n'est pas non plus microscopique, et nous ne faisons pas forcément l'effort de connaître tout le monde. Alors tant qu'on ne saura rien, je m'interdirai d'espérer. Et puis des rêves, ce ne sont que des rêves !

Duncan connaissait trop bien Aymeric pour insister. Son lieutenant était têtu et orgueilleux, il ne reconnaissait que ce qu'il avait envie de reconnaître (à part quand il lui forçait la main, en général aidé par des arguments physiquement percutants), mais il ne manqua pas de noter que le regard d'Aymeric s'égarait souvent dans la direction prise par la jeune femme… Une chose au moins était sûre, elle intéressait son irascible et ombrageux second…

# *Chapitre 5*

La semaine qui suivit se passa dans une sorte de brouillard pour Yseult, qui devait à nouveau lutter contre le raz de marée des souvenirs. Elle effectuait son travail machinalement, sans y trouver le plaisir qu'elle y prenait d'habitude, et pour tout dire, elle ne progressa guère. Pour la première fois, elle fut soulagée de voir arriver le vendredi après-midi. Elle n'avait qu'une envie : rentrer chez elle et s'y enfermer. Mais ses collègues ne l'entendaient pas ainsi. Au fil des semaines, ils s'étaient attachés à cette jeune femme discrète, qui souriait à tous sans jamais se livrer. Ils avaient deviné qu'elle avait souffert, mais ne tenait pas à en parler, et avaient décidé d'un commun accord de lui redonner goût à la vie.

Yseult sursauta lorsque Vincent, l'un des bibliothécaires, s'accouda à la table où elle travaillait.

— Allô la Lune ? Ici la Terre…

— Que… quoi ?

— Eh bien, ça doit faire une bonne demi-heure que tu es là, les yeux dans le vague, alors je ne suis pas très sûr que tu sois toujours avec nous…

— Ce n'est rien. Je suis… un peu préoccupée en ce moment.

— Écoute, ce soir, on a prévu une sortie : restau et boîte. Toute l'équipe de la bibliothèque, alors tu ne peux pas dire non…

Yseult hésita un instant, puis décida qu'elle avait le droit de vivre, qu'elle n'allait pas s'enfermer chez elle à cause d'une bande de play-boys en rut et se renversa sur sa chaise.

— C'est bon, tu as gagné ! On se retrouve où et à quelle heure ?

— 20 h, au *Renard Bleu*. Tu vois où c'est ?

— Oui.

— Ensuite on ira au *Silver Evening*. C'est une boîte sympa.

Vincent s'interrompit un instant puis reprit avec un sourire en coin :

— Rectification : c'est la *seule* boîte de la ville. Mais n'empêche qu'elle est sympa.

— Encore une possession de la famille de Chânais… ?

— On ne peut rien te cacher.

La bonne humeur de son compagnon arracha enfin un vrai sourire à Yseult. Elle se sentait bien avec lui, il ne cherchait pas à la draguer – de toute façon, il avait une petite amie, elle aussi bibliothécaire –, il était juste gentil et amical. Et à la réflexion, le reste de l'équipe était aussi sympathique. Ils l'avaient acceptée sans lui poser de questions, ne l'avaient pas brusquée, respectant ses silences et son envie de solitude, sans cependant la tenir à l'écart de leur groupe. Au fond, elle était heureuse de l'invitation de Vincent, et ce fut en chantonnant qu'elle rentra chez elle pour se préparer.

À 20 h pile, Yseult franchit la porte du restaurant. Pour la première fois depuis longtemps, elle avait revêtu autre chose que ses habituels jeans, et sa petite robe bleu nuit, serrée à la taille par une ceinture argentée, soulignait joliment ses formes. Elle avait également délaissé ses baskets pour des sandales assorties. Ses cheveux cascadaient librement sur ses épaules, et elle avait même fait l'effort de se maquiller légèrement.

— Yseult ! Par ici !

La jeune femme sortit de sa rêverie en voyant ses collègues faire de grands signes depuis le fond du restaurant. Elle sourit en agitant à son tour la main et les rejoignit.

Le repas fut gai et animé, et Yseult se prit à rire de bon cœur pour la première fois depuis des mois. Lorsqu'ils quittèrent le restaurant, on aurait dit qu'elle les connaissait depuis toujours.

La nuit était bien avancée lorsqu'Yseult s'effondra sur un siège, hors d'haleine. Elle avait dansé à en perdre le souffle, tournoyant sur la piste comme si sa vie en dépendait. Elle ne savait même plus depuis combien de temps elle ne s'était plus amusée ainsi.

Mais là, elle mourait de soif, et elle avait décidé de prendre une pause pour boire un cocktail bien frais. Son verre à la main, elle s'était glissée sur la banquette que le petit groupe avait investie à son arrivée. Elle allait avaler une gorgée de liquide lorsqu'elle les vit.

Ils avaient le même air conquérant que sur la plage. La foule s'écartait sur leur passage tandis qu'ils avançaient, reconnaissant naturellement leur supériorité. Le regard d'Yseult se fixa aussitôt sur

Duncan et Aymeric. Instinctivement, elle sentait qu'ils étaient plus dangereux que les autres. Elle se renfonça dans son siège, notant tout à la fois : les filles qui les frôlaient, cherchant visiblement à se faire remarquer, les hommes qui leur cédaient la place à contrecœur, domptés par leur seule présence, le fait qu'ils se conduisaient en propriétaires des lieux avec un naturel confondant… et l'installation d'Aymeric et Aloys à la table située juste derrière elle. Peu désireuse de se retrouver si près d'un tel dégagement de testostérone, Yseult s'apprêtait à se lever discrètement pour se fondre dans la foule lorsqu'elle surprit le début d'une conversation, qui, par son étrangeté, la cloua sur place malgré elle.

— Aymeric, disait Aloys. Il y a un tas de filles ici qui ne demanderaient qu'à repartir avec toi… Tu n'es pas obligé de…

— Aloys, on a déjà eu cette conversation des milliers de fois. Il n'en est pas question.

— Mais…

— Écoute, c'est *mon* problème, je le connais mieux que toi, et si je te dis que je préfère payer, c'est que c'est mieux comme ça.

— Mais…

— Bon sang, Aloys, tout ce que je demande à une fille, c'est d'écarter les cuisses, OK ? Quand je paye une fille, au moins, je suis sûr qu'elle n'attend rien de moi, et ça me convient très bien comme ça.

— Mais ce n'est pas comme ça que tu…

— Encore un « mais » et je te transforme en descente de lit, compris ?

Sur ces mots, le jeune homme se leva brusquement et quitta la table en balayant son verre de la main au passage. Aloys n'eut pas le temps de s'écarter et en reçut le contenu sur la poitrine.

— Salopard… grommela-t-il en contemplant sa chemise trempée. Si je ne savais pas que tu entends l'appel depuis deux jours, je te jure que tu me paierais ça à coups de griffes et de crocs !

Yseult ouvrit de grands yeux en entendant une phrase aussi stupéfiante. Déjà qu'elle trouvait que la conversation n'avait pas beaucoup de sens… Quelle que soit son opinion sur Aymeric, elle devait bien reconnaître qu'il dégageait un sex-appeal affolant, et l'entendre dire qu'il préférait payer une fille pour coucher avec lui plutôt que de repartir avec l'une de celle qui lui jetait des regards incendiaires lui semblait complètement aberrant. À moins bien sûr qu'il ne soit coutumier de pratiques inavouables ; cependant, le sens de la discussion ne lui semblait pas aller dans cette voie. Elle avait plutôt eu l'impression que le dénommé Aloys cherchait à convaincre son compagnon de changer une façon de faire qui ne datait pas d'hier et ne rendait personne heureux. Quant aux derniers mots d'Aloys, elle avait beau y réfléchir, elle ne leur trouvait vraiment aucun sens.

Yseult revint à la réalité en entendant des cris couvrir la musique. Éberluée, elle aperçut Aloys sur la piste, un Aloys qui s'était débarrassé de sa chemise souillée et sur lequel toutes les filles semblaient vouloir mettre la main. Au sens propre.

— Il… il va se faire virer… bredouilla-t-elle, complètement effarée.

— De qui tu parles ? s'enquit Vincent qui l'avait rejointe.

— Là, le type torse nu sur la piste…

Vincent se retourna brièvement puis refit face à Yseult en haussant les épaules.

— Ah, lui… Non, aucun risque, c'est un de Chânais, il est ici chez lui.

— Un… de Chânais ?

— Aloys de Chânais, si tu veux tout savoir. Ne me demande pas qui il est exactement au sein de la famille, je n'en ai pas la première idée. Pas un rejeton du duc, c'est tout ce que je sais. Tu sais, les de Chânais, c'est une famille tentaculaire. Tiens, rien qu'ici ce soir, il y en a une bonne dizaine. Et plus il y a de de Chânais dans les parages, plus les chances de succès auprès des filles des malheureux comme moi se réduisent…

— Une… dizaine ?

— Là, au bar… Le grand blond, c'est le chef de la bande, Duncan de Chânais. Ne pas lui chercher des noises, c'est un dur à cuire. Toute la bande aime se battre, d'ailleurs, surtout Aymeric.

— Aymeric ? répéta Yseult, feignant l'ignorance.

— Son second. Le type, là, qui écluse whisky sur whisky sans regarder autour de lui. Il frappe d'abord et parle après.

— Charmant… Il a tout du Néandertal primaire et basique, quoi…

Vincent la fixa un instant avec un regard stupéfait, puis avala la moitié de sa bière d'un trait avant de poursuivre.

— Tu es bien la première fille que j'entends critiquer un de Chânais…

— Le physique ne fait pas tout, dans la vie.

Son vis-à-vis hésita, mais quelque chose dans le ton d'Yseult lui fit comprendre qu'elle ne tenait pas à en parler. Il était bien trop délicat pour insister, aussi changea-t-il de sujet de conversation.

— Au fait, as-tu aimé le restaurant ?

— Oui, c'était tout simplement divin. Et malgré l'irruption préhistorique, cette boîte est sympa.

Vincent faillit s'étouffer avec sa bière en entendant qualifier les de Chânais « d'irruption préhistorique ». Il était à peu près certain que personne n'avait jamais osé les traiter ainsi.

— Allez, viens danser, conclut-il en se levant. On est là pour s'amuser !

Yseult ne fit pas prier et suivit son compagnon qui la tirait par la main. Tout à fait par hasard, son regard croisa celui d'Aymeric, qui levait le nez de son verre, et une coulée de glace la réfrigéra sur place tant il dégageait de froideur et de dureté. Elle se détourna rapidement, mais l'impression de malaise persista, même lorsqu'elle se retrouva au milieu des autres.

De son côté, Aymeric ressentit un choc en la voyant main dans la main avec Vincent. Inexplicablement, il se sentit furieux. Il avait reconnu le bibliothécaire, le savait charmeur et doté d'un succès certain auprès des femmes, et ça ne lui plaisait vraiment pas qu'il semble flirter ainsi avec sa compagne. Bien qu'il n'ait rien voulu avouer à Duncan, il avait ressenti une attirance immédiate pour la petite silhouette assise sous son parasol. Durant la semaine écoulée, il avait cherché en vain à la revoir, malgré les risques qu'il savait prendre en agissant ainsi. Il serra les poings et s'apprêtait à se diriger vers la piste lorsqu'une brunette surgit de nulle part et prit Vincent par la taille avant de se tourner vers l'objet de son attention.

— Contente de voir que tu abandonnes ta banquette ! Allez, viens danser, on est là pour s'amuser !

La bonne humeur d'Ariane, la petite amie de Vincent était toujours communicative, et Yseult oublia bientôt le sombre jeune homme du bar, qui de son côté continuait à la suivre des yeux, à peine calmé par la constatation que Vincent était déjà pris. Prudente, elle avait cependant évité la piste principale, où Aloys continuait à déchaîner l'enthousiasme d'un public féminin à peu près hors contrôle. Elle avait définitivement classé les mâles de la famille de Chânais tout en haut de la liste des personnes qu'elle ne tenait en aucun cas à fréquenter. Et de fait, elle parvint à les oublier complètement, si bien que lorsqu'elle alla au bar se chercher une boisson, elle ne prêta pas attention à ses voisins… et se heurta brusquement à celui que Vincent lui avait présenté comme étant le chef de la bande, Duncan de Chânais. Tout aussi surpris qu'elle, Duncan la rattrapa de justesse avant qu'elle ne tombe, avant de lui offrir le petit sourire qui faisait en général se pâmer les femmes.

— Oups… Désolé, je ne regardais pas où j'allais… Pas de mal ?

— Non, répondit Yseult, sur le qui-vive.

— On se connaît ?

— Non. Et c'est très bien ainsi.

Abasourdi, Duncan n'eut pas le temps de réagir que déjà Yseult s'était dégagée et fondue dans la foule. Jamais encore il n'avait été remis à sa place de cette façon par une fille. Ni par personne d'autre, d'ailleurs. Ou en tout cas, ceux qui s'y étaient aventurés avaient ensuite eu affaire de très près à ses poings, et avaient eu bien du mal à se relever de la correction reçue. Car jamais encore Duncan de Chânais n'avait été vaincu ou repoussé.

Enfin, jusqu'à cette nuit…

Quelque part consciente qu'elle avait pris un risque énorme en s'adressant ainsi à Duncan, Yseult préféra quitter le *Silver Evening*. À ses amis, elle n'avoua qu'une demi-vérité, en leur disant qu'elle avait du mal à se débarrasser d'un importun croisé au bar et qu'il valait mieux qu'elle s'en aille avant que les choses ne dégénèrent. Un œil fixé sur Duncan, qui s'était remis de sa stupeur et la cherchait visiblement pour poursuivre une conversation qu'il n'estimait pas terminée, elle se faufila vers la sortie et gagnait sa voiture à grands pas lorsque soudain elle sentit qu'on lui saisissait le bras. Elle se retourna brusquement, sur la défensive, pour se retrouver face à un fêtard ivre visiblement décidé à lui imposer sa compagnie.

— Salut, ma jolie, éructa l'importun en lui soufflant son haleine alcoolisée à la figure. Tu ne comptes pas repartir toute seule, quand même… ?

— Si, justement, alors tu me lâches, OK ?

— Allez, laisse-toi faire, une aussi jolie fille que toi ne doit pas rester seule un vendredi soir…

La jeune femme se demandait comment elle allait se sortir de cette situation – et aussi pourquoi une soirée qui avait si bien commencé semblait soudain tourner à la catastrophe – quand tout à coup une main puissante saisit le poignet de son agresseur et l'obligea à lâcher prise.

— T'es sourd ? gronda une voix grave. La dame t'a demandé de la lâcher…

— De quoi tu te… ?

La phrase du fâcheux mourut sur ses lèvres lorsqu'il reconnut Aymeric. Tétanisée, Yseult avait les yeux fixés sur son improbable sauveur. Son cœur s'était mis à battre plus vite devant le magnétisme animal dégagé par le nouveau venu, tandis que le signal « danger ! » se remettait à hurler dans sa tête. Charles aussi était beau et attirait les filles comme le miel attire les abeilles, mais il était aussi égoïste, narcissique et manipulateur, et elle avait juré de ne plus jamais, jamais se laisser abuser par le physique d'un homme. Or, Aymeric était merveilleusement beau, de la beauté sauvage et dangereuse d'un ange des ténèbres… Elle tressaillit lorsqu'il reprit la parole :

— Je me mêle de ce qui me plaît, minable… La dame attend tes excuses.

Le soûlard parut vouloir répliquer, mais lorsque la prise d'Aymeric se resserra sur son poignet, il capitula aussitôt.

— D'accord, d'accord, je… je m'excuse… !

— C'est mieux. Mais pour que tu n'oublies pas…

Le poing d'Aymeric fusa et s'écrasa sur la bouche de l'importun, qui alla s'écraser contre un mur tout proche. Du sang coulait de ses lèvres fendues tandis qu'il tentait de se redresser. Yseult sursauta devant un déchaînement de violence aussi inattendu. La peur l'envahit brusquement, et un instant, elle songea à tourner les talons et à fuir, puis se dit que la fuite ne pourrait que favoriser l'instinct prédateur qu'elle devinait chez son vis-à-vis, aussi rassembla-t-elle son courage pour attaquer.

— Non, mais ça ne va pas la tête, chez toi ? Ça te prend souvent, de massacrer les gens comme ça ? s'emporta-t-elle tandis que le blessé, brutalement dessoûlé, s'éloignait en gémissant.

— Je n'aime pas qu'on me résiste.

Yseult sentit sa panique augmenter et se raidit en entendant cette dernière phrase. Sa méfiance envers le jeune homme augmenta. Elle n'avait qu'une envie, partir en courant – et tant pis pour la théorie disant qu'il valait mieux faire face à un prédateur plutôt que de l'exciter en fuyant –, mais d'un autre côté, elle se sentait irrésistiblement attirée par ses yeux gris aux reflets changeants, et dans lesquels elle devinait des ombres à l'éclat désespéré sous leur lueur cynique. Elle reprit plus calmement en cachant le trouble qu'il faisait naître en elle.

— De là à le tuer à moitié… Il suffisait de l'écarter, non ?

— Comme ça, il s'en souviendra et ne recommencera pas.

Tout en parlant, Aymeric s'était approché, gravant dans sa mémoire les traits fins d'Yseult, l'éclat vif de ses yeux bleus, ses longs cheveux dans lesquels il se prit à rêver de passer la main. Elle ne recula pas malgré son cœur qui accélérait encore, allant même jusqu'à poser une main sur son torse pour l'empêcher d'avancer davantage.

— J'allais te dire merci, mais je commence à me demander si je ne suis pas tombée de Charybde en Scylla…

Aymeric recula, un petit sourire aux lèvres.

— Est-ce que j'ai au moins gagné le droit de savoir ton nom ?

Étrangement déçue de ne plus sentir les puissants pectoraux d'Aymeric sous ses doigts, Yseult réussit par miracle à répliquer d'une voix qui ne tremblait pas.

— Je ne connais pas le tien.

— Aymeric de Chânais.

Elle hésita, mais Aymeric l'avait quand même tirée d'une situation délicate, et la plus élémentaire des politesses exigeait une réponse de sa part.

— Yseult.

— Yseult, c'est tout ?

— C'est tout.

— Je t'ai donné mon nom entier, moi.

— C'était ton choix.

À bout de forces, Yseult décida de rompre la confrontation et s'éloigna sur ces mots, consciente du regard brûlant d'Aymeric posé sur elle. Si elle restait une seconde de plus, son courage allait l'abandonner et elle allait s'effondrer sur place. Serrant les dents, elle étouffa la vague de désir qu'il avait fait naître au creux de ses reins, mais malgré tous ses efforts, elle savait qu'elle n'oublierait pas si facilement l'étrange regard gris, et les non moins étranges paroles surprises dans la boîte. D'ailleurs, avait-elle vraiment envie d'oublier… ? Elle refusait de se poser la question, tant la réponse risquait d'être peu conforme avec sa résolution de fuir les hommes dans son genre. Ses mains tremblaient lorsqu'elle démarra sa voiture, et elle partit un peu plus vite que nécessaire, mais il lui tardait de retrouver la sécurité de son appartement.

Aymeric suivit des yeux la petite voiture qui s'éloignait, conscient du feu qui l'embrasait et qui raidissait douloureusement son sexe à l'intérieur de son jean. Pour la première fois il refusait de laisser flamber la petite flamme fragile de l'espoir qui s'était allumée au fond de son cœur, espoir de mener enfin une vie normale, de ne plus subir l'écartèlement de l'appel. Et puis avait-il encore le droit d'espérer… ? Depuis le temps, il ne le savait plus. Et surtout pas ce soir où il devait répondre à l'appel, qui se manifestait avec une vigueur de plus en plus importante. Bien sûr, comme chaque fois, il avait essayé de résister, en vain, et à présent, il ne pouvait plus reculer. Malgré sa colère et sa révolte contre son sort, il devait se soumettre, et accepter d'en payer le prix.

De toute façon, il n'avait pas le choix.

Arrivée chez elle, Yseult se précipita sous la douche, espérant que l'eau chaude calmerait ses tremblements qui n'avaient toujours pas cessé. Elle resta longtemps sous le jet d'eau brûlant, jusqu'à ce que son cœur se remette à battre normalement, qu'elle retrouve son sang-froid et décide de prendre le problème à bras-le-corps. Puisqu'elle était dans le fief des de Chânais, qu'elle n'avait pas l'intention d'en partir (aussi illogique que puisse paraître cette décision, d'ailleurs), il lui fallait donc se renseigner sur eux pour mieux les contrer. Aymeric surtout l'intriguait. Sa violence était certes effrayante, mais il avait aussi en lui quelque chose de tourmenté qui faisait vibrer en Yseult la corde sensible que possédaient toutes les femmes et que là, tout de suite, elle aurait bien aimé couper pour ne pas risquer de se frotter à un nouveau Charles.

Nantie d'un chocolat chaud et d'une bonne dose de combativité, elle alluma son PC et tapa « famille de Chânais » dans le moteur de recherche.

Aymeric filait sur la route de toute la vitesse de sa puissante moto, au mépris du code de la route ainsi que de la plus élémentaire prudence. Ses cheveux volaient librement dans le vent de la course, car bien entendu, il ne s'était pas encombré d'un casque. À un tel rythme, il ne mit que peu de temps à parcourir les cent cinquante kilomètres le séparant de la ville sur laquelle il avait jeté son dévolu. Il gara sa machine dans un parking souterrain et sortit dans la nuit, les pouces passés dans la ceinture de son jean. Il marchait vite, droit vers les quartiers les plus mal famés, ceux où personne n'allait jamais seul de peur de se faire agresser. Aymeric, lui, souhaitait que quelqu'un, n'importe qui et de préférence accompagné, s'en prenne à lui, afin d'évacuer au moins en partie la rage qui le consumait.

Allongée à plat ventre sur son lit, les jambes battant dans le vide, Yseult lisait le premier article qu'elle avait trouvé sur la famille de Chânais. Par habitude, elle avait ouvert un dossier dans lequel elle comptait mettre toutes les informations importantes qu'elle trouvait.

Quelques minutes plus tard, elle commençait à y introduire les premières données. La famille de Chânais habitait les lieux depuis le V$^{e}$ siècle. Étrangement, aucune guerre, aucune révolution, aucun conflit de voisinage n'avaient réussi à les déloger de leur château. Encore plus surprenant, aucun des de Chânais n'avait participé à une quelconque croisade, ce qui était proprement stupéfiant au vu des mœurs de différentes périodes de l'histoire. Aucun non plus n'était jamais monté à la Cour. En fait, tout semblait indiqué que les de Chânais avaient toujours vécu à l'écart, et que personne n'avait tenté de les forcer à rompre cet isolement.

À sa grande satisfaction, Aymeric avait fini par trouver ce qu'il cherchait : une bande de voyous en quête d'un mauvais coup. Il s'était volontairement engagé dans un lacis de ruelles sombres et malodorantes, éclairées par de rares lampadaires à la chiche lumière, et n'avait pas tardé à être repéré par une dizaine de vauriens, qui avaient vu une proie facile en cette silhouette solitaire qui avançait lentement au milieu de leur territoire. Bientôt, le jeune homme se retrouva cerné par la troupe, qui le fixait d'un air goguenard, certains qu'ils étaient de lui mettre une raclée dont il se souviendrait longtemps.

Aucun d'eux ne vit le sourire carnassier qui fleurit lentement sur les lèvres de leur supposée victime…

Pour la dixième fois, Yseult examina la série de portraits des membres de la famille de Chânais qu'elle avait rassemblés sur un même écran, et pour la dixième fois, elle se fit les mêmes remarques. D'abord, compte tenu de l'ancienneté de la famille et de la constance de sa présence au même endroit, il y avait relativement peu de représentations. Ensuite, tous ceux qu'elle avait sous les yeux présentaient un indéniable air de famille, le même que celui des de Chânais d'aujourd'hui – et dont elle n'avait trouvé absolument aucune photo –, avec en particulier les mêmes yeux à l'expression inquiétante et difficilement soutenable.

Le chef de la bande s'avança vers Aymeric, un sourire mauvais aux lèvres.

— Hé, mec, t'es au courant que tu traverses notre territoire ? Faut payer, pour ça, tu sais.

— Ah oui ?

— Ouais. Alors tu nous files tout ce que t'as sur toi, et on te laisse passer sans trop t'amocher.

— Si tu veux ce que j'ai sur moi, viens le chercher, mauviette !

Sans autre avertissement, le groupe au complet se lança sur le jeune homme. Une brusque montée d'adrénaline rugit dans les veines d'Aymeric, et un hurlement sauvage jaillit de sa gorge tandis qu'il se redressait et se lançait dans la bagarre. Ses poings étaient d'acier, chacun de ses coups portait et bientôt le sang coula. Le sien, un peu, car ses adversaires étaient armés et qu'il ne pouvait pas éviter toutes les lames de couteau qui virevoltaient autour de lui. Celui des autres, beaucoup, car Aymeric ne retenait pas ses coups. Déjà deux de ses agresseurs gisaient sur le sol, inconscients, et deux autres étaient en passe de les rejoindre.

Yseult fronça les sourcils et repassa en revue le dernier document qu'elle venait de compiler. Mais quelle que soit la façon dont elle le prenait, les faits étaient là : il y avait de grands blancs dans les archives familiales de Chânais, comme si des héritiers s'étaient volatilisés dans la nature. De plus, pour une famille aussi ancienne et aussi stable, lesdites archives étaient étonnamment peu fournies.

— On dirait que quelqu'un fait barrage à la diffusion de renseignements sur les de Chânais, songea-t-elle. Attends voir un peu que je m'y mette…

Dans le cadre de son travail, Yseult s'était déjà retrouvée dans de telles situations, où les informations dont elle avait besoin étaient cachées dans des dossiers protégés. Étant donné qu'elle n'aimait pas beaucoup qu'on lui dissimule des choses, elle avait développé un certain talent pour craquer les protections dont étaient entourés les objets de sa convoitise.

La bagarre n'avait pas duré assez longtemps au goût d'Aymeric. Ses agresseurs étaient quasiment tous à terre, certains encore conscients, mais tellement amochés qu'ils se gardaient bien de se relever pour ne pas risquer de prendre de nouveaux coups, et d'autres sonnés au point de s'être évanouis. Seul le chef de la bande était encore debout, et ce parce qu'Aymeric l'y maintenait, serrant son poignet dans l'étau d'acier de sa main.

— Donc, tu disais qu'il fallait te payer un droit de passage, c'est bien ça ? ironisa Aymeric.

— C'est bon, mec, t'as gagné, t'es le plus fort ! Lâche-moi, maintenant.

— Tu oses me donner un ordre ?

Le froid polaire dans la voix du jeune homme alerta le voyou. Il comprit soudain qu'il n'avait pas juste affaire à un type très fort, mais à un prédateur, un vrai, dangereux, mortel, qui avait sans aucun doute déjà tué et n'hésiterait pas à recommencer.

Tout son courage l’abandonna et il se tassa sur lui-même.

— D’accord, d’accord, je te fais mes excuses. C’est… c’est toi le plus fort.

— Je préfère ça. Mais pour que tu n’oublies pas…

Sans prévenir, Aymeric tordit le bras du vaincu, qui hurla lorsque ses os se brisèrent. Sanglotant de douleur, il s’effondra aux pieds de son vainqueur. Aymeric eut un rictus moqueur et s’éloigna sans un regard en arrière. Il se sentait un peu mieux. Et surtout, il revoyait Yseult, Yseult qui n’avait pas reculé devant lui malgré son évidente panique, Yseult qui avait été jusqu’à oser le toucher. Il effleura doucement son tee-shirt, à l’endroit précis où elle avait posé sa main, et un instant, un trop court instant, il eut l’impression qu’elle était toujours là, qu’il pourrait lui parler encore, s’expliquer peut-être.

Mais l’appel retentissait toujours, impérieux, exigeant, le tourmentant sans répit…

Yseult se leva et s’étira avec soulagement. Elle commençait à avoir des crampes à force de rester dans la même position. Et puis elle avait besoin d’une pause. Malgré tout son talent, elle avait fait chou blanc. Enfin, pas exactement. Elle n’avait pas réussi à passer les hypothétiques protections des dossiers de Chânais, car il n’y avait aucun dossier à protéger. Il n’y avait tout simplement pas de dossiers. Aucun dossier. Rien, absolument rien. Aussi étonnant que ça puisse paraître, il n'y avait quasiment rien sur le Net concernant l'ancienne et démesurée famille de Chânais…

Aymeric continuait à s'enfoncer dans le quartier sordide qu'il avait choisi d'investir. Il avait croisé d'autres bandes prêtes à en découdre, qui toutes avaient reculé au dernier moment en voyant le sang sur ses vêtements et son regard couleur d'orage. Il finit par arriver à destination : le quartier des prostituées le plus minable de toute la ville.

Inutile de préciser que l'arrivée d'un potentiel client aussi sexy déclencha une vague d'incrédulité dans la rue, aussitôt suivie par une multitude de propositions dont beaucoup incluaient la gratuité du service.

Yseult jeta un regard torve à son ordinateur. Elle n'avait pas l'habitude qu'il la trahisse, et pourtant, là, c'était bien ce qu'il venait de faire… Certes, ce n'était pas de sa faute ; ce n'était qu'une machine qui ne pouvait lui fournir des données qu'il ne contenait pas, mais elle avait besoin de s'en prendre à quelque chose pour exorciser sa frustration.

Décidant qu'une pause serait la bienvenue, elle se dirigea vers la cuisine pour se refaire du chocolat. Et comme elle avait un petit creux, elle l'accompagna d'un morceau de brioche.

Aymeric saisit le bras de la fille la plus proche.

— Combien ?

— Gratuit pour un beau gosse comme toi, roucoula l'élue, qui n'en revenait pas qu'un aussi beau spécimen du genre masculin se soit perdu dans ce quartier et veuille en plus payer pour un rapport sexuel.

— Ça ne marche pas comme ça, gronda le jeune homme, un éclat farouche dans le regard. Tu me rends un service, je te paye, et on est quittes. Alors combien ?

— Cinq… cinquante, bafouilla la fille, partagée entre son désir pour Aymeric et la peur qu'il commençait à lui inspirer. J'ai une chambre dans…

— Pas besoin de chambre.

Sans un mot de plus, Aymeric entraîna la jeune femme dans une impasse déserte, fourra une poignée de billets froissés dans son soutien-gorge sans prendre la peine de les compter, puis la retourna face contre le mur. Une pluie fine s'était mise à tomber, mais il n'en avait cure.

— Écarte les jambes, lança-t-il d'un ton rogue tout en descendant la braguette de son jean.

La fille eut à peine le temps d'obéir que déjà il lui arrachait sa culotte et la pénétrait sans douceur, les dents serrées. Il ne lui fallut que quelques coups de boutoir pour se soulager. Il resta un instant immobile, laissant la pluie ruisseler sur son visage, puis se retira et se rhabilla en un tournemain. La fille se retourna lentement, un peu choquée par ce rapport aussi bref et violent. Elle en avait vu d'autres, bien sûr, mais il y avait quelque chose d'étrange dans la façon de faire de son improbable client, comme s'il était là par obligation plus que par envie. Elle tressaillit lorsqu'il lui mit de nouveaux billets dans la main.

— Pour remplacer tes sous-vêtements.

Puis il la planta là, et s'éloigna sur ses mots, les mains enfoncées dans les poches de son jean, aussi indifférent à la pluie de plus en plus drue qu'au regard de son éphémère compagne, qui, malgré la rudesse dont il avait fait preuve, regrettait le départ d'un si beau client. S'il l'avait laissée faire, elle aurait fait en sorte de le combler au-delà de tout ce qu'il pouvait imaginer…

Faute de mieux, Yseult décida de créer une fiche pour chacun des de Chânais qu'elle avait rencontrés, avec son nom quand elle le connaissait, sa description physique et quelques mots sur ce qu'elle pensait avoir deviné de son caractère.

Elle ne se rendit compte qu'elle avait commencé par Aymeric qu'en achevant de rédiger ce qu'elle avait vu et ce qu'elle en avait déduit de lui…

Aymeric retrouva sa moto sans que personne ne se mette en travers de sa route. Son arrivée fracassante avait dû faire le tour du quartier, dissuadant qui que ce soit de lui chercher noise. Il le regretta. Sa brève étreinte n'avait fait que satisfaire l'appel ; il n'en avait éprouvé aucun plaisir, aucune satisfaction. À vrai dire, il s'en serait volontiers passé, mais cela lui était impossible. Une autre bagarre lui aurait permis de se défouler, d'évacuer la rage qu'il portait en lui et qui menaçait de l'étouffer.

Il savait qu'il paierait cher ce qui s'était passé ce soir, mais en cet instant précis, peu lui importait.

L'aube se levait lorsqu'Yseult se coucha enfin, épuisée. Elle était arrivée au bout de ses ressources et de ses idées, et était à présent sûre et certaine que la famille de Chânais gardait un secret. Une part d'elle-même lui criait de fuir, qu'elle se mettait en danger en restant, que son histoire avec Charles Saint-Eve devait lui servir de leçon, mais une autre partie de son esprit lui chuchotait avec une troublante insistance que toute sa vie elle regretterait de ne pas avoir cherché à savoir…

L'aube se levait lorsqu'Aymeric atteignit le manoir que la bande partageait au sein de la propriété de Chânais. Ainsi qu'il s'en doutait, Aloys l'attendait, assis dans un fauteuil du salon. Son cousin se leva lorsqu'il entra, les yeux fixés sur le sang qui maculait sa chemise.

— Qu'est-ce que tu as fait ?

— Rien, une bagarre, c'est tout. Tu ne risques rien, il n'y a eu aucun témoin.

— Et… l'appel ?

— C'est réglé.

Aloys ne se laissa pas rebuter par le ton sec et l'air renfrogné de son interlocuteur. Il croisa les bras et insista.

— Précise…

— Pour quoi faire ?

— Parce que je te demande.

— Tu n'es pas Duncan !

— Ça va, arrête ton cinéma ! Alors ?

Aymeric hésita un instant, puis finit par avouer dans un grommellement quasi inaudible.

— J'ai payé une fille.

— Ça, j'avais compris. Et ?

— Ça a duré même pas cinq minutes dans une rue à côté d'un conteneur poubelle, ça te va ? aboya son cousin.

D'un mouvement fluide, Aloys se porta au-devant d'Aymeric. Il était clairement furieux.

— Tu… tu n’as quand même pas… comme ça… ? Bon sang, Aymeric, tu sais ce que ça signifie… !

— Mêle-toi de tes affaires, OK ? Tu n’es pas mon père, que je sache… !

— Ah oui ? Et bien peut-être que si ton père t’avait mis un peu plus de plomb dans la cervelle, les choses iraient mieux pour toi ! Parce qu’aux dernières nouvelles, c’est moi qui te ramasse chaque fois !

Le ton montait indéniablement entre les deux cousins, ce qui finit par attirer le reste de la bande à peu près au grand complet, et bientôt, le salon se trouva envahi par un certain nombre de personnes plus ou moins réveillées et pas forcément heureuses de l’être, avec parmi elles un Duncan à l’œil noir.

La violence du premier coup fit jaillir le sang et jeta Aymeric à genoux devant son cousin.

Cette nuit-là dans ses rêves – ou peut-être bien ses cauchemars ? – l’insaisissable jeune femme brune pleura des larmes de sang…

# *Chapitre 6*

Aloys ne fut pas surpris de trouver Duncan dans le salon lorsqu'il descendit. Sans attendre d'y être invité, il s'installa dans un fauteuil en face de lui.

— Comment va-t-il ? s'enquit son chef.

— Mal. Physiquement, il est pas mal amoché, mais ça, ça guérira. Moralement, j'ai l'impression d'être revenu des siècles en arrière ! Qu'est-ce qui lui a pris, à ton avis ?

— La fille de plage.

— La… ? Celle qui a donné une gifle à Faolan ?

— Celle-là même.

— Quel rapport avec Aymeric ?

— Eh bien, le parchemin sort de sa cachette, cette fille arrive et Aymeric débloque. Beaucoup de coïncidences, non ?

— Alors ce serait elle qui… ?

— Je n'en sais encore rien. Avant toute chose, il faut savoir qui elle est et quand elle est arrivée. Je vais au château, et toi, tu empêches ta tête de mule de cousin de sortir de sa chambre. Par la force si besoin est. Fais-toi aider s'il le faut, et si vraiment il fait des siennes, enchaînez-le.

— À tes ordres.

Sans plus s'occuper de son lieutenant, Duncan quitta le manoir et se dirigea vers le château de Chânais. Distant de plusieurs kilomètres, il n'était pas visible depuis le manoir, lui-même situé dans la forêt et dont l'existence était impossible à deviner. Le jeune homme avançait à grands pas, indifférent à la beauté des bois qu'il traversait. En cet instant, il ne pensait qu'à Aymeric, Aymeric qui était sorti en sang du salon hier, à peine capable de mettre un pied devant l'autre. Comme d'habitude, Aloys l'avait soigné, étanchant le sang et pansant ses plaies. Et comme d'habitude, les deux cousins s'étaient violemment disputés durant tout le temps qu'ils avaient passé ensemble, Aloys tentant inlassablement de convaincre Aymeric que sa punition serait moins sévère s'il y mettait du sien et Aymeric lui répliquant de se mêler de ce qui le regardait. Une fois de plus, son lieutenant avait eu gain de cause, et Aloys avait fini par se taire pour se contenter de son rôle habituel d'infirmier. Duncan avait arrêté de compter le nombre de fois où Aloys était arrivé pour réparer les dégâts après l'appel. De toute façon, jamais Aymeric n'aurait toléré qu'un autre que son cousin ou lui le voie dans un tel état de faiblesse. D'ailleurs, le reste de la bande avait quitté le salon dès qu'il s'était effondré aux pieds d'Aloys.

Duncan soupira en poussant la porte d'entrée du château. Il avait envoyé un bref SMS au duc pour le prévenir de son arrivée, aussi le rejoignit-il directement au salon.

— Mayeul… le salua-t-il en inclinant la tête.

— Duncan… Comment va Aymeric ?

— Mal. Tu as des réponses ?

— Oui. Une seule arrivée le jour où le parchemin est sorti de sa cachette. Yseult Chandrett, employée à la bibliothèque pour décrypter et classer les documents entassés dans les réserves depuis des siècles. Cheveux longs, brune, yeux bleus. Je te présente mes plus humbles excuses pour ne pas t'avoir prévenu tout de suite.

— Je veux tout ce que tu as sur elle. Tout de suite.

— À tes ordres.

Sans plus de façon, Duncan s'installa au bureau tandis que Mayeul lui tendait un mince dossier, qu'il ouvrit en fronçant les sourcils. Il ne leva pas les yeux lorsque le majordome, sonné par le maître des lieux, entra, un plateau contenant un petit déjeuner complet à la main. Il posa son fardeau sur le bureau, devant Duncan, sans paraître autrement surpris de voir le jeune homme se comporter en maître des lieux tandis que le duc en titre était debout, comme un vassal devant son seigneur. Et de fait, l'homme plus âgé regardait Duncan avec une pointe de crainte au fond des yeux. Il avait commis une erreur en ne le prévenant pas de l'arrivée d'Yseult, et il savait qu'il lui faudrait en payer le prix.

— Il va falloir se débrouiller pour la faire venir ici, lança Duncan en refermant le dossier d'un ton sec.

— Ce sera fait.

— Ah oui ? Mon désir était aussi d'être prévenu de toute nouvelle arrivée en ville depuis l'apparition du parchemin…

Son interlocuteur baissa la tête, mal à l'aise. Duncan n'était pas réputé pour sa clémence, et il avait châtié durement des manquements moins importants que le sien. Il tressaillit lorsque le jeune homme se leva pour venir à ses côtés et lui glisser à l'oreille quelques mots contenant une indéniable menace :

— Attention à toi, Mayeul… Je peux défaire ce que j'ai fait aussi facilement que j'écrase une mouche sur un mur… S'il y a une prochaine fois, je ne me contenterai pas de simples excuses, mais je viendrai réclamer le prix du sang…

— Je… je te remercie de ta clémence, Duncan, et je… je te donne ma parole que ça ne se produira plus.

Tout en parlant, Duncan avait saisi l'avant-bras du duc dans sa main et le serrait au point de faire grimacer l'homme à ses côtés. Il le lâcha brusquement et se dirigea vers la porte tout en jetant un dernier ordre.

— Je la veux ici avant quinze jours.

— Elle sera là.

Duncan sorti, Mayeul remonta la manche de sa chemise avec précaution. Ainsi qu'il s'en doutait, le sang perlait de cinq marques sur son avant-bras, comme si des griffes s'étaient profondément enfoncées dans sa peau. Il soupira, heureux cependant de s'en être sorti sans plus de dommages. Son Seigneur aurait aussi bien pu lui ouvrir la gorge pour avoir fauté…

Indifférent aux pensées de Mayeul, Duncan retournait à longues enjambées au manoir, lisant et relisant le dossier tout en marchant. Il avait hâte d'en faire part à son lieutenant, mais lorsqu'il ouvrit la porte d'entrée, des éclats de voix venant du salon l'attirèrent aussitôt dans cette direction. Tendant l'oreille, il distingua la voix d'Aloys, qui semblait indiscutablement se défendre.

— Mais enfin, Ailis, c'était pour rire…

— Pour rire ? Pour rire ? Eh bien moi je ne trouve pas ça drôle ! Lequel d'entre vous a eu cette idée stupide ?

Duncan entrouvrit la porte juste à temps pour voir les regards des jeunes gens tassés sur le canapé converger vers Faolan, qui protesta vigoureusement.

— Ah ben, bravo ! Merci la soi-disant solidarité masculine ! Sympa, les gars, merci !

— Toi, n'aggrave pas ton cas, ou tu vas prendre une autre baffe, et je ne serai pas aussi gentille que la demoiselle de la plage, moi !

D'où il était, Duncan voyait parfaitement les quatre filles de la bande debout devant le canapé, dans lequel leurs interlocuteurs souhaitaient visiblement disparaître. Pas si facile quand on mesure près d'un mètre quatre-vingt-dix et qu'on a des muscles à revendre, apparemment… Un sourire moqueur naquit sur ses lèvres. Les filles de la bande n'étaient pas nombreuses, pas bien grandes, mais personne ne les contredisait. D'ailleurs, il était en train de se dire qu'il ferait peut-être mieux de ne pas s'en mêler lorsque soudain Aloys l'aperçut et l'interpella.

— Duncan, au secours… ! Dis-leur, toi, qu'on n'a rien fait de mal !

Les filles se tournèrent aussitôt vers lui, un éclat vengeur dans les yeux, et il n'eut d'autre choix que d'entrer, les mains levées en signe d'apaisement.

— On ne mord pas, les filles… ! Je n'ai encore rien dit !

— Toi, ne t'avise surtout pas de prendre leur défense ! riposta la rousse Ailis, en agitant un index impérieux.

— Duncan, ne nous abandonne pas ! supplia Faolan. Elles vont nous tuer !

— Alors ça, c'est *votre* problème.

— Duncan, insista Aydan. Elles veulent nous faire nettoyer le manoir de la cave au grenier…

— Ah tiens, ce n'est pas une mauvaise idée, ça, commenta l'interpellé. Ça fait longtemps que ça n'a pas été fait. Je dirais… un siècle ou deux.

— Duncan !

La protestation horrifiée avait été générale. Plus remontée que jamais, Ailis explosa.

— Duncan, la ferme ! Et vous aussi ! Sinon, je vous oblige à porter des tabliers à fleurs avec de la dentelle en prime !

— Duncan… gémit Aloys. Fais quelque chose…

— Qui, moi ? se défila l'intéressé, certainement pas ! Je tiens trop à ma peau pour ça, et ma dignité de chef ne se relèverait pas du port d'un tablier à fleurs avec de la dentelle !

— Mais justement, tenta Ciaran. C'est toi le chef…

— Je suis le chef parce que moi, j'ai un cerveau, lequel m'interdit formellement de contrarier une femme en colère, a fortiori, quatre. Surtout quand ma petite sœur est dans le lot. Ils sont donc tout à vous, Ailis. Faites-en ce que bon vous semblera. Et à votre place, ajouta-t-il en s'adressant aux jeunes gens abasourdis. Je filerais droit pour éviter le tablier à fleurs !

— Mais… protesta Aloys.

— Le strip-teaseur à la petite semaine, tu te tais et tu prends un chiffon si tu ne veux pas aggraver ton cas ! le coupa Ailis. Allez hop, au boulot ! On vous surveille !

Comment Ailis était-elle au courant de ce qui s'était passé au *Silver Evening* alors qu'elle n'y était pas et que les exploits d'Aymeric avaient occulté tout autre sujet de conversation la veille était un mystère que personne n'eut le cran de chercher à approfondir. La rouquine avait ses propres sources d'information, qu'elle ne divulguait à personne, pas même à son frère.

La dernière image que vit Duncan en sortant du salon fut celle des jeunes gens quittant leur canapé pour se mettre aux ordres des filles. Il sourit en montant les escaliers, mais ce sourire s'évanouit dès qu'il entra dans la chambre d'Aymeric. Son lieutenant était debout devant la fenêtre, lui offrant le douloureux spectacle de son dos ravagé.

— Tu tiens le coup ? demanda-t-il en posant le dossier sur le bureau.

— Ai-je le choix ?

— J'ai des nouvelles qui vont t'intéresser.

Aymeric se retourna lentement et s'appuya contre le rebord de la fenêtre, bras croisés devant sa poitrine nue.

— À propos de ?

— La fille de la plage.

— Yseult ?

Ce fut l'une des rares fois dans sa vie où Duncan resta sans voix.

— Alors ça… finit-il par articuler, abasourdi, tu connais son nom ? Et moi qui ai failli massacrer Mayeul parce qu'il ne m'avait rien dit de son arrivée… !

— T'emballe pas. Je ne connais que son prénom.

— Comment ?

— Il y avait un type qui l'ennuyait à la sortie du *Silver*. J'y ai mis mon grain de sel et j'y ai gagné son prénom.

— Ça veut dire quoi, exactement, « j'y ai mis mon grain de sel » ? Il était dans quel état, quand tu en as eu fini ?

Aymeric haussa les épaules avec désinvolture.

— Juste un petit coup de poing de rien du tout… Je lui ai peut-être déchaussé une ou deux dents, sans plus. Tu ne vas pas t'en prendre à Aloys parce que j'ai corrigé un goujat, quand même ? Les vrais de Chânais ont toujours défendu la veuve et l'orphelin, que je sache !

— Tu es impossible ! Enfin, puisqu'il s'agissait d'une jeune femme importunée par un crétin, je veux bien consentir à passer l'éponge.

— Tu aurais fait pareil et peut-être même pire, monsieur le chevalier sans peur et sans reproche. Bon, alors, ce dossier ?

— Yseult Chandrett, bibliothécaire, abandonna Duncan en lui tendant le dossier, spécialiste du déchiffrage de parchemins anciens. Très douée en son domaine. Ex-petite amie du mannequin Charles Saint-Eve.

De façon tout à fait irrationnelle, Aymeric sentit une violente bouffée de jalousie l'envahir.

— Qui a rompu ? gronda-t-il en regardant la photo d'Yseult incluse dans le dossier.

— Officiellement, c'est lui, mais des sources très sérieuses disent que les affaires de Saint-Eve ont volé par la fenêtre de son appartement à elle.

À la grande surprise de Duncan, un bref sourire apparut sur les lèvres d'Aymeric.

— D'après ce que j'ai vu hier soir, ça ne m'étonne pas… Au fait, que se passe-t-il, en bas ? J'ai cru comprendre que les filles étaient fâchées…

Duncan hésita, puis décida de ne pas brusquer son second et accepta le changement de conversation.

— Oh, trois fois rien… Ne me demande pas comment, mais elles ont su ce qui s'était passé sur la plage, et elles ont improvisé un tribunal. Les coupables sont en train de nettoyer le manoir.

— Tu as remarqué qu'elles font le même coup chaque fois qu'elles décident d'un grand nettoyage ?

— Oui. Comme tout le monde. Mais s'opposer à elles est trop fatigant ! Au fait, Ailis t'attend. Elle a préparé ses onguents.

— J'ai le choix ?

— Non. Descends.

Aymeric obtempéra sans un mot. La rouquine l'attendait dans la cuisine en buvant un café, une série de petits flacons disposés devant elle sur la table. Elle acheva sa tasse d'un trait avant de se lever.

— Allez hop, assieds-toi et montre-moi ton dos !

— Tu n'es pas obligée…

— On ne va pas avoir ce dialogue de sourds chaque fois, non ?

Tout en parlant, Ailis s'était penchée sur les profondes lacérations qui zébraient le dos d'Aymeric. Elle serra les dents pour garder son calme en réalisant la gravité des blessures et entreprit de soigner le jeune homme sans un mot. Elle ne perdit pas de temps à lui demander s'il avait mal ; au mieux, il ne répondrait pas, au pire, il mentirait.

L'expérience aidant, Ailis ne mit que peu de temps à enduire les plaies du baume cicatrisant dont elle avait le secret. Vu la fréquence à laquelle ses compagnons rentraient blessés, ses compétences de guérisseuse étaient sollicitées plus souvent qu'à leur tour. Puis elle s'autorisa un geste de tendresse et caressa les cheveux du lieutenant de son frère tout en murmurant doucement.

— Aymeric, pourquoi tu ne viens pas nous voir… ? N'importe laquelle d'entre nous serait heureuse de le faire pour toi, plutôt que tu ailles payer une prostituée.

— On ne va pas avoir ce dialogue de sourds chaque fois, non ?

Pas découragée pour autant, Ailis revint à la charge.

— Tu crois que c'est en me singeant que tu vas me faire taire ?

— Ailis, tu sais bien ce qu'il en est… Quand je paye une fille, après, on est quittes, je ne lui dois plus rien.

— Ce que tu peux être têtu… Crois-tu qu'une seule d'entre nous te demanderait quelque chose ?

Aymeric se tourna à demi pour lui faire face.

— On ne sait jamais, Ailis… Je ne peux pas me permettre de prendre le risque.

— Plus tête de mule que toi, ça n'existe pas… Ce que tu es exaspérant, à la fin !

Ailis se pencha et déposa un baiser affectueux sur la joue du jeune homme.

— Mais je t'aime quand même…

Au même instant, Blodwyn, Eanna et Eryn, les trois autres filles de la bande, déboulèrent dans la pièce.

— Alors, tu l'as convaincu ? lança la première en se perchant sur la table.

— Plus tête de mule que lui, tu meurs ! répéta une Ailis à bout d'arguments. Regardez dans l'état où il est !

— Aymeric, tu es impossible, soupira Eryn, paraphrasant sans le savoir Duncan.

— Je croyais que c'était pour ça que vous m'aimiez… fit l'interpellé avec un petit sourire.

— Oui, on t'aime, riposta Blodwyn en se penchant pour lui embrasser la joue à son tour, tandis qu'Eryn et Eanna l'imitaient de l'autre côté. Mais tu es impossible quand même.

— C'est injuste ! clama soudain une voix venant de la porte. Il n'y a que quatre filles dans la bande, et elles sont toutes pour lui !

— C'est pour ça que je suis chef et pas toi, riposta un Aymeric railleur à l'adresse de son cousin. Le talent, ça ne s'improvise pas !

— Duncan et toi vous êtes toujours dispensés des corvées, c'est de la discrimination pure et simple !

— Tu serais plus crédible en arrêtant d'agiter ton plumeau, continua moqueusement Aymeric.

— C'est quoi, ce dossier ? intervint tout à coup Faolan en saisissant la chemise qu'Aymeric avait posée sur la table de la cuisine et qu'Ailis avait écartée pour soigner le lieutenant de son frère.

La réaction d'Aymeric surprit tout le monde. Il se leva brusquement en rugissant, arrachant la chemise des mains de Faolan.

— Touche pas à ça ou tu es un homme mort !

Le jeune homme lâcha aussitôt prise et recula d'un bon mètre, les mains levées en signe d'apaisement.

— Te fâche pas, Aymeric… Je suis désolé, je ne voulais pas…

Sans plus réfléchir, Faolan se laissa tomber sur un genou, nuque courbée. La rage qui brillait dans les yeux d'Aymeric aurait effrayé à peu près n'importe qui, et à vrai dire, il craignait pour sa vie. Seule Ailis osa braver la colère du blessé en posant une main apaisante sur son bras.

— Du calme, Aymeric… Faolan ne pensait pas à mal, d'accord ? Détends-toi, tu n'as que des amis, ici…

Le contact avec la jeune femme électrisa Aymeric. Il se tourna vers elle, le corps tendu comme un arc et les poings serrés, mais elle ne recula pas, et l'effet hypnotique de ses yeux d'émeraude pailletés d'or parvint à apaiser la colère en lui. Il se détendit d'un bloc et tendit la main à Faolan toujours agenouillé.

— Désolé, vieux frère… Je ne pensais pas ce que j'ai dit.

— Oh si, tu le pensais, répondit Faolan en acceptant la main tendue, si je te demande ce qu'il y a dedans, tu exploses de nouveau ?

— Non. Vous avez le droit de savoir.

Aymeric ouvrit la pochette et en sortit la photo d'Yseult tout en commentant.

— Je vous présente Yseult Chandrett. Arrivée le jour où le parchemin est sorti de sa cachette.

— Ce serait elle ? s'enquit Ailis en prenant la photo.

— Peut-être, répondit prudemment Aymeric. Duncan a chargé Mayeul de la faire venir au château dans les quinze jours, et on la mettra en contact avec le parchemin.

— J'espère que ce sera elle, fit Aloys en s'approchant de son cousin pour poser une main fraternelle sur son épaule.

— Tu le mérites, tu sais, renchérit Eryn. Tu as bien assez souffert comme ça.

Comme toujours mal à l'aise avec les sentiments, Aymeric baissa la tête pour masquer sa gêne.

— Je ne vais quand même pas me faire trop d'illusions… Morrigane ne me laissera pas m'échapper si facilement.

Un lourd silence s'installa dans la pièce. Chacun cherchait comment le rompre lorsque l'arrivée de Kerwan, le nez plongé dans un épais dossier, évacua le malaise qui régnait dans la cuisine.

— Aymeric, tu as deux minutes à me consacrer ? Il faut que je te… Il se passe quoi, ici ? On enterre quelqu'un ?

Le regard du nouvel arrivant voyageait d'un membre de la bande à l'autre, surpris de les voir si graves.

— Ce n'est rien, se secoua brusquement Aymeric, de quoi voulais-tu me parler ?

— Faolan et moi sommes plongés dans les comptes de la société Nestil depuis deux jours, et nous sommes d'accord pour dire qu'il y a eu des irrégularités.

— Précise.

— Des sommes importantes ont disparu. Pas d'un coup, mais par petites touches. Quasi indécelables. Mais avec les dernières vérifications que je viens de faire, j'en suis sûr.

— Qu'est-ce que tu attends de moi ?

— Faolan et moi savons qui c'est. Et on adorerait partir en expédition punitive…

— Oh oui, oh oui ! le coupa Blodwyn en sautant de son perchoir et en battant des mains. Dis oui, Aymeric, dis oui… ! C'est mon tour d'accompagner les garçons en expédition punitive… !

— Toi ? s'exclamèrent de concert Faolan et Kerwan.

— Oui, moi, pourquoi ?

— Aymeric, pitié, reprit Faolan en se tournant vers le lieutenant de Duncan. Pas elle… ! La dernière fois, Elwyn et Finnian m'ont dit qu'elle avait tellement tabassé les types qu'à la fin, ils pleuraient en appelant leurs mères.

— Ça ne compte pas, fit l'intéressée en haussant les épaules, c'étaient des violeurs. Et puis ils ont eu de la chance, je ne les ai pas castrés.

— C'est vrai ça, qu'ils s'estiment heureux… renchérit Eanna avec un sourire carnassier, Blod était de bonne humeur, ce jour-là.

— Ben à mon avis, ils n'approcheront plus jamais une fille de leur vie… sifflota Aloys. D'après Elwyn, ils sont repartis en rampant et en faisant vœu d'abstinence éternelle.

— Elwyn exagère toujours, commenta Blodwyn en levant les yeux au ciel.

— Ça va, ça va, on se calme, tout le monde… ! intervint Aymeric. Blod, il ne s'agit que d'un détournement de fonds, alors tu peux lui casser quelques doigts, mais c'est tout, d'accord ? Faolan, Kerwan et toi réglerez ça ce soir. Je me charge de mettre Duncan au courant.

— Qu'est-ce qu'on fait de lui à la suite de notre discussion ? demanda Kerwan.

— Vu que nous sommes des gens sympathiques et civilisés, on lui offre un autre poste. Ailleurs. Très loin. Bon, il ne sera plus cadre, c'est sûr, mais il sera toujours en vie, répondit Blodwyn en s'étirant.

— Tu penses à quoi ? fit Aymeric en étouffant un sourire.

— J'ai récemment examiné la liste du personnel dans nos filiales d'Europe de l'Est. Il y a un poste de manœuvre libre dans une scierie, quelque part au milieu des forêts russes. Il voulait du dépaysement, il en aura !

— Quelque chose me dit qu'il pensait plutôt aux Caraïbes… fit remarquer Aloys en riant. Le soleil, la mer, la plage…

— Il y a du soleil en Russie, argumenta Blodwyn. Et la plage n'est qu'à quelques milliers de kilomètres. On n'est pas cruels à ce point, c'est pas le goulag, non plus ! On fait comme ça, alors ?

Aymeric donna son assentiment d'un signe de tête et se leva pour quitter la pièce. Il s'en voulait encore un peu de s'être emporté contre Faolan et préférait rester seul.

D'un autre côté, l'idée que lui ou un autre pose les yeux sur Yseult le rendait fou de rage…

Pendant ce temps, l'objet des pensées d'Aymeric émergeait difficilement d'un sommeil lourd et agité, durant lequel elle avait vu le loup, son loup, souffrir et saigner sans qu'elle puisse faire quoi que ce soit pour le soulager, et ce malgré tous ses efforts. Elle n'avait parlé à personne de ses curieux rêves, mais tout au fond d'elle-même, elle devait s'avouer qu'elle attendait avec impatience la nuit pour le revoir. Mais cette nuit, son loup lui avait paru triste et vulnérable, et elle aurait adoré l'approcher pour passer ses bras autour de son cou et enfouir son visage dans son épaisse fourrure. Hélas, comme chaque nuit, elle n'avait pas pu le toucher.

La jeune femme en était là de ses pensées moroses lorsque la sonnette de la porte d'entrée carillonna joyeusement. Étonnée, elle ouvrit le judas, et découvrit avec stupéfaction Ariane, Aurore et Magali, ses trois collègues de la bibliothèque, armées de cartons de pizzas et d'une bouteille de rosé, l'air hilare, et qui attendaient qu'elle leur ouvre. Ce qu'elle fit en balbutiant quelques mots d'un ton abasourdi.

— Vous... vous mangez de la pizza au petit déj, vous ?

— Yseult ! répliqua Ariane d'un air de reproche. Il est une heure de l'après-midi ! Et on t'a envoyé au moins un million de messages pour que tu nous racontes !

— Que je raconte quoi ? répéta Yseult en s'effaçant pour les laisser passer.

— Tu es le centre des conversations de toute la ville depuis qu'Aymeric de Chânais s'est battu pour toi, répliqua Aurore.

— « Battu » est un grand mot, rectifia machinalement Yseult, le type en face n'a jamais eu la moindre chance. Eh mais... une minute, là... Comment ça, je suis le centre des conversations de toute la ville ?

— On va t'expliquer en mangeant, intervint Magali. Au fait, pourquoi tu ne nous as pas répondu ?

— J'avais coupé mon portable. Une seconde, je passe quelque chose sur le dos. Installez-vous.

Yseult sortait de la douche quand ses amies avaient sonné. Elle jeta son peignoir de bain dans un coin et enfila une robe de plage jaune paille avant de les rejoindre tout en attachant ses cheveux en queue-de-cheval.

— Alors, c'est quoi, cette histoire ? reprit-elle en s'asseyant et en prenant une part de pizza.

— Eh bien, il se dit partout qu'hier soir, Aymeric de Chânais a cassé la figure à un type ivre qui tournait autour d'une brune avec des cheveux longs et une robe bleue. Or, il n'y avait pas cinquante brunes aux cheveux longs et en robe bleue au *Silver* hier…

— D'accord, c'était moi. Et qu'est-ce que ça a d'extraordinaire ?

— Jamais ô grand jamais Aymeric ne s'est battu pour une fille ! Personne ne l'a d'ailleurs jamais vu avec une fille, ce qui en fait le célibataire le plus couru de toute la ville.

— Il préfère peut-être les hommes ?

— Personne ne l'a jamais vu non plus avec un homme. En fait, le bruit court qu'il paye des prostituées. Un canon dans son genre… Qui pourrait y croire ?

— Il a peut-être des fantasmes… particuliers ? suggéra Yseult en repensant à l'étrange conversation qu'elle avait surprise dans la boîte.

— Peut-être. Mais je suis sûre que des tas de filles seraient prêtes à subir ses fantasmes rien que pour qu'il pose les mains sur elles !

— Il ne sait peut-être rien en faire, de ses mains… insinua Yseult tout en songeant avec un curieux creux au ventre à la sensation des muscles d'Aymeric sous sa paume.

Ses compagnes la regardèrent avec stupéfaction, puis Magali prit la parole en reposant son verre :

— Yseult… Un des plus beaux mecs du coin se bat pour toi, et on dirait que tu n'en as rien à faire.

— Tu sais, moi, les beaux gosses, plus je suis loin d'eux, mieux je me porte… Et puis franchement, ce n'était pas une bagarre. Aymeric était taillé trois fois comme le type en face, et sincèrement, j'ai eu peur qu'il ne le tue. Bon, si vous me parliez un peu de la famille de Chânais ? Il n'y a quasiment rien sur eux sur le Net, et presque aucune photo !

— Ça, c'est un des grands mystères de la famille de Chânais, répondit Aurore. D'étranges histoires courent sur eux, et ce depuis toujours. Des rumeurs de sorcellerie circulent depuis des siècles. Certains des membres de la famille ont la fâcheuse habitude de disparaître du jour au lendemain, sans laisser la moindre trace et sans que cela n'inquiète personne. Et puis il y a leur air de famille… Tous les de Chânais se ressemblent plus ou moins et sont scandaleusement beaux. Il est souvent souligné qu'ils ont le même regard.

— Et ils ont aussi la réputation d'être des Meneurs, renchérit Magali.

— Des… Meneurs ? frissonna Yseult, qui avait peur de comprendre.

— Oui, confirma Ariane. De tout temps, ils ont eu la douteuse réputation de Mener les loups…

En tant qu'historienne, Yseult avait bien entendu connaissance de la légende des Meneurs, ces hommes ou ces femmes réputés se faire obéir des meutes de loups, et souvent condamnés pour sorcellerie dans les temps anciens. Elle se sentit brusquement oppressée. Le loup de ses rêves, l'étrange regard d'Aymeric, les légendes qui entouraient la famille de Chânais, l'absence quasi totale de renseignements sur eux… Cela faisait beaucoup, beaucoup de coïncidences. Elle décida cependant de garder ses réflexions pour elle, car au-delà de la peur, il y avait la chaleur du corps d'Aymeric sous ses doigts, l'intensité de son regard et cette étonnante et illogique sensation que pour une autre, il ne serait pas intervenu.

— Étonnant qu'ils ne soient pas fait brûler pour sorcellerie, avec des rumeurs pareilles… se contenta-t-elle de remarquer. Personne ne s'est jamais attaqué à eux ?

— Si. Mais tous ceux qui s'y sont risqués se sont mystérieusement volatilisés. Et c'est encore le cas de nos jours… Les de Chânais sont multimilliardaires, propriétaires de sociétés un peu partout dans le monde, et qui entre à leur service signe une clause de confidentialité absolue, qu'il soit cadre ou ouvrier. Et personne ne sait vraiment ce que deviennent ceux qui enfreignent cette clause, rétorqua Aurore. Tu sais, au premier abord, ils ont l'air de surfeurs décérébrés, à part Duncan et Aymeric, mais en réalité, ils sont d'une intelligence redoutable, et en affaires, personne ne leur tient tête. Il paraît que des businessmen réputés ont manqué de s'évanouir de trouille en s'apercevant qu'ils devaient négocier avec un de Chânais. Va savoir comment c'est possible, mais ils possèdent tous le Code pénal sur le bout des doigts et sont impossibles à prendre en défaut. Et les filles de l'équipe sont tout aussi dangereuses.

— Comment sait-on que des gens enfreignent cette fameuse clause ?

— Toujours la même chose, la rumeur… Les de Chânais peuvent faire taire les médias, la police, Internet, mais pas la rumeur. Et la rumeur sur leur compte court depuis des siècles et des siècles, répondit Magali.

— Étrangement, à vous écouter, je ne suis pas ravie d'avoir attiré l'attention d'un de Chânais, soupira Yseult. Moi qui étais venue m'installer ici pour avoir la paix et oublier ma désastreuse histoire de cœur…

Ses collègues hésitèrent un instant, puis Ariane reprit doucement :

— Tu veux en parler ?

— Histoire classique et banale à pleurer… Je suis sortie environ un an avec un type, j'étais folle amoureuse de lui, puis j'ai découvert qu'il me trompait depuis le début, que je n'étais pour lui que celle qui lui assurait son petit confort matériel. Pas pour l'argent, car il gagne très bien sa vie, mais pour le reste, genre les chemises bien lavées et repassées. Ma grande satisfaction, c'est que ses chemises, il les a retrouvées dans un tonneau d'huile de vidange sur le trottoir. Je crois bien que j'avais aussi dû verser un colorant dans l'huile, mais j'étais en colère, je ne suis plus très sûre.

Le ton léger adopté par Yseult à la fin de sa narration ramena la bonne humeur dans le petit groupe. Ses amies ne se doutèrent pas une seconde qu'elle avait gardé pour elle la profonde blessure des conditions de leur rupture, ainsi que la campagne de dénigrement qu'il avait orchestrée contre elle. Elle repensa avec tendresse à son oncle, qui avait failli saisir son poignard favori pour trucider Charles après l'avoir émasculé et lui avoir fait avaler ses bijoux de famille, et que seule la crainte qu'Yseult ne fasse une bêtise s'il la laissait seule avait retenu. Et puis elle était partie pour oublier. Oh, elle espérait toujours avoir l'occasion de le retrouver et de lui rendre la monnaie de sa pièce, mais là, tout de suite, le souvenir du fat présomptueux qu'était son ex s’effaçait au profit de la haute silhouette d’Aymeric. Aymeric, dangereux, imprévisible, violent…

Mais aussi si merveilleusement sexy…

# *Chapitre 7*

La nuit tombait lorsque Blodwyn, Faolan et Kerwan se mirent en route. Ils gagnèrent le château en silence, et de là, la partie des dépendances transformée en un immense garage pour les nombreux véhicules de la famille. Le visage impassible, Mayeul les attendait. Ils se saluèrent d'un bref signe de tête. Le duc en titre n'était pas sans savoir que lorsque la bande du manoir partait en expédition punitive, mieux valait ne pas se mettre en travers de son chemin – non pas qu'il en eût l'intention ; son bras le cuisait encore de sa dernière rencontre avec Duncan –, et en tout cas, mieux valait éviter de toucher les membres désignés pour mener à bien l'opération. D'ailleurs, l'éclat vert qui brillait d'une lueur surnaturelle dans leurs yeux indiquait assez qu'à la moindre provocation, le trio se déchaînerait. Mayeul prit bien soin de baisser le regard en leur adressant la parole et d'adopter un ton neutre.

— Tout est prêt pour recevoir votre… invité.

— Parfait, répliqua Faolan d'une voix dure bien différente de son ton léger habituel. Inutile de nous attendre ; on connaît le chemin.

— Très bien.

Mayeul s'éloigna avec soulagement. Il n'aimait pas côtoyer la bande de Duncan lorsqu'elle était dans ces dispositions, c'était bien trop risqué, et l'étrange rire qui retentit dans son dos ne fit que conforter son opinion. Il avait reconnu le timbre de Blodwyn, un timbre, qui, en cet instant, n'avait rien d'humain…

Indifférents aux sentiments du seigneur du château, Faolan, Kerwan et Blodwyn s'étaient engouffrés dans une puissante berline et s'élançaient dans la nuit. Un sourire carnassier aux lèvres, Blodwyn, assise aux côtés de Faolan, jouait avec un petit poignard. Installé à l'arrière, Kerwan s'était étendu sur la banquette et jonglait avec des menottes et un couteau. Comme tous les de Chânais, Faolan avait un style de conduite des plus sportifs, aussi ne mirent-ils que peu de temps à arriver au pied de l'immeuble où vivait Antoine Royeul, le cadre coupable d'avoir essayé de détourner de l'argent d'une société de Chânais. Dédaignant l'ascenseur, le trio gravit les six étages en courant. Ils n'étaient absolument pas essoufflés en arrivant devant la porte de leur future victime.

Antoine s'apprêtait à sortir lorsqu'il entendit sonner à sa porte. Surpris et pas vraiment ravi d'être dérangé au moment où il s'en allait, il ouvrit avec une certaine irritation…

… et sentit ses jambes se dérober sous lui en voyant les trois silhouettes vêtues de cuir noir plantées sur son paillasson…

Nonchalamment appuyée sur le chambranle, une jambe croisée devant l'autre, Blodwyn se curait les ongles avec son poignard, un sourire sardonique aux lèvres. Planté sur le paillasson, les bras croisés sur son torse puissant, Kerwan le fixait d'un regard dur. Face à Blodwyn se tenait Faolan, les pouces passés dans les passants de la ceinture de son pantalon. Antoine recula d'un pas, bégayant la première phrase qui lui passait par la tête.

— Je… je m'apprêtais à… à sortir…

— Et nous à entrer.

Sans avertissement, Blodwyn s'était arrachée à ses étranges occupations et l'avait repoussé à l'intérieur de l'appartement.

— Fais gaffe, Royeul, l'avertit Kerwan tandis que Faolan fermait la porte derrière eux. Elle s'est levée du pied gauche…

L'interpellé jeta un regard nerveux à la jeune femme. Elle ne paraissait pas bien redoutable, si ce n'était l'éclat de ses yeux, mais c'était une de Chânais… Il sursauta violemment lorsque Kerwan reprit la parole.

— Bien. Tu te doutes que nous ne sommes pas ici un samedi soir par simple politesse, je pense…

Antoine voulut répondre, mais pas un son ne franchit le seuil de ses lèvres. Faolan poursuivit en se rapprochant de lui.

— En fait, ce n'est pas seulement ta sortie de ce soir que tu vas devoir remettre, mais aussi ton petit voyage aux Caraïbes…

— Ce… ce n'est pas… pas ce que vous croyez, bafouilla Antoine, livide, de la sueur coulant sur son front.

— Ah ? Et on croit quoi ? s'enquit Kerwan d'un ton faussement badin.

— Oui, c'est vrai, ça, renchérit Faolan, on croit quoi ?

Une lueur dangereuse s'était allumée dans le regard des deux jeunes gens. Antoine en avait oublié

Blodwyn, et faillit mourir de peur en sentant quelqu'un lui tordre douloureusement le bras dans le dos, tandis qu'une voix féminine susurrait à son oreille.

— Réponds quand un de Chânais te parle, petite larve…

Antoine gémit en sentant des ongles s'enfoncer dans la chair tendre de son bras. Mais était-ce bien des ongles… ? Il ne lui avait pas semblé que la fille ait les ongles longs, et même si ça avait été le cas, est-ce que des ongles pouvaient s'enfoncer aussi profondément ?

— Arrêtez, vous êtes folle ! glapit-il sous le coup de la douleur.

Faolan et Kerwan échangèrent un coup d'œil faussement navré et une même affirmation sortit de leur bouche.

— Il est suicidaire…

Un hurlement les interrompit. Blodwyn venait de tordre un peu plus le bras de sa victime, qui se tortillait en vain pour échapper à sa poigne de fer.

— Arrêtez ! Arrêtez ! supplia-t-il. Je… je retire ce que j'ai dit !

— Et… ?

— Je… je m'excuse, mademoiselle de Chânais, je m'excuse.

— Mieux. Reste à genoux ! Une larve comme toi n'a pas l'autorisation de rester debout devant un de Chânais.

Antoine ne se risqua pas à désobéir. Il ramena précautionneusement son bras devant lui. Il ne fut pas surpris de voir que du sang coulait des déchirures de sa chemise. Il tressaillit lorsque Faolan reprit la parole.

— Maintenant que nous avons toute ton attention, nous allons peut-être pouvoir passer aux choses sérieuses, non ?

— Il se trouve que nous nous sommes aperçus que tu détournais de l'argent de la société qui t'emploie, enchaîna Kerwan. *Notre* société. Et ça ne nous plaît pas.

— Pas du tout, même, renchérit Faolan.

— Tu as signé un accord lors de ton embauche, lança Blodwyn. Et cet accord, tu l'as trahi. Maintenant, il faut payer.

— P… payer ?

— Payer, confirma Faolan. Il n'est pas bon pour notre image qu'un employé en prenne à son aise. Tu vas donc disparaître.

— Vous… vous allez me tuer ?

— Mais non, voyons, rit Kerwan. Tu regardes trop la télé, toi… Nous ne sommes pas des barbares… Tu vas faire un petit voyage, comme tu le souhaitais. Sauf que tu n'iras pas aux Caraïbes.

— Tu iras dans un camp de bûcherons en Russie, murmura Blodwyn à son oreille. Je suis sûre qu'ils vont adorer voir arriver un joli petit cul comme le tien…

— Arrête, Blod, tu vas lui faire peur… fit mine de la gourmander Faolan.

— Qui, moi ? Bon, on y va ?

— Tu es pressée ? s'étonna Kerwan.

— Oui, j'ai envie de courir.

Les trois jeunes gens échangèrent un regard brûlant qui n'échappa pas à Antoine et lui donna envie de disparaître dans le sol. L'atmosphère s'était chargée d'électricité, qui semblait à présent crépiter entre eux. Confusément, Antoine sentit qu'un danger planait autour de lui et il souhaita désespérément être ailleurs. Lorsque Faolan se tourna à nouveau vers lui, il se tassa inconsciemment sur le sol et faillit ne pas l'entendre.

— Allez, debout ! On y va !

Blodwyn le saisit sans ménagement par son bras blessé, lui arrachant un cri, et le jeta vers Kerwan, qui le rattrapa au vol et l'entraîna derrière lui. Le trio devenu quatuor quitta l'appartement, que la jeune femme prit la peine de verrouiller. Voyant Faolan hausser un sourcil interrogateur, elle fit sauter les clés dans sa main avant de les fourrer dans sa poche.

— Ça nous fera un meublé de plus à louer.

Le trajet fut un cauchemar pour Antoine. Son geôlier l'obligea à dévaler les escaliers à leur suite, avant de le propulser sur la banquette arrière, où il se recroquevilla, terrorisé, tandis que Kerwan casait son imposante carcasse près de lui.

Il était presque mort de peur en arrivant au château de Chânais. Kerwan le tira hors de l'habitacle et le traîna à sa suite, droit vers les cachots toujours en service, ce que personne ne savait en dehors des de Chânais. Et de ceux qui y étaient jetés, bien sûr.

Kerwan s'apprêtait à le propulser dans l'un d'eux lorsque Blodwyn l'arrêta.

— Non, attends…

— Qu'est-ce qu'il y a ?

— Aymeric a dit que je pouvais lui casser quelques doigts, et je n'ai rien fait…

— Oh… Si Aymeric l'a dit…

Faolan et Kerwan s'écartèrent, laissant un Antoine tremblant et geignant face à une Blodwyn au sourire sauvage.

— Pitié… Pitié… bredouilla-t-il en reculant.

Sans avertissement, Blodwyn lui saisit l'entrejambe et tordit violemment tout ce qui s'y trouvait. Sa victime hurla et s'écroula sur le sol de pierres en sanglotant, les mains croisées sur la partie malmenée de son anatomie. Il ne vit pas le sursaut et la grimace involontaire de Faolan et Kerwan, qui, par solidarité masculine, compatissaient avec le malheureux.

— Blod, protesta Faolan d'une voix étranglée. Aymeric avait dit les doigts…

— Ben quoi ?

— Mais… commença Kerwan avant de s'interrompre, faute de savoir quoi dire.

— Quoi, ce n'était pas un doigt ?

— Blod… fit faiblement Faolan.

— Désolée, les gars, l'interrompit Blodwyn en haussant les épaules. À mon époque, on ne se préoccupait pas d'instruire les filles, alors moi, j'ai toujours cru que les mecs avaient onze doigts.

Faolan et Kerwan échangèrent un regard impuissant, renonçant à répliquer. Déjà leur compagne reprenait.

— J'ai envie de courir… Qui m'accompagne ?

À nouveau un courant étrange passa entre les trois jeunes gens. La voix de Blodwyn était rauque lorsqu'elle retentit à nouveau.

— Le premier qui me rattrape a gagné…

Faolan et Kerwan échangèrent un coup d'œil qui n'avait plus rien d'amical et s'élancèrent à la suite de la jeune femme.

Environ une demi-heure plus tard, Kerwan retournait au manoir.

Seul.

Yseult en avait assez d'être enfermée. Elle avait passé tout le samedi chez elle, à papoter avec ses amies et à chercher encore et encore des renseignements sur les de Chânais – en particulier sur Aymeric – sur Internet. Sa décision prise, elle saisit ses clés de voiture et dévala les escaliers dans l'intention d'aller faire un tour à son club d'équitation. Elle prenait toujours plaisir à voir les chevaux et à assister aux cours.

Vingt minutes s'écoulèrent avant qu'elle ne gare sa voiture devant le club, à l'ombre d'un chêne. Du coin de l'œil, elle nota la présence d'une grosse moto noire et argentée qu'elle n'avait jamais vue, et qui détonnait sur le parking où l'on ne trouvait en général que des voitures ou des vans. Décidant que cela n'avait pas d'importance, elle posa son sac dans son coffre, ne gardant que son portable dans la poche de son short et ferma sa voiture. Bientôt, elle poussa la porte du club-house, respirant avec bonheur les odeurs de cuir et de chevaux. Il n'y avait personne, mais elle entendait des rires et du bruit dehors. Elle prit le temps de se servir un café, puis sortit et se dirigea vers la carrière.

Elle n'avait pas fait dix pas que Luc, le moniteur-gérant du club, l'arrêtait avec un soulagement visible.

— Yseult, tu me sauves la vie ! J'allais justement t'appeler.

— Que se passe-t-il ?

— Je comptais emmener Étoile à la plage, cet après-midi, et j'ai eu un imprévu. Tu peux t'en charger ?

La jeune femme jeta un coup d'œil dubitatif à son short avant de répondre.

— Comme tu peux le voir, je ne suis pas vraiment en tenue…

— Tu peux la prendre à cru, si tu veux. Je sais que tu adores ça.

— OK, alors. Elle est au parc ?

Luc acquiesça. Yseult allait se diriger vers le pré de la pouliche lorsque soudain, elle remarqua une agitation inhabituelle auprès d'un parc situé à l'écart. Curieuse, elle mit une main en visière au-dessus de ses yeux et sursauta violemment.

— Luc, il y a quelqu'un chez Sheïtan !

Personne n'approchait jamais l'immense étalon noir à la queue et à la crinière argentée. Il était d'une beauté époustouflante, mais sauvage au-delà de toute expression et impossible à aborder. Yseult s'était étonnée qu'un animal aussi dangereux soit gardé dans un club d'équitation, mais Luc lui avait dit que c'était le cheval du patron, et que la peur inspirée par l'étalon était telle qu'il n'y avait jamais eu d'accidents. Même elle s'était contentée d'admirer de loin le puissant animal.

La voix de Luc la ramena à l'instant présent.

— C'est ça, mon imprévu, disait-il. Le patron est venu ce matin pour examiner les comptes, et du coup, je n'ai pas pu faire mon travail.

— Tu n'étais pas prévenu ?

— Les de Chânais ne préviennent jamais, Yseult. D'après eux, c'est la meilleure façon pour que tout soit nickel dans leurs diverses entreprises.

— Et si ça ne l'est pas ?

— Tu peux t'estimer heureux de seulement perdre ton job.

Pas vraiment sûre d'avoir envie d'en savoir plus, Yseult préféra ne pas insister et reporta son attention sur le pré, où l'étalon chargeait l'homme, qui l'évita d'un mouvement souple. Machinalement, elle nota que les oreilles du cheval n'étaient pas rabattues en arrière, mais pointées vers l'avant.

Aussi stupéfiant que cela puisse paraître, l'étalon jouait…

Une petite foule commençait à se rassembler, tout en restant à distance respectueuse des barrières. Le spectacle offert par l'homme et le cheval était époustouflant. Tour à tour, ils fonçaient l'un vers l'autre, s'évitant au dernier moment. Les muscles puissants de l'animal roulaient sous sa robe de jais, et Yseult se prit à rêver au bonheur que serait une chevauchée sur le dos d'une monture aussi vigoureuse. Elle arracha difficilement son attention du cheval pour le reporter vers l'homme, et soudain un grand vide se fit dans son ventre.

— C'est quel de Chânais qui est avec Sheïtan ? articula-t-elle d'une voix qui, miraculeusement, ne tremblait pas.

— Aymeric de Chânais.

Elle le savait. Même de loin, elle l'avait reconnu. Ses oreilles se mirent à bourdonner, et la voix de Luc lui parvint comme étouffée par un brouillard.

— Suis-moi, ça vaut vraiment le coup d'être vu de près.

Elle le suivit machinalement, les yeux rivés sur Aymeric. Ils s'arrêtèrent à quelques mètres du parc, au moment où le jeune homme se lançait par-dessus le dos de l'étalon, atterrissant de l'autre côté avec une grâce incomparable. Une incompréhensible bouffée de colère envahit Yseult lorsqu'elle s'aperçut que toutes les filles autour d'elle fixaient Aymeric avec des yeux énamourés, chuchotant avec excitation des commentaires admiratifs sur son physique de rêve. Il faut dire que voir Aymeric en action avait de quoi déclencher les fantasmes les plus fous. Il était clair que son corps était ciselé pour l'action. Il bougeait rapidement, semblant glisser sur l'herbe plus qu'y marcher ou y courir. On sentait en lui une puissance retenue qui ne demandait qu'à exploser.

Soudain Sheïtan s'immobilisa et leva un antérieur tout en baissant la tête.

— Il s'est blessé ? s'inquiéta aussitôt Yseult.

— On dirait, fit Luc, tout aussi soucieux qu'elle.

Aymeric avait dû penser la même chose qu'eux, car, tout esprit de jeu oublié, il se précipita vers son étalon et s'agenouilla pour examiner sa jambe. Soudain le grand cheval baissa la tête, saisit son tee-shirt entre ses incisives et tira brusquement avant de s'enfuir au galop, secouant triomphalement un morceau de tissu entre les dents.

— Tricheur ! rugit Aymeric en se débarrassant du reste de son tee-shirt.

Le voir soudain torse nu faillit déclencher une crise d'hystérie chez les filles présentes, tandis que les garçons, eux, avaient plutôt une nette tendance à se renfrogner. Voir apparaître le torse hâlé du jeune homme avait en effet de quoi faire se pâmer les unes et déclencher la jalousie des autres. Il ne portait pas de jean taille basse comme à la plage, mais ses larges épaules et ses abdominaux en tablette de chocolat donnaient envie de les explorer de plus près, afin de voir s'ils étaient aussi durs qu'ils y paraissaient.

— Frimeur… grommela Yseult en croisant les bras.

À ses côtés, Luc sursauta et la regarda avec ahurissement.

— Tu… tu as dit quoi ?

— J'ai dit « frimeur ». Et ce n'était pas de toi que je parlais.

— Tu parlais… tu parlais de… lui ?

Luc désignait du pouce Aymeric, qui s'était lancé à la poursuite de son facétieux cheval.

— De qui d'autre ? riposta la jeune femme.

— En général, ce n'est pas exactement ce que disent les filles en le voyant torse nu…

— Les bellâtres dans son genre, j'en ai soupé ! Je vais chercher Étoile.

Au même instant, Aymeric sauta sur le dos de l'étalon qui passait en trombe devant lui. Un murmure angoissé s'éleva lorsque le couple se dirigea droit vers la barrière du pré, plus haute que la normale en raison de son dangereux pensionnaire. L'étalon s'éleva sans effort apparent pour franchir l'obstacle, et s'éloigna vers la forêt, son cavalier solidement planté sur son dos.

— Il… il le monte comme ça, ou il s'est échappé ? fit Yseult, ahurie.

— Il le monte comme ça, confirma Luc d'un air lugubre. Ce type a un don avec les animaux.

— Mais quel frimeur… soupira sa compagne en levant les yeux au ciel, il faut le voir pour le croire !

La réaction d'Yseult surprit Luc. Il n'avait pas l'habitude de voir des filles faire autre chose que de battre des cils devant Aymeric de Chânais… Il suivit pensivement des yeux la jeune femme qui s'éloignait vers le pré où se trouvait Étoile. Quelques minutes plus tard, elle en sortit avec la pouliche, dont la robe noire brillait sous le soleil. Elle devait son nom à l'étoile blanche qui ornait son front. Luc la confiait à Yseult en toute confiance. Excellente cavalière, la jeune femme saurait ménager sa monture et ne lui demanderait rien qu'elle ne soit capable de faire.

Yseult retrouva son calme en brossant la petite jument. Oh, l'image d'Aymeric flottait toujours devant ses yeux, mais elle parvint à évoquer suffisamment le souvenir de l'enfer que Charles lui avait fait vivre pour se cuirasser contre les émotions interdites qu'il faisait naître en elle. Les hommes comme lui ne pouvaient que faire souffrir les femmes comme elle…

Elle ne tarda pas à sauter d'un bond léger sur le dos de sa monture et quitta le club au petit trot pour se diriger vers la plage. Étoile adorait jouer dans les vagues, et elle avait bien l'intention de la laisser profiter de cette petite récréation.

La pouliche accéléra en sentant l'odeur de la mer, et bientôt elles galopaient sur la plage, l'eau salée jaillissant sous les sabots de la jument. Yseult la retenait d'une main douce pour l'empêcher de s'épuiser trop vite. Toute à la joie de cette chevauchée, Yseult en avait oublié Aymeric, aussi fut-elle prise par surprise en voyant son étalon arriver au triple galop depuis l'autre bout de la plage.

Couché sur l'encolure de Sheïtan, Aymeric ne remarqua pas tout de suite qu'il n'était pas seul. Ce fut un imperceptible changement dans le rythme de l'étalon qui l'alerta. Aussitôt, il se redressa. Obéissant, Sheïtan ralentit, pour finir par stopper juste devant Yseult.

— Comme on se retrouve... dit-il d'une voix grave qui fit frémir la jeune femme.

— À croire que j'ai le chic pour choisir des endroits mal fréquentés. J'aurais pourtant dû savoir qu'on fait de drôles de rencontres sur les plages, par ici.

— Tu as fait plus de mal à l'orgueil de Faolan qu'à sa joue.

— Ah, il s'appelle Faolan ?

— Oui. Et il a un petit peu de mal à se remettre du traitement que tu lui as fait subir. Je suppose que nous ne l'aidons pas beaucoup.

— La prochaine fois qu'une fille lui dira non, il comprendra peut-être du premier coup.

— Le connaissant depuis de nombreuses années, je me permets d'avoir un doute.

Comme il se rapprochait, Yseult fit reculer Étoile. Surpris, Aymeric immobilisa Sheïtan.

— Je ne voulais pas t'effrayer.

— Ce n'est pas toi qui m'effraies, c'est ton cheval. Il a une sale réputation, et je ne tiens pas à ce qu'Étoile soit blessée.

— Sheïtan ne fera rien à personne tant que je suis là.

Le jeune homme poussa à nouveau sa monture en avant pour se retrouver à la hauteur d'Yseult. Pour ne pas perdre contenance en le sentant si près, la jeune femme reporta son attention sur l'étalon. Timidement, elle tendit la main vers l'encolure lustrée et y posa le bout de ses doigts. Sheïtan ne broncha pas, et elle s'enhardit jusqu'à lui offrir une caresse avant de se redresser.

— Luc a confiance en toi pour te laisser Étoile, reprit son compagnon.

— Il pense que je monte bien.

— Luc n'a pas l'habitude de se tromper lorsqu'il évalue un cavalier. Ou une cavalière.

Tout en parlant, Aymeric observait Yseult. Il reconnaissait cette lueur dans ses yeux lorsqu'elle regardait Sheïtan. Comme tous ceux qui voyaient son cheval, elle mourait d'envie de le monter, et il se dit qu'il avait peut-être une carte à jouer. La jeune femme ouvrit de grands yeux lorsqu'il reprit.

— Ça te dit de le monter ?

— Qui ça, ton tueur ? Je tiens à la vie !

— Je t'ai dit que tant que je suis là, tu ne crains rien.

Interdite, Yseult resta silencieuse un instant, puis ouvrit de plus grands yeux encore.

— Tu veux dire… monter avec toi ?

— Tu es un poids plume, Sheïtan ne verra pas la différence.

La jeune femme sentit sa résolution faiblir. C'était pour elle une occasion unique de monter le plus beau des chevaux à avoir croisé sa route, et elle savait qu'elle le regretterait toute sa vie si elle refusait. Et si le prix à payer était de se retrouver dans les bras d'Aymeric, elle devait bien s'avouer qu'il n'était pas si désagréable que ça… Un dernier scrupule la retint.

— Et Étoile ?

— Elle nous attendra ici. Du moment qu'elle peut jouer dans les vagues, elle est heureuse. Pas vrai, ma belle ?

La pouliche hennit en secouant la tête. Yseult était en train de se dire qu'Étoile semblait avoir réellement compris le discours d'Aymeric lorsque deux bras puissants s'emparèrent d'elle. En un clin d'œil, elle fut juchée sur Sheïtan, le dos plaqué contre le torse nu d'Aymeric. Ses réflexes de cavalière lui firent serrer instinctivement les jambes pendant que son cœur, lui, se mettait à battre la chamade et que ses joues s'empourpraient. L'odeur d'Aymeric emplit ses narines, l'odeur virile d'un homme mêlée à celle du cheval et à une étonnante senteur de forêt. Elle sentait ses muscles durs contre son dos, et la chaleur qu'il dégageait la brûlait à travers son tee-shirt. Elle jeta un coup d'œil aux bras qui l'entouraient, des bras puissants, et, même si elle s’en défendait, rassurants. Sans qu’elle s’en rende compte, elle se laissa imperceptiblement aller contre lui.

Aymeric sentit un feu liquide embraser ses reins lorsqu’il la sentit s’abandonner ainsi. La caresse de ses cheveux contre sa peau nue le faisait frissonner, et la partie de son anatomie emprisonnée dans son jean commença à se sentir à l’étroit et à le faire terriblement souffrir. Mais malgré la douleur, il se prit à sourire. Cela faisait si longtemps qu’il n’avait pas ressenti ça… Il ferma les yeux pour mieux savourer la folle chevauchée, et lorsqu’elle prit fin, il ne put se résoudre à la laisser partir ainsi.

Yseult se tortilla pour lui faire face.

— C’était… le plus beau galop que j’ai jamais fait. Merci.

— Ai-je droit à une récompense pour la petite balade ?

— Une récompense ?

— Un baiser ?

Tout en parlant, il s’était penché et avait posé ses lèvres sur les siennes. Elle avait les lèvres douces et sentait le sel et le soleil. Le cœur d’Aymeric bondit dans sa poitrine. Depuis combien de temps n’avait-il pas eu un tel moment de bonheur ? Il ne savait plus… La pression sur son jean augmenta encore, mais il était hors de question qu’il gâche tout par trop de précipitation. Et puis il n’était pas vraiment sûr que ce soit bien d'elle que viendrait sa rédemption, et s'il se trompait, il gâcherait la seule et unique chance que lui avait laissée Morrigane.

Yseult songea un instant à se débattre, mais outre le fait qu'Aymeric la tenait serrée contre lui, son étreinte lui faisait tourner la tête. Jamais encore elle n'avait reçu un baiser à la fois aussi doux et aussi sauvage, et lorsqu'elle sentit ses lèvres quitter les siennes un douloureux sentiment de manque naquit en elle, malgré le signal « danger ! » qui clignotait quelque part dans les brumes de son esprit.

Aymeric caressa doucement sa joue, un petit sourire aux lèvres.

— Si j'étais bien élevé, je devrais dire que je suis désolé, mais… Je ne suis pas un modèle de bienséance, et je ne suis pas désolé du tout.

Sans prévenir, il la saisit par la taille et la remit sur le dos d'Étoile. Puis il fit reculer Sheïtan et ajouta un mot qui stupéfia la jeune femme.

— Merci.

Il fit volter son étalon et s'éloigna au galop. Il avait un besoin urgent d'une douche froide, ou à défaut, d'un coin tranquille où soulager le gonflement qui menaçait de faire exploser son jean.

Yseult le suivit des yeux, partagée entre une furieuse envie de le gifler la prochaine fois qu'elle le verrait et une tout aussi furieuse envie de lui sauter dessus pour un autre baiser, voire plus si affinités…

# *Chapitre 8*

La semaine se déroula de façon très étrange pour Yseult. Elle avait l'impression que deux personnes cohabitaient en elle : d'un côté, la bibliothécaire, efficace, souriante, qui plaisantait avec ses amis, y compris au sujet de celui qu'ils avaient surnommé « son ténébreux chevalier servant », et de l'autre, celle qui brûlait de revoir Aymeric tout en se disant que c'était sans aucun doute la plus mauvaise idée qu'elle ait jamais eue, mais qu'elle n'aurait rien contre une autre promenade sur le dos de Sheïtan. À cause des sensations qu'elle avait éprouvées en chevauchant le magnifique étalon, bien entendu, et absolument pas à cause du baiser brûlant qu'ils avaient échangé et qui lui avait tourné la tête bien plus qu'elle ne voulait se l'avouer.

Pour la deuxième fois depuis son arrivée, elle fut soulagée lorsqu'arriva le vendredi. Pendant deux jours, elle n'aurait plus à feindre de faire comme s'il ne s'était rien passé. Elle comptait bien fermer sa porte, se poser et réfléchir très sérieusement à ce qu'elle allait faire : rester, ou s'enfuir pour ne pas succomber au charme dévastateur d'Aymeric de Chânais… ?

Pas une seconde elle ne soupçonna que de son côté, Aymeric n'avait cessé de penser à elle. Il revoyait son visage aux traits purs, ses yeux aussi bleus que la mer, et sentait encore le parfum d'orange et de citron de sa luxuriante chevelure aux reflets brillants. Il lui semblait éprouver encore la sensation de sa main sur son torse ou mieux encore, de son corps serré contre le sien tandis qu'ils galopaient sur la plage. Sans même parler de la douce chaleur de ses lèvres contre les siennes et de sa langue enlacée à la sienne… Pour la première fois depuis qu'il avait pris conscience de l'ampleur du désastre qui le frappait, il retrouvait l'espoir, l'espoir que ce cauchemar finirait et qu'il obtiendrait enfin sa rédemption.

Mais pour l'heure, l'appel retentissait à nouveau, lui brûlant les reins d'autant plus douloureusement qu'il avait enfreint toutes les règles la semaine précédente. Le visage sombre, il saisit le blouson de cuir qu'il portait lorsqu'il prenait sa moto. Il préférait partir sans rien dire à personne, mais son cousin l'attendait, appuyé sur le siège de son engin, bras croisés en un geste de défi.

— Qu'est-ce que tu fais là ? grogna un Aymeric de très méchante humeur.

— À vrai dire, j'ai bien envie de t'accompagner pour être sûr que tu ne referas pas les mêmes âneries que la dernière fois.

Aloys n'eut pas le temps de se prémunir du coup de poing qu'Aymeric lui envoya dans la figure et se rattrapa de justesse au guidon de la machine.

— J'en déduis que tu n'es pas d'accord, grimaça-t-il en palpant sa mâchoire douloureuse d'une main prudente.

— C'est déjà bien assez humiliant comme ça sans avoir en plus un spectateur !

— Je n'ai pas dit que je voulais y assister…

— Et comment comptes-tu t'assurer que je fais ce qu'il faut si tu n'y assistes pas ?

— Bon, d'accord, c'était une mauvaise idée. Promets-moi au moins que tu y mettras du tien ! Je n'ai pas envie de te ramasser dans le même état que la dernière fois.

Comme Aymeric ne répondait pas, le regard d'Aloys s'assombrit. Une grosse boule d'angoisse au fond de la gorge, il insista.

— Aymeric, promets-moi que…

— Je ne peux pas.

— Pardon ?

— J'ai dit « je ne peux pas » et tu m'as très bien entendu.

— Et pourquoi est-ce que soudain tu ne peux pas ? Tu l'as bien fait, les autres fois ! À contrecœur, peut-être, mais tu l'as fait, et ta punition a été moins cruelle.

— Aloys, ce n'était déjà pas simple comme ça. Je suis obligé de me forcer à un point que tu ne peux pas imaginer. Mais maintenant que je l'ai rencontrée, que je l'ai tenue dans mes bras et même embrassée, aller avec une autre, ça me tue.

— Tu es vraiment sûr que c'est elle ?

— Presque. Et ça me tue encore plus.

— Qu'est-ce que tu vas faire, alors ?

— Ce que j'ai à faire. Pousse-toi de là, maintenant.

Aloys hésita, mais l'ascendant que son cousin avait sur lui était trop fort, et il s'écarta.

— Je serai là quand tu reviendras.

— Je sais, répondit-il doucement.

Aloys connaissait suffisamment Aymeric pour savoir que c'était sa façon à lui de le remercier de ne pas l'abandonner malgré leurs différends. Ils échangèrent un dernier regard lourd d'un passé commun, puis Aymeric enfourcha sa puissante machine. La moto rugit lorsqu'il démarra. Aloys le regarda s'éloigner avec un soupir résigné, avant de retourner à l'intérieur du manoir, où il commença à rassembler de quoi soigner Aymeric à son retour.

Yseult tournait en rond dans son appartement. Elle était énervée, ne parvenait à se concentrer sur rien et ne tenait pas en place. Pour la centième fois au moins, elle prit le livre qu'elle avait commencé, tenta de le lire, mais rien à faire. Les mots dansaient devant ses yeux, refusant de former des phrases, refusant même d'avoir une quelconque signification. Elle sentait son sang bouillir dans ses veines, comme si elle attendait quelque chose qui devait se produire, mais qui n'arrivait pas.

— Oh et puis zut ! finit-elle par lancer à attention des murs, il faut que je sorte !

La jeune femme saisit les clés de sa voiture, ferma sa porte et dévala les escaliers quatre à quatre. Lorsqu'elle mit le contact et prit la route, elle n'avait aucune idée de sa destination. Elle se contentait de conduire au hasard, sans doute trop vite, mais ce soir, elle ne se sentait plus elle-même. C'était un peu comme si une autre avait pris le volant, décidait du chemin à sa place et l'emmenait loin du fief des de Chânais, vers une destination inconnue et pourtant familière.

Une fois de plus, Aymeric arrêta sa moto dans un quartier mal famé, non loin d'une rue où il savait trouver des prostituées. Malgré le prix qu'il allait devoir payer, il se sentait parfaitement incapable de jouer le jeu qui l'épargnerait. Dans ses pensées dansait la silhouette d'Yseult, Yseult qu'il ne voulait surtout pas mêler à la scène sordide qui allait suivre, Yseult qu'il ne parvenait pourtant pas à sortir de son esprit.

Le jeune homme ne prêta aucune attention aux réactions admiratives que provoqua son arrivée. Pourtant, toutes les filles présentes le suivaient des yeux, essayant de l'attirer en se mettant à leur avantage, en l'interpellant, même, mais il ne semblait en remarquer aucune. Ses reins le faisaient souffrir chaque seconde davantage, il savait qu'il ne pourrait sortir de là que d'une seule manière, une manière qui, si elle le répugnait avant, le révulsait à présent qu'il avait rencontré Yseult. Cependant, il n'avait pas le choix, et il finit par jeter son dévolu sur une fille aux cheveux noirs, outrageusement fardée, qui n'en revenait pas de sa chance d'avoir été choisi par un aussi beau client. Elle ouvrit la bouche pour parler, mais il l'interrompit d'un ton sans réplique.

— Tu ne dis pas un mot et tu fais tout ce que je te dis, c'est clair ?

Habituée aux bizarreries que pouvaient avoir ses clients, la fille acquiesça. Elle le suivit dans une ruelle voisine, prête à faire tout ce qu'il voudrait, pourvu qu'elle puisse poser les mains sur le corps d'athlète qu'elle devinait sous sa chemise noire. Hélas pour elle, Aymeric comptait réduire au minimum les contacts entre eux, quoi qu'il puisse lui en coûter plus tard. Il ne voulait même pas voir son visage, et la tourna face au mur avant d'ouvrir la braguette de son jean. Serrant les dents, écœuré par ce qu'il était forcé de faire, il entra en elle d'un coup. En cet instant, il se haïssait.

Ce fut rapide, sans plaisir, et lorsqu'elle se retourna, il était déjà parti. Songeuse, la fille retourna dans la rue, et lorsqu'une de ses amies lui demanda comment était son client si sexy, elle eut une réponse qui la surprit elle-même.

— J'ai été triste pour lui. Je ne sais pas ce qu'il espérait en venant ici, mais il ne l'a pas trouvé, et il est reparti avec sa souffrance.

Ce ne fut que bien plus tard qu'elle s'aperçut qu'il avait laissé une confortable liasse de billets dans l'une de ses poches, enveloppée dans un mot qui disait.

*Désolé. Je n'avais pas le choix. J'espère n'avoir pas été trop brutal.*

La prostituée replia pensivement cette curieuse missive. Même si elle ne l'avait côtoyé que quelques minutes, elle savait déjà qu'elle n'oublierait jamais cet étrange client, beau comme un ange, tourmenté comme un démon, et qui avait payé très cher ce qu'elle lui aurait bien volontiers donné gratuitement.

Yseult arrêta sa voiture et regarda autour d'elle, se demandant comment elle avait bien pu arriver là. Elle ne connaissait absolument pas la ville où elle était, et elle avait visiblement réussi à en trouver les bas-fonds du premier coup. Le bon sens aurait voulu qu'elle remette le contact et fasse demi-tour, mais au contraire, elle sortit de la protection de l'habitacle. Une moitié de son cerveau lui hurlait qu'il y avait danger, mais tout se passait comme si elle ne pouvait s'empêcher d'écouter l'autre moitié, celle qui lui disait contre toute logique qu'il était important qu'elle soit à cet endroit ce soir.

Juste au moment où elle se persuadait qu'elle était complètement folle et qu'elle ferait mieux de rentrer chez elle, une voix traînante retentit.

— Alors, ma jolie, on est perdue… ?

Yseult se raidit. Un coup d'œil autour d'elle lui apprit qu'elle était encerclée, et que les nouveaux arrivants n'avaient pas vraiment des intentions amicales. Tandis que son esprit rationnel lui martelait « Bien fait pour toi, pauvre idiote, tu l'as bien cherché ! », l'autre s'apaisait et lui disait « Voilà, c'est *ça* que tu attendais ».

Elle revint à la réalité en voyant le chef de la bande s'approcher d'elle. Il était grand, costaud, et visiblement, les femmes n'avaient d'autre utilité pour lui que de le servir. Il s'avançait pour saisir le bras d'Yseult, un mauvais sourire aux lèvres, lorsque soudain il se sentit tiré en arrière avant qu'un mur de béton ne lui percute le menton.

Aymeric s'apprêtait à enfourcher sa moto lorsque brusquement, il eut l'horrible sensation qu'Yseult était en danger. Se fiant à son instinct, il se mit à courir, comme si un fil invisible le reliait à celle qui occupait toutes ses pensées. Il vit tout à la fois : les voyous, Yseult, et l'autre qui s'apprêtait à poser la main sur elle. Ses yeux gris prirent la couleur d'un ciel d'orage, et il attaqua sans prévenir. Deux des vauriens, saisis par une poigne de fer, allèrent s'écraser plus loin dans l'allée sans même comprendre ce qui leur était arrivé. D'un bond, il fut près de l'agresseur d'Yseult et lui tordait le bras tandis que son poing partait en avant.

La jeune femme tressaillit lorsqu'il se posta devant elle, la protégeant de sa large carrure. Et curieusement, les deux moitiés de son cerveau se réconcilièrent, sachant toutes les deux que c'était *lui* qu'elle avait cherché toute la soirée parce que, sans savoir pourquoi, elle avait senti qu'il avait un problème. Sauf que là, c'était lui qui lui venait en aide…

— Ça va ? s'inquiéta-t-il en se tournant brièvement vers elle.

Elle ne put que hocher la tête. Il lui sourit et ajouta à voix basse.

— Ça tombe bien, j'avais justement besoin de me défouler…

Curieusement, elle ne douta pas une seconde de sa capacité à mettre en déroute les huit crapules. Il émanait de lui une telle sauvagerie qu'il semblait de taille à les réduire en miettes sans le moindre effort Elle savait qu'elle aurait dû avoir peur de lui autant que des autres, mais ce n'était pas du tout le cas. Et puis vu le niveau de bizarrerie qu'atteignait cette étrange soirée… Même les lueurs vertes qu'elle avait vues danser dans ses yeux lui paraissaient tout à fait normales.

Elle cessa de rêver en voyant le chef de la bande se relever, le visage déformé par la rage.

— Aymeric… souffla-t-elle en lui effleurant le bras.

Vif comme l'éclair, le jeune homme se retourna, évita la charge de son adversaire et l'envoya à nouveau au tapis tandis que le reste du groupe se jetait sur lui. Aymeric plongea dans la mêlée avec un rire libérateur, et bientôt, ses poings d'acier se mirent à faire des ravages autour de lui. De fait, la bagarre – si on peut appeler ainsi le massacre qui eut lieu – ne dura pas longtemps, le laissant seul maître du terrain.

— Même pas drôle… soupira-t-il lorsque le dernier des agresseurs d'Yseult préféra rester au tapis plutôt que de l'affronter à nouveau.

Puis il se dirigea vers le meneur, le releva d'une main et l'amena devant la jeune femme.

— Demande pardon à la dame si tu ne veux pas te nourrir avec une paille jusqu'à la fin de ta vie. Et à genoux, ou je te donne ma parole que tu pisseras du sang durant toute l'année à venir. Pareil pour vous autres, poursuivit-il en balayant les lieux d'un regard dur,. Ramassez vos abattis, ramenez-les ici pour implorer sa clémence, et je vous jure que si elle n'est pas satisfaite, votre propre mère ne vous reconnaîtra pas quand j'en aurai fini avec vous.

Étonnamment, tout le monde prit au sérieux les menaces du vainqueur, et Yseult se retrouva entourée de silhouettes agenouillées qui essayaient en tremblant de retrouver ne serait-ce qu'un filet de voix pour lui présenter leurs excuses les plus sincères. Ses yeux croisèrent ceux d'Aymeric, nonchalamment appuyé sur le capot de sa voiture et elle eut soudain l'impression qu'une telle scène n'avait rien de nouveau pour lui, voire qu'il y était habitué.

*Comme si on n'était pas au vingt et unième siècle… On dirait un seigneur du Moyen Âge devant ses vassaux,* songea-t-elle tandis que les battements de son cœur accéléraient devant sa prestance. *Mais qu'est-ce que c'est que cette famille, à la fin ?*

Elle revint au présent en entendant la voix grave d'Aymeric :

— Acceptes-tu de les laisser partir, ou souhaites-tu qu'ils prennent une autre leçon de savoir-vivre ?

Elle baissa le regard vers le chef de la bande, qui avait perdu toute sa superbe et l'implorait silencieusement, puis refit face à son compagnon.

— Je crois qu'ils ont compris la leçon.

— Ça vaudrait mieux pour eux. Filez donc, puisque la dame a la bonté de vous pardonner.

Les voyous ne se le firent pas dire deux fois. Ils se relevaient pour s'enfuir lorsqu'Aymeric ajouta d'un ton lourd de menaces.

— Débrouillez-vous comme vous voulez, mais faites savoir autour de vous que quiconque la touche ou lui manque de respect aura affaire à moi.

Ils acquiescèrent frénétiquement avant de s'éloigner en clopinant. Aymeric attendit qu'ils soient loin pour se tourner vers Yseult, toujours adossée à la porte de sa voiture.

— C'était risqué de venir toute seule par ici…

— D'accord avec toi. Et ne me demande pas ce qui m'a pris, je n'en sais rien.

Elle ne se voyait pas lui avouer qu'elle était venue dans ce coin pourri parce qu'une partie totalement irrationnelle de son esprit lui avait soufflé qu'il avait besoin d'elle… Certes, il l'avait défendue, mais il restait dangereusement trop sexy. Pourtant, il la surprit en poursuivant.

— On est parfois obligé de faire des choses sans savoir pourquoi ou qu'on n'a pas envie de faire. C'est quelque chose que je peux comprendre.

— Tu as bien de la chance, alors…

— Viens, je t'offre un verre ; tu as l'air d'en avoir besoin.

Il savait avoir encore quelques heures de répit devant lui, et comptait bien en profiter pour passer un peu plus de temps avec elle. Il sentit un immense soulagement l'envahir lorsqu'elle accepta.

— Tu viens à mon secours et en plus tu m'offres un verre ? Ça va jaser…

— Je me moque des pipelettes. Alors, ce verre ? Ça te tente ?

— J'avoue que oui.

— Donne-moi tes clés, tu n'es pas en état de conduire.

Elle hésita, puis lui tendit son trousseau. Il démarrait lorsqu'elle reprit doucement.

— Au fait… merci.

Il dut se mordre la langue pour ne pas lui répondre qu'il protégeait toujours ce qui lui appartenait et se contenta d'un bref sourire en réponse. Yseult se renversa sur son siège et ferma les yeux. Contrecoup de la peur éprouvée, elle avait froid malgré la chaleur estivale de la nuit. Elle ne vit pas le rapide coup d'œil que lui adressa Aymeric, mais lorsqu'ils s'arrêtèrent et qu'elle sortit de la voiture, elle sentit soudain son lourd blouson de cuir s'abattre sur ses épaules.

— On dirait que tu en as plus besoin que moi.

Elle sourit sans répondre et resserra les pans du blouson contre elle. L'odeur d'Aymeric l'enveloppa, une odeur virile qui lui tordit les entrailles en une brusque vague de désir, qu'elle réprima en serrant les dents. Même s'il était venu à son secours, même si elle était là parce qu'elle avait eu l'absurde sensation qu'il l'appelait, il n'était pas question qu'elle retombe dans le même piège qu'avec Charles. Il était trop beau pour s'intéresser à une fille comme elle, point final.

Pourtant, lorsqu'ils entrèrent dans le bar et qu'elle vit toutes les têtes se tourner vers eux et les regards des filles se fixer avec envie sur le couple qu'ils formaient, elle ne put s'empêcher de ressentir une bouffée de fierté à la pensée qu'il était avec elle et pas avec une autre. Il la guida vers une table située au fond de la pièce et d'où il pourrait surveiller les lieux. Tandis qu'elle s'installait sur une banquette, il se pencha vers elle.

— Je vais nous chercher deux cafés et deux whiskys, je me lave les mains et je reviens.

Seulement alors elle remarqua qu'il avait les phalanges recouvertes de sang séché à force d'avoir distribué des coups de poing. Elle voulut dire quelque chose, mais déjà il s'éloignait de sa démarche souple de prédateur en chasse. Elle nota que tout le monde s'écartait instinctivement sur son passage et quand il arriva au comptoir, un serveur vint aussitôt pour prendre sa commande. Restée seule, Yseult examina discrètement son environnement. Les filles présentes la dévisageaient sans aménité, une jalousie féroce au fond des yeux. La jeune femme eut alors une réaction qui la surprit elle-même : elle se redressa, s'enveloppa plus étroitement dans le blouson de cuir et les affronta du regard.

*« À moi »*, proclamait-elle silencieusement, une lueur de défi au fond des yeux.

Aymeric revint à cet instant, jaugea la situation en un clin d'œil et se glissa à ses côtés avant de passer son bras autour de ses épaules et de poser ses lèvres sur les siennes. Le cœur d'Yseult rata un battement.

La raison lui disait de ne pas céder, mais il y avait tant de chaleur et de douceur dans son geste, qu'elle ne bougea pas lorsqu'il posa la main sur sa nuque et intensifia son baiser. Il ne la lâcha que lorsque leurs consommations arrivèrent, et encore, son bras resta où il était.

— Ça fait déjà deux fois que tu viens à mon secours, et deux fois que tu m'embrasses, constata Yseult en saisissant sa tasse de café d'une main qui tremblait un peu.

— Si mes cousins Duncan ou Aloys avaient fait la même chose, ils auraient été traités en preux chevaliers venus sauver une demoiselle en détresse, mais moi, hélas, je ne suis pas un beau blond aux yeux verts qui fait se pâmer les filles…

Interloquée, sa voisine le fixa avec des yeux ronds avant de poursuivre.

— Tu plaisantes, là ? Si les filles qui sont là avaient des fusils à la place des yeux, je serais sûrement morte, et si tu ouvres un bouton de plus à sa chemise, elles te sautent dessus sans préavis !

L'éclat malicieux qui brillait dans les yeux d'Aymeric – qui avait comme d'habitude sa chemise largement ouverte sur son torse musclé – lui fit soudain comprendre qu'il se moquait d'elle. Bonne joueuse, elle lui adressa une grimace.

— Un preux chevalier ne se moque pas des demoiselles.

— Mes cousines me traitent souvent de barbare.

— Ah oui ?

— Elles disent la même chose de tous les garçons de la famille.

— Peut-être qu'il y a un fond de vérité, alors ?

— Oh, voilà un terrain sur lequel je me garderais bien de m'aventurer…

Il saisit son verre et en vida la moitié d'un trait. Yseult aperçut les écorchures sur ses mains et posa le bout de ses doigts sur ses phalanges blessées en lui demandant avec sollicitude.

— C'est douloureux ?

— Quoi, ça ? Non, ce n'est rien du tout. Les autres en face étaient bien plus abîmés que moi.

— On dirait que tu as l'habitude…

— De me battre ? On peut dire ça.

Un démon le poussa à ajouter, un sourire railleur au coin des lèvres.

— On dit aussi que j'aime ça, me battre…

Elle leva un sourcil dubitatif, qui lui prouva qu'elle ne s'était pas laissée duper par son ton volontairement provocateur. D'ailleurs, il regrettait déjà ses paroles, et ce fut plus doucement qu'il reprit.

— Tu te sens mieux ?

— Oui. Je crois que je vais rentrer chez moi.

— Tu veux que je te ramène ?

— Non, ça ira.

— Tu es sûre ?

— Certaine.

Aymeric laissa un billet sur la table pour payer leurs consommations. Arrivée devant sa voiture, elle voulut lui rendre son blouson, mais il refusa d'un geste.

— Garde-le. Tu en as plus besoin que moi.

— Mais…

— Si tu tiens absolument à me le rendre, donne-le à Luc, au club. Mais si tu veux le garder, ça ne me pose pas de problème.

Elle n'eut pas le temps de répondre qu'il se penchait pour lui effleurer encore une fois les lèvres avant d'ajouter à voix basse une phrase qui stupéfia sa compagne.

— Je passais une sale soirée avant de te voir, tu sais. Je suis content que tu sois venue te perdre par ici.

Sans attendre de réponse, il recula et se fondit dans la nuit. Yseult enfila pensivement les manches du blouson bien trop grand pour elle et monta dans sa voiture. Elle conduisit mécaniquement, l'esprit ailleurs, et lorsqu'elle arriva chez elle, elle posa soigneusement le vêtement sur son lit. Par habitude, elle se doucha, se brossa les dents, enfila un des longs tee-shirts qu'elle affectionnait en guise de pyjama puis se coula dans son lit. Sa main se referma sur le blouson, toujours imprégné de l'odeur d'Aymeric. Elle hésita, puis céda à son envie de le tenir serré contre elle et s'endormit la tête posée sur le cuir souple.

Cette nuit-là, dans ses rêves, le grand loup noir lui apparut apaisé pour la première fois.

De son côté, Aymeric avait regagné le manoir à tombeau ouvert, serrant les dents pour y arriver à temps. Il laissa sa moto devant le perron et se dirigea vers le salon. Ainsi qu'il l'avait promis, son cousin était là et l'attendait. Assis dans un fauteuil, Aloys leva les yeux vers lui. Il s'apprêtait à parler, mais Aymeric, arrêté devant la porte, le devança, refusant cependant de croiser son regard.

— Retrouve-moi dans ma chambre dans une demi-heure. Je… je serai dans la salle de bains.

— Aymeric, qu'est-ce que tu… ?

La question d'Aloys mourut sur ses lèvres lorsqu'il vit son cousin s'éloigner vers les escaliers. Il se renfonça dans son siège en soupirant, le cœur lourd. Il savait déjà ce qu'il trouverait en montant…

Aymeric prit une profonde inspiration en refermant la porte de sa chambre. À grands gestes rageurs, il se débarrassa de ses vêtements, qu'il jeta n'importe où autour de lui. Nu, il respira une dernière fois le parfum d'Yseult qui imprégnait sa chemise, puis se détourna et ouvrit la porte de sa salle de bains. Le visage fermé, il entra dans la douche et s'agenouilla dans le bac, les mains appuyées sur le carrelage du mur.

Le premier coup fut d'une violence inouïe et lui déchira le dos de haut en bas…

Incapable d'attendre la fin du délai exigé par son cousin, Aloys gravit les escaliers au bout de vingt minutes. Il entra sans frapper dans la chambre, mais lorsque sa main se posa sur la clenche de la porte de la salle de bains, il hésita durant deux longues minutes avant de se décider.

Aymeric gisait dans le bac de douche, à moitié inconscient et couvert de sang. Aloys se passa la main dans les cheveux et soupira.

— Oh, c'est pas vrai… Mais qu'est-ce que tu as encore fait… ? Ou pas fait, plutôt… ?

— Arrête de philosopher et ouvre la douche, haleta son cousin en tentant de se redresser,. Je fais de mon mieux pour t'épargner du boulot, tu pourrais au moins me remercier.

— J'ai plutôt envie d'en rajouter une louche, grogna l'interpellé en s'exécutant. Tu sais pourtant que…

— Pas de sermon, OK ?

Une fois de plus, Aloys capitula. En silence, il lava et soigna son cousin avant de l'aider à regagner son lit. Le blessé s'assit avec une grimace tandis qu'il prenait place en face de lui.

— Tu veux en parler ?

— De quoi ?

— À toi de me le dire…

— J'ai payé une pute et je l'ai emmenée dans la rue la plus proche pour en avoir pour mon argent.

— Oui, ça, j'avais compris tout seul. La suite ?

— Quelle suite ?

— Tu es parti avec ton blouson préféré, tu reviens sans et avec les phalanges dans un état pitoyable. Te connaissant, j'ai un peu de mal à croire que quelqu'un ait pu te le piquer, ton blouson…

— OK, j'ai les phalanges un peu abîmées, mais tu aurais dû voir les types en face.

— Ton blouson ?

— Pas tes affaires.

— Ton blouson ?

Aymeric comprit que son opiniâtre cousin ne lâcherait pas le morceau et finit par se résigner à avouer.

— Sur le dos d'Yseult.

— Par quel miracle ?

Aymeric jeta un regard peu amène à Aloys, puis, comprenant qu'il ne cèderait pas d'un pouce et au fond ravi de revivre la fin de sa soirée, entreprit de tout lui raconter.

— Tu l'aimes ? lança abruptement Aloys lorsqu'il se tut.

Aymeric prit le temps de réfléchir avant de répondre lentement, comme s'il venait seulement de prendre conscience du fait.

— Je… Oui. Oui, je l'aime. Je n'ai pas de raison à te donner. C'est ainsi, c'est tout. Et même si ce n'est pas elle qui doit me délivrer, je l'aimerai quand même, et si elle ne veut pas de moi, je continuerai à l'aimer, et tant pis pour les conséquences.

Aloys comprit qu'il n'y avait rien à répondre. Il se contenta de se lever pour regagner sa propre chambre. Au moment de refermer la porte, il se tourna une dernière fois vers Aymeric.

— Quoi qu'il se passe, tu pourras toujours compter sur moi.

Aymeric lui sourit en retour, puis s'allongea avec précaution sur son lit pour ne pas rouvrir ses plaies.

Cette nuit-là, dans ses rêves, il vit la jeune femme brune s'envelopper dans un blouson en cuir semblable au sien tandis qu'un éclat tendre illuminait ses yeux bleus.

# *Chapitre 9*

Lorsque vint le lundi matin, Yseult se rendit à la bibliothèque dans un état second, encore sous le coup de son week-end agité. Elle se demanda si elle devait ou non en parler à ses amies, ou suivre l'étrange intuition qui lui disait de garder le silence. Une brusque chaleur se répandit en elle lorsqu'elle repensa au baiser qu'elle avait échangé avec Aymeric, à la chaleur de ses bras autour d'elle, et à l'odeur virile de son blouson, qui lui faisait battre le cœur plus vite chaque fois qu'elle s'allongeait sur son lit. Puis elle se demanda pourquoi et de quoi il l'avait remerciée. Elle heurta une table pleine de livres, lâcha un « aïe ! » retentissant, suivi d'un « oh non ! » tout aussi retentissant lorsque les piles de livres dégringolèrent sur le sol.

— On appelle ça une semaine qui commence bien… grommela-t-elle en grimaçant et en frottant sa cuisse qui avait rudement heurté le coin de la table.

— Qu'est-ce qui se passe ?

Le bruit avait attiré ses amies, qui se précipitaient dans la pièce.

— Rien, soupira Yseult, j'ai décidé de tout casser, ce matin.

— Tu t'es fait mal ? s'enquirent en même temps Aurore et Magali en remarquant qu'elle se massait toujours la cuisse.

— J'ai survécu à trois rencontres avec Aymeric de Chânais ; je devrais survivre à ça.

— Tu es incroyable ! fit Ariane en éclatant de rire. Le célibataire le plus couru de la ville vole à ton secours deux week-ends d'affilée, et tu râles ?

— Je laisse la place à qui la veut !

Yseult n'avait pas plutôt prononcé ces mots qu'elle sentit un petit démon planter ses dents dans ses entrailles à la pensée d'Aymeric embrassant une autre fille comme il l'avait embrassée.

« *À moi !* », dit une voix dans sa tête.

La jeune femme serra les dents, enfouissant cette voix au fond de son cerveau. Elle avait trop souffert à cause de Charles pour ouvrir à nouveau son cœur à un homme, surtout un homme aussi scandaleusement sexy qu'Aymeric de Chânais.

— Bon, assez parlé garçons, reprit-elle d'un ton léger. Vous voulez bien me filer un coup de main pour ramasser tout ça ?

— Pas de soucis !

Les quatre jeunes femmes eurent tôt fait de tout remettre en place.

— Où sont passés Vincent et Yanis ? s'informa Yseult.

— Dans la réserve, en train de trier des bouquins.

Le lundi était jour de fermeture de la bibliothèque, et en règle générale, la petite équipe en profitait pour faire de la maintenance, se faire un bon repas ensemble à midi et papoter de tout et de rien. Tous les six appréciaient énormément de reprendre la semaine ainsi.

Vincent et Yanis remontaient pour prendre un café lorsque le téléphone sonna. Yanis, qui était le plus proche, décrocha. Il n'eut pas le temps de se présenter qu'une voix à l'autre bout du fil jetait d'une voix sèche.

— Mayeul de Chânais à l'appareil. Je souhaiterais parler à mademoiselle Yseult Chandrett.

— Je vous la passe, monsieur le duc.

Yanis tendit le combiné à la jeune femme en murmurant.

— Yseult, c'est pour toi. Le duc de Chânais.

Les jeunes gens échangèrent un regard mêlant l'incompréhension et l'appréhension. Yseult saisit le téléphone avec réticence, peu encline à parler à un quelconque de Chânais après les deux week-ends qu'elle avait passés. Néanmoins, il s'agissait de son employeur, et elle pouvait difficilement l'ignorer.

— Yseult Chandrett, se présenta-t-elle d'un ton neutre.

— Mademoiselle, votre réputation dans le décryptage de parchemins anciens n'est plus à faire. Or, il se trouve que mes neveux et moi-même avons récemment découvert un très curieux parchemin dans les archives familiales, et je souhaite le soumettre à votre analyse. Que diriez-vous de venir au château ce soir, après votre travail à la bibliothèque ?

Yseult hésita un bref instant, mais la curiosité fut la plus forte. Entre les jours passés à faire le tour de l'immense propriété, son incapacité à résister à un mystérieux parchemin et l'envie inavouable de revoir Aymeric, elle fut tout bonnement incapable de dire non.

— Je finis à 16 heures. Je peux être à 17 heures au château.

— Ce sera parfait. À ce soir, mademoiselle.

— À ce soir, monsieur.

Yseult raccrocha avec un sentiment d'irréalité. Elle se laissa doucement tomber sur une chaise et posa sa tête entre ses bras croisés.

— Je peux avoir une autre tasse de café ? gémit-elle d'une voix étouffée.

— Qu'est-ce qui t'arrive ? s'affola Aurore.

— Je crois bien que la famille de Chânais s'est trouvé un nouveau but dans la vie : être sans cesse sur mon chemin... Pourquoi moi... ? Qu'est-ce que j'ai fait pour mériter ça... ?

— Yseult, tu m'inquiètes, là... ! s'exclama Magali, qu'est-ce qui s'est passé ?

— J'ai rendez-vous ce soir à 17 heures au château pour examiner un parchemin ancien.

— Oh, alors là, il faudra que tu nous racontes tout ! s'écria Ariane. Aucun de nous n'a jamais vu le château !

— Je serai au rapport demain, promis. Bon, on s'y remet, en attendant ?

Durant toute la journée, Yseult eut l'impression que son esprit était encore une fois scindé en deux. D'un côté, il y avait la partie de son cerveau qui travaillait et plaisantait avec le reste de l'équipe, et de l'autre, il y avait celle qui songeait à l'étrange famille de Chânais, à la légende des Meneurs, au loup noir de ses rêves, et à un certain cavalier aux yeux gris...

La journée fut longue également pour Aymeric. D'abord, lorsqu'il s'était levé, il avait remarqué que du sang tachait ses draps. Alerté, Aloys était arrivé aussitôt, pour constater qu'une fine lacération courait le long du dos de son cousin.

— Tes blessures étaient pourtant guéries, grommela le jeune homme.

— Montre-moi.

Sans discuter, Aloys prit une photo à l'aide de son portable et la tendit à son compagnon. Ce dernier ne sortit de son mutisme que lorsque son cousin hasarda quelques mots.

— C'est la première fois que ça arrive… Il s'est passé quelque chose de spécial ?

— On peut dire ça…

— Tu en dis trop ou pas assez…

— Je suis ton supérieur.

— Et moi le type qui te raccommode chaque semaine.

Aloys faillit reculer en voyant les poings d'Aymeric se crisper. Il savait depuis longtemps qu'il ne faisait pas le poids face à son cousin, et craignit un instant d'être allé trop loin.

— Je l'ai embrassée, lâcha soudain Aymeric. Et j'ai eu la plus belle érection de toute ma vie.

— Pardon ?

— Yseult. Je l'ai embrassée.

— Où ? Quand ? Comment ?

— Comment ? releva Aymeric avec un sourire. Àton âge, tu ne sais toujours pas comment on fait ?

— Idiot ! riposta Aloys en lui envoyant un coup de poing dans l'épaule.

— Tu n'as pas honte de frapper un blessé ?

— Un blessé ? Où ça, un blessé ?

Les deux cousins échangèrent un regard complice, puis Aloys reprit.

— Bon, alors, tu me racontes, maintenant ?

— Eh bien hier soir, dans le bar, je l'ai embrassée. Après l'appel.

— Aymeric, si tu continues, je te jure que je t'étrangle…

— Tu peux toujours essayer.

— Tu es impossible !

Le jeune homme esquiva un second coup de poing, puis cessa de taquiner Aloys et lui narra sa rencontre avec Yseult, achevant sur ces mots.

— Je l'ai remise dans sa voiture avant de perdre complètement le contrôle et de lui sauter dessus là, sur le capot, en pleine rue. Mais je te jure que mon jean était tout près d'exploser. Pire encore que lorsque je l'ai emmenée sur le dos de Sheïtan et que je la tenais tout contre moi. Elle avait un air si fragile, si perdu, et pourtant si fort à la fois… Jamais je n'avais ressenti un désir pareil, Aloys, tu entends ? Jamais !

— Tu… tu as fait quoi ?

— J'aurais bien pris une douche froide, mais je n'ai pas pu attendre…

Aloys devint étrangement grave et s'assit à côté de son cousin, qui avait enfoui la tête entre ses mains posées sur ses genoux.

— Qu'est-ce que tu as fait ? murmura Aloys.

— Je… je n'arrivais plus à réfléchir, je ne pensais qu'à elle, alors je me suis arrêté dans un coin désert et… je me suis débrouillé tout seul.

— Tu as pris un risque énorme…

— Bon sang, tu crois que je ne le sais pas ? J'aurais pu gâcher la seule chance que cette fichue sorcière m'a laissée !

— C'est bon, Aymeric, calme-toi ! Qu'est-ce qui s'est passé ?

— Ça a été… comme d'habitude, sauf que cette fois, il n'y a pas eu d'appel. C'est bien la première fois que ça m'a fait plaisir.

— Alors ta blessure, ça doit être ça.

— Je l'espère.

— Tu comptes la revoir ?

— Pas seul, en tout cas. Mais rester loin d'elle, c'est trop me demander.

— Et elle ?

— Quoi, elle ?

— Tu penses que tu lui plais ?

— Je n'ai pas pris de gifle, c'est déjà pas mal.

— Tu as parlé à Duncan ?

— De quoi ?

— Tout. Yseult, le baiser, ta blessure…

— Yseult et le baiser, oui. La blessure, non. Je t'ai appelé d'abord.

— Et ?

— J'aurais préféré une gifle d'Yseult qu'une gifle de Duncan. Il a été moins diplomate que toi pour me faire part de son opinion sur – je cite – « mon manque flagrant de capacités à réfléchir avec autre chose qu'avec ma queue ».

— Oh, c'est dur, ça… Tu lui as vraiment fait perdre le contrôle pour qu'il soit aussi vulgaire.

— Je suppose. Surtout que j'ai pris son poing dans la figure en même temps. Comment est mon dos ?

Aloys se pencha pour regarder le dos de son cousin et haussa un sourcil.

— Il n'y a plus rien. Ce n'était qu'une toute petite lacération, tu sais. Tu devrais quand même en parler à Duncan.

— Je sais, oui. De toute façon, je n'ai pas très envie de le contrarier deux fois en moins de vingt-quatre heures.

Durant toute la journée, Yseult n'avait fait que penser à son rendez-vous au château, et la tension n'avait cessé de monter. Elle trouvait quand même étrange que cette invitation – quoiqu'en étant honnête avec elle-même, elle n'était pas vraiment sûre d'avoir eu la possibilité de s'y soustraire – arrive juste après un week-end où elle était encore tombée sur un de Chânais, et pas n'importe quel de Chânais : le plus violent de la bande à ce qu'il paraissait…

Comble de malchance, lorsqu'elle arriva en bas de son immeuble, elle y trouva un avis d'évacuation pour cause d'infestation de cafards, ce qui nécessitait un traitement immédiat et surtout, une évacuation des lieux pendant plusieurs jours. Les résidents étaient priés de rassembler quelques affaires et de prendre leurs dispositions pour quitter les lieux dès le lendemain et se loger durant la semaine à venir. Il était précisé que les frais éventuels de logement leur seraient intégralement remboursés sous présentation de justificatifs raisonnables.

— La poisse, grommela Yseult, qu'est-ce que c'est que cette histoire ? Je n'ai jamais vu ne serait-ce que l'ombre d'un cafard ici !

Mais elle n'avait pas le choix, aussi prépara-t-elle sa valise (ses semaines de bohème lui ayant donné une certaine expérience en la matière, cela ne lui prit guère de temps) avant de prendre une douche rapide et d'enfiler un pantalon de toile écru et un chemisier bleu. Pour se détendre dans la voiture, elle mit un CD de Joe Cocker, mais lorsqu'arriva la célèbre chanson « *You can leave your Hat on* », elle étouffa un gémissement, car dans sa tête, elle revoyait Aymeric torse nu et imaginait ce que ça donnerait s'il se mettait à retirer le reste de ses vêtements au son de la musique qui emplissait l'habitacle de la voiture. Bien entendu, elle repensa aussi à la folle chevauchée sur la plage, et à ce qu'elle avait senti en se laissant aller contre Aymeric, cette bosse dure qui trahissait son désir…

— Stop ! On arrête tout ! décida-t-elle à voix haute. Aymeric de Chânais est un danger public pour une fille, c'est écrit sur sa figure ! Alors on l'oublie et on se concentre ! Et pour commencer, on change de CD !

Yseult avait repris son calme lorsqu'elle fut en vue du domaine. Arrivée à la grille, elle se présenta au gardien, qui lui ouvrit sans un mot. Le cœur battant, la jeune femme s'engagea doucement dans l'allée, admirant au passage les superbes jardins parfaitement entretenus. Puis très vite son attention fut attirée par le château qui se profilait à l'horizon. La bâtisse était clairement ancienne, très ancienne, et si elle avait été restaurée au fil des ans, elle l'avait toujours été dans le respect de sa construction première. Yseult se retrouva donc face à un véritable château fort médiéval, ce qui, curieusement, ne l'étonna pas vraiment. À vrai dire, elle fut presque étonnée de ne pas voir de douves ni de pont-levis, et d'avoir à gravir un escalier de pierres pour sonner à la porte. Un majordome impassible vint lui ouvrir et la conduisit au bureau du duc.

En chemin, son œil exercé nota la quasi-absence de portraits de familles, ainsi que la présence plus ou moins évidente d'un ou plusieurs loups sur chacun de ceux qu'elle voyait. Il y avait d'ailleurs un loup sur les armoiries de la famille, ainsi qu'elle l'avait noté en faisant des recherches sur le Net. La légende des Meneurs avait sans aucun doute un fond de vérité, et l'historienne en elle se réveilla d'un coup, balayant complètement Aymeric de ses préoccupations. Déjà au fond d'elle-même, elle cherchait un moyen de prolonger son séjour pour examiner de plus près toutes ces peintures.

Elle revint à la réalité lorsque les portes du bureau s'ouvrirent. D'un coup d'œil, elle nota la taille de la pièce, les nombreuses bibliothèques garnies de livres anciens et récents, les meubles d'époque, l'immense cheminée, la taille gigantesque du bureau, l'ordinateur qui paraissait presque incongru au milieu de tous ces rappels du passé, les fauteuils confortables disséminés un peu au hasard, et les tapis posés directement sur le sol de pierre. Devant elle, le duc se levait lentement pour l'accueillir. Contrairement aux autres de Chânais, il lui fit une impression favorable. Grand et bien découplé, il avait des cheveux bruns coupés court et les mêmes yeux verts que Duncan. Des yeux dans lesquels elle retrouva l'éclat si particulier des de Chânais, cette lueur si dérangeante qui rendait leur regard tellement difficile à soutenir. Mais cet éclat était moins brûlant que celui qu'elle avait vu chez Aymeric et les autres, comme s'il y avait une différence entre eux et lui.

— Mademoiselle Chandrett, soyez la bienvenue ici, dit le duc en lui tendant la main.

— Merci, répondit la jeune femme en revenant brusquement au présent.

— Le château a l'air de vous plaire…

— Une historienne au milieu de vieilles pierres et de vieux tableaux est comme un poisson dans l'eau. Surtout devant des tableaux aussi peu conventionnels. Mais on doit vous le dire souvent, non ?

— En effet. Il y a même eu des tonnes d'articles écrits à ce sujet.

— Que la famille n'a ni confirmé ni infirmé.

— Exact.

Yseult n'aurait su dire comment la conversation avait pris un tour aussi surprenant. Ce n'était pas du tout son style d'être aussi directe lorsqu'elle voulait savoir quelque chose. Pourtant, elle avait d'autant moins envie de faire marche arrière que le duc ne semblait pas se formaliser de sa curiosité. D'ailleurs, il poursuivait de lui-même sur le sujet.

— Par le passé, certains de mes ancêtres ont eu la réputation d'être des Meneurs, et l'un d'eux, connu pour aimer provoquer, a un jour décidé de mettre un loup sur les armoiries et dans les tableaux de famille.

— Dommage que si peu de ces tableaux aient traversé le temps.

— Oh, tous les tableaux qui ont été peints ont traversé le temps. C'est juste que peu de mes ancêtres avaient la patience de rester immobiles assez longtemps pour se faire peindre.

C'était sans aucun doute la plus étrange explication qu'Yseult ait jamais entendue, mais elle la comprit telle qu'elle était : une fin déguisée de non-recevoir. Bonne joueuse, elle accepta de s'incliner, quitte à revenir sur le sujet à une autre occasion. Son interlocuteur avait déjà changé de conversation.

— Mais nous aurons tout le temps de parler de ma famille plus tard. Vous devez être impatiente de voir ce fameux parchemin.

Le duc s'effaça, libérant l'accès à son bureau. Yseult s'approcha, et découvrit l'objet de son déplacement au château de Chânais. Du premier coup d'œil, elle vit qu'il était très ancien, et pourtant étonnamment peu abîmé. Intriguée, elle passa derrière le bureau, s'installa dans le fauteuil, enfila des gants et saisit précautionneusement le parchemin.

Elle découvrit un document superbement décoré par deux frises de feuilles vertes, jaunes et brunes, au milieu desquelles se trouvaient des fruits qu'elle identifia comme des noisettes à différents stades de maturité. Les feuilles étaient entrelacées selon un dessin symétrique par rapport à une unique feuille centrale. L'enluminure était absolument magnifique, exécutée avec un soin extrême, et ne semblait bizarrement pas avoir souffert du passage du temps. On aurait dit qu'elle avait été faite la veille.

Quant au texte… C'était sans aucun doute le plus étrange qu'elle ait jamais vu… Une succession de chiffres, de lettres, de figures géométriques et de symboles incompréhensibles. Pourtant, son œil exercé repérait des répétitions, des combinaisons, et elle était certaine d'être en face d'un code, certes complexe, mais possible à élucider.

Avec beaucoup de temps et de travail.

Le duc réprima un sourire en constatant que la jeune femme avait tout oublié de son environnement et agissait exactement comme si elle était chez elle. De son côté, Yseult était complètement plongée dans l'étude du parchemin. Comme souvent lorsqu'elle se trouvait devant un cas difficile, elle réfléchissait à mi-voix.

— Ancien, oui, ça, c'est sûr… De très bonne qualité, aussi… Quel âge… ? XVI$^{e}$, peut-être, à vérifier… Et codé, en plus… Curieux, ce code me dit quelque chose…

Persuadée d'être chez elle, Yseult releva brusquement la tête pour consulter ses dossiers sur son ordinateur… et réalisa qu'en plus de ne pas être chez elle, elle se conduisait exactement comme si elle y était. Assis sur un fauteuil en face de son propre bureau, le duc la regardait en souriant.

— Je crains de m'être un peu laissée emporter et de vous avoir volé votre bureau… grimaça-t-elle avec un sourire confus.

— Aucune importance. Je ne pense pas me tromper en supposant qu'étudier ce parchemin vous intéresse ?

— Je serais stupide de laisser passer une telle occasion. Mais je ne peux pas laisser tomber mon travail comme ça, et j'ai aussi un problème de logement.

— Quel problème ?

— L'immeuble que j'occupe est semble-t-il infesté de cafards. Le syndic demande à tous les habitants de l'évacuer pour une semaine afin de remédier au problème, et je n'ai pas eu le temps de chercher un autre logement.

— Pour la bibliothèque, étant donné que c'est moi qui vous emploie pour classer les archives qu'elle contient, je peux très bien décider de vous confier l'étude d'un seul et unique document. Et pour le logement, il y a un pavillon inoccupé dans le parc, meublé et parfaitement habitable. Alors ?

Yseult n'hésita pas une seconde. Le parchemin l'attirait inexplicablement, bien plus que n'importe quel autre parchemin qu'elle avait étudié, et même si elle ressentait un malaise diffus chaque fois qu'elle le regardait, il était inenvisageable pour elle de s'en éloigner.

— Je vais donner des ordres pour que le pavillon soit remis en état. Vous pourrez y emménager demain aux premières heures, reprit le duc.

— Merci. Et… euh… je vous rends votre bureau.

Yseult ne se rendit pas compte que sa main traînait sur le parchemin lorsqu'elle se leva, comme si elle répugnait à l'abandonner, mais Mayeul, lui, le nota et réprima un petit sourire satisfait. Il accompagna la jeune femme jusqu'à sa voiture et la suivit un instant des yeux pendant qu'elle s'éloignait, avant de reculer et de retrouver Duncan, dissimulé dans l'ombre de l'immense escalier.

— Alors, que penses-tu d'elle ? s'enquit l'arrivant.

— Passionnée, courageuse, têtue, déterminée, intelligente… Tu en veux d'autres ?

— Non, ça suffira. Un peu gros, quand même, le coup des cafards, non ?

— Tu avais une meilleure idée pour l'obliger à emménager dans l'enceinte du château ?

— J'avoue que non.

— Elle meurt d'envie d'en savoir plus sur la légende des Meneurs.

— Comme tous.

— Non, différemment. J'ai vu comme elle regardait les tableaux. Il n'y avait aucune peur dans son regard, et les loups l'ont suivie des yeux.

— Elle l'a remarqué ?

— En tout cas, elle n'en a rien montré. Elle n'est pas comme les autres, Duncan.

— J'espère seulement qu'elle sera bien celle qui libérera Aymeric. On gérera le reste après.

— Je crains que Morrigane ne laisse pas Aymeric s'échapper si facilement.

— Je le crains aussi. Seulement, je n'ai pas la moindre idée de ce qu'elle mijote.

— J'y ai réfléchi, et j'ai noté quelques idées. Toutes aussi peu réjouissantes les unes que les autres.

— Certains jours, j'ai envie de réduire moi-même Aymeric en purée ! Allons discuter de ça dans ton bureau ; je boirais bien quelque chose.

— Moi aussi, à vrai dire.

Yseult arrêta sa voiture dès qu'elle fut hors de vue du château et se laissa aller contre le dossier de son siège en lâchant une profonde expiration. Durant tout le temps qu'elle avait passé à l'intérieur de la bâtisse, elle avait eu le sentiment d'être observée. Et de façon totalement irrationnelle, de l'être par les tableaux qu'elle avait vus. Quant au parchemin, il lui laissait une impression mitigée. D'un côté, elle était fascinée par le mystère qu'il représentait, et qui représentait sans doute le plus grand défi de toute sa carrière. De l'autre, il lui avait laissé une impression d'oppression et de tourment, comme s'il contenait quelque chose de maléfique.

Elle finit par décider d'appeler son oncle, soudain impatiente de tout lui raconter. Par chance, Adam décrocha à la première sonnerie.

— Yseult, ma douce… Tout va bien ?

— Si on considère que j'ai été embauchée pour le boulot le plus extraordinaire qu'on m'ait jamais proposé, oui.

— Raconte…

En quelques phrases, la jeune femme résuma la situation à son oncle, sans rien omettre de ses diverses impressions.

— Qu'en penses-tu ? lui demanda-t-elle à la fin de son récit, tu penses que j'ai eu tort d'accepter ?

— Je pense que rien ni personne n'aurait pu t'en empêcher et que pour les tableaux, il doit s'agir d'un effet d'optique, soit dans leur conception, soit dans leur implantation sur les murs. Ce n'est pas simple, mais c'est faisable. Si tu avais eu le temps de les examiner, tu serais arrivée à la même conclusion.

Mais je tire mon chapeau à la famille de Chânais ; à la lueur de chandelles, l'effet devait être redoutable !

— Je me débrouillerai pour retourner voir ces tableaux de plus près. Il y a quelque chose entre les de Chânais et les loups, et je trouverai quoi.

— Les dieux préservent les de Chânais d'avoir introduit le plus teigneux des agneaux dans leur tanière.

Les trémolos exagérés dans la voix de son oncle déclenchèrent l'hilarité d'Yseult, qui se sentit soudain beaucoup plus légère et raccrocha pour redémarrer sa voiture.

— Elle est belle quand elle rit, tu ne trouves pas ? murmura Aymeric à l'adresse d'Aloys.

— Qui êtes-vous, et que faites-vous dans le corps de mon cousin ?

— Imbécile ! grogna Aymeric en le gratifiant d'un coup de coude dans les côtes.

— Ouch ! Brute !

Tapis dans les buissons, les jeunes gens observaient Yseult dans sa voiture. Ils avaient coupé à travers bois pour la rattraper. Ou plutôt, Aymeric était parti comme une flèche, et Aloys l'avait suivi pour le surveiller. Constatant que son cousin semblait vouloir se redresser, il posa une main sur son bras.

— Tu ne comptes quand même pas sortir de la forêt, là ? Tu imagines la tête qu'elle ferait si elle nous voyait dans cette tenue ?

— Je ne suis pas un imbécile, et tu n'es pas ma baby-sitter !

— Tu as juste un peu tendance à perdre la tête quand il s'agit d'elle.

Les yeux d'Aymeric s'assombrirent et il serra les poings, mais au fond de lui-même, il devait bien reconnaître que son cousin avait raison. Il n'avait qu'une envie : se lever et rejoindre Yseult.

Sauf qu'Aloys et lui étaient totalement nus…

# *Chapitre 10*

Cela faisait maintenant deux jours qu'Yseult était installée dans la petite maison du parc, et elle avait vraiment l'impression d'y être chez elle. Elle était tout de suite tombée amoureuse du petit salon douillet, avec sa cheminée, son sofa moelleux, ses épais tapis et ses meubles anciens. Elle avait fini par s'habituer à l'inquiétant blason des de Chânais accroché sur le manteau de la cheminée, avec son loup hurlant à la lune. Plusieurs fois, elle s'était même surprise à lui parler, alors qu'elle se heurtait à une difficulté inattendue dans son décryptage. Car à ce stade, il ne s'agissait plus de traduction ou de déchiffrage, mais bel et bien de décryptage. Le duc lui avait précisé qu'elle n'avait pas à se sentir pressée par le temps. Il n'exigeait aucun résultat, ne lui imposait aucun délai, et lui offrait toutes les facilités dont elle pourrait avoir besoin. Yseult appréciait cette totale liberté, à la fois dans ses horaires et ses méthodes de travail.

Cet après-midi-là, le temps était si beau et si chaud qu'elle s'était sentie parfaitement incapable de travailler, et s'était installée au creux d'un fauteuil avec un livre et un jus d'orange fraîchement pressé. Elle ne s'était remise au travail que le soir après dîner, lorsqu'une petite brise avait rafraîchi l'atmosphère, laissant l'une des fenêtres du salon ouverte pour faire baisser la température dans le cottage.

Yseult travailla sans relâche durant plusieurs heures, et lorsqu'elle releva la tête, la nuit était tombée. La jeune femme s'étira pour se débarrasser des courbatures récoltées à force de se pencher sur le parchemin. Il lui inspirait toujours les mêmes sentiments ambivalents de fascination et de répulsion mêlées, et parfois, lorsqu'elle le touchait, d'étranges visions de sang et de souffrance lui traversaient l'esprit, la convainquant qu'il gardait un noir secret.

— Pause ! décréta-t-elle en se levant, je vais me faire un thé. Qu'est-ce que tu en dis, le loup ?

Une fois de plus, elle s'adressait au loup du blason, qui était directement dans son champ de vision. De fait, elle ne vit pas le coupe-papier qu'elle avait utilisé pour ouvrir une liasse de documents reçue le matin même et qu'elle avait posé à côté d'elle, trop impatiente de découvrir les dossiers reçus, et il se planta dans la paume de sa main.

— Aïe ! fit Yseult en ramenant machinalement sa main blessée devant elle.

Ce faisant, une goutte de sang coula et tomba sur le parchemin…

Aymeric disputait une partie d'échecs avec Aloys lorsque soudain une atroce brûlure le poignarda au creux des reins. Il se redressa brusquement, envoyant valdinguer le plateau de jeu et faisant sursauter tous les membres de la bande présents.

— Qu'est-ce qui t'arrive ? s'écria Aloys en bondissant en arrière pour éviter les pièces qui arrivaient sur lui comme des missiles.

— L'appel… haleta Aymeric, plié en deux par la douleur.

— Mais… c'est… c'est trop tôt ! bafouilla Ciaran.

— Pas… celui-là… Yseult… Prévenez Duncan !

Sans plus d'explications, le jeune homme s'élança dans les bois de toute la vitesse dont il était capable.

Horrifiée, Yseult regardait la tache de sang qui s'élargissait sur le parchemin, et qui signait sans aucun doute la fin de carrière. Comment elle, d'ordinaire si soigneuse, avait-elle pu être aussi négligente ? Les yeux toujours fixés sur la preuve de son crime, elle se leva et contourna le bureau pour… Elle ne savait pas trop pourquoi, en fait. Faire quelque chose, mais quoi ?

Un bruit de meuble renversé dans son dos la fit bondir et elle se retourna d'un bloc, sur la défensive.

Un énorme loup noir, aussi haut qu'un grand poney, se tenait au milieu du salon. Les débris d'une table et de deux chaises gisaient tout autour de lui.

Tétanisée, Yseult était parfaitement incapable du moindre geste. Son cerveau eut à peine le temps d'enregistrer que le loup avait les yeux gris et qu'il ressemblait comme deux gouttes d'eau au loup de ses rêves que l'air se brouilla autour du gigantesque animal.

Qui fut remplacé par un homme nu, un homme qui n'était autre qu'Aymeric de Chânais…

— C'est pas vrai… lâcha Yseult dans un souffle.

Malgré l'étrangeté de la situation, le fantasme qu'elle avait eu dans la voiture en écoutant Joe

Cocker lui revint en tête comme un flash absurde tandis qu'elle rivait son regard sur les puissants pectoraux du jeune homme. En dépit de l'envie qui la tenaillait, elle n'osait pas laisser descendre ses yeux plus bas, vers ces hanches taillées en V qui menaient vers… Oh non, non, ne pas penser à ce qui se trouvait en dessous, même s'il s'approchait, lentement, d'une démarche de prédateur prêt à sauter sur sa proie. Des éclairs verts traversaient son regard gris si intense. Yseult se sentit rougir, et détourna les yeux… qu'elle posa sur la toison bouclée qui ornait son pubis et descendit plus bas, encore plus bas, pour découvrir l'expression de son désir triomphalement dressé au milieu de ses cuisses fuselées. La jeune femme sentit une irrésistible excitation l'envahir. Les pointes de ses seins durcirent douloureusement, et tout à coup, plus rien d'autre ne lui importa que sentir le corps d'Aymeric sous ses doigts. Il était tout près, à présent, et elle tressaillit lorsque ses doigts se posèrent sur sa joue la caressèrent doucement.

— Tu es si belle… murmura-t-il, comment pourrais-je être digne de toi… ?

Yseult n'eut pas le temps de méditer sur la bizarrerie de ces paroles qu'il la prenait dans ses bras et posait ses lèvres sur les siennes. Des lèvres si douces, si chaudes… La jeune femme n'essaya pas résister. D'ailleurs, elle qui il y a peu encore rejetait toute idée de relation avec un homme n'en avait aucune envie, comme si elle avait été ensorcelée. À nouveau elle sentit son sexe dur se presser contre elle, à peine séparée de son corps par le long tee-shirt qui lui servait de chemise de nuit. Le sang rugit dans ses veines, et elle referma ses mains sur les fesses fermes de son compagnon, qui réagit aussitôt en accentuant son étreinte. Il glissa ses mains sous ses vêtements et caressa sa peau satinée, déclenchant des frissons sur tout le corps de sa compagne. Lui-même tressaillit violemment lorsqu'elle laissa glisser ses mains sur ses hanches et renversa la tête en arrière pour offrir sa gorge à ses baisers. D'un mouvement fluide, il la prit dans ses bras et la porta jusqu'à la chambre, où il la déposa précautionneusement sur le lit avant de s'allonger près d'elle. Yseult tendit la main vers lui, mais il l'intercepta avant qu'elle ne puisse toucher son membre dressé ainsi qu'elle en rêvait et embrassa tendrement le creux de sa paume.

— Laisse-moi faire… murmura-t-il fixant sur elle ses yeux à l'éclat sauvage et doux à la fois. Laisse-moi te donner du plaisir… Je t'appartiens, Yseult.

Dans un coin de son esprit, la jeune femme se demanda vaguement comment un tel Apollon pouvait dire qu'il lui appartenait à elle, la banale petite traductrice, mais lorsque ses lèvres touchèrent la naissance de sa gorge, puis descendirent plus bas, vers ses seins gonflés de désir, elle oublia tout. Yseult ne se rappelait plus à quel moment son tee-shirt avait disparu, mais bientôt, sa culotte suivit le même chemin, et elle se cambra sous les caresses affolantes d'Aymeric. Ses mains effleuraient sa peau, ses lèvres la caressaient sans répit. Il laissa ses seins pour embrasser la peau douce de son ventre, puis l'intérieur sensible de ses cuisses et enfin sa langue toucha l'endroit secret, déclenchant un violent spasme de plaisir chez Yseult. Jamais la jeune femme n'avait connu une telle jouissance, et déjà Aymeric revenait à la charge, encore et encore, l'emmenant chaque fois plus loin, chaque fois plus haut. Elle crut qu'elle allait mourir sous ses assauts lorsqu'après un dernier baiser brûlant au creux de son intimité, il s'allongea à côté d'elle et chuchota.

— Tu crois que je suis assez bien pour toi ?

L'incongruité de la question eut un certain mal à traverser le brouillard de félicité dans lequel baignait Yseult, mais elle finit par atteindre ce qui restait de son cerveau dopé aux endorphines, et elle se dressa sur un coude pour commencer à dessiner des cercles timides sur la poitrine de son compagnon.

— C'est plutôt moi qui devrais me demander ce qu'un type comme toi peut trouver à une fille comme moi…

— Le plaisir de te servir et de te laisser te servir de moi comme tu le souhaiteras.

Yseult décida qu'elle réfléchirait plus tard à cette curieuse réponse. Pour l'instant, elle avait envie de goûter son compagnon, de sentir son odeur de mâle et de forêt sous sa langue, et elle murmura d'une voix rauque.

— Alors, laisse-moi faire…

Aymeric ne résista pas lorsqu'elle posa sa main sur son torse et l'obligea à s'allonger. Il gémit lorsqu'elle posa ses lèvres sur sa peau brûlante et embrassa ses muscles durs comme de la pierre, sursauta lorsque sa langue effleura son sexe prêt à exploser et ses mains se crispèrent sur les draps lorsqu'elle le prit dans sa bouche.

— Tu vas… tu vas me tuer… haleta-t-il.

Il se tendit en râlant lorsque les mains d'Yseult se mirent à caresser l'intérieur de ses cuisses. Dressé sur ses coudes, il renversa la tête en arrière, haletant. Juste avant l'explosion finale, il se retira, la renversa sur le lit et entra en elle, doux et violent à la fois. Yseult eut un nouveau spasme de plaisir, mais elle en voulait plus, bien plus, et elle noua ses jambes autour de sa taille plus le sentir entrer plus profondément en elle. Il comprit, se soumit, accentua ses coups de reins, et bientôt une vague de plaisir les emporta tous les deux, si puissante qu'Yseult crut un instant avoir perdu conscience. Elle cria, mais son cri fut couvert par celui d'Aymeric, qui tenait à la fois du hurlement du loup et de l'expression d'une délivrance totale. Il resta un instant complètement immobile, les yeux perdus dans le vague, tandis qu'Yseult reprenait son souffle, puis il se laissa rouler sur le côté avant de se soulever sur un coude et de caresser tendrement son visage en murmurant.

— Merci d'avoir à nouveau fait de moi un homme.

Cette phrase déconcertante arracha Yseult à l'océan de plénitude où elle flottait, et tout à coup une myriade de questions lui vinrent à l'esprit. Elle s'écarta de son compagnon et se redressa.

— Ça fait déjà deux fois que tu me remercies et que je ne comprends pas pourquoi…

Aymeric, qui s'était aperçu de son changement d'état d'esprit et qui s'était préparé à répondre à *la* question qu'il était persuadé qu'elle poserait en resta pantois. Il se redressa à son tour, un petit sourire aux lèvres.

— J'avoue que je ne m'attendais pas à ça…

— À quoi ?

— À cette question.

— Oh…

Brusquement Yseult se souvint du loup qui était entré par la fenêtre et avait atterri sur le mobilier. Elle resta un instant silencieuse puis haussa les épaules.

— Je suppose que si tu avais dû me tuer, ce serait déjà fait.

— J'admire ton calme.

— Je ne suis pas calme du tout. J'intériorise, nuance. Et puis ce loup, ça fait des semaines que j'en rêve, alors il n'est pas vraiment un inconnu, même si je le voyais moins grand.

— Moi aussi ça fait des semaines que je rêve de toi… Depuis que tu es arrivée en ville, en fait.

— Là, ça commence à devenir flippant… Qui es-tu, exactement ?

— Aymeric de Chânais, loup-garou de son état, soumis depuis près de cinq siècles à la malédiction vengeresse d'une druidesse.

— C'est la malédiction qui a fait de toi un loup-garou ?

— Non. Les de Chânais sont des loups-garous depuis toujours. C'est un gène qui fait de nous ce que nous sommes. Il s'active par la morsure d'un loup ou d'un autre loup-garou. À l'âge de vingt ans, nous choisissons de rester humains ou de changer. Après, le changement n'est plus possible. Avant, c'est trop tôt. Ce n'est pas vraiment une décision anodine.

— D'accord. Et la malédiction, alors ?

— Le plus simple est que tu la lises.

Aymeric se leva et quitta la chambre. Lorsqu'il revint, il tenait à la main le parchemin sur lequel Yseult travaillait depuis deux jours. Il le lui tendit avec un pincement au cœur en constatant qu'elle avait profité de sa courte absence pour passer un autre de ces tee-shirts longs qui lui servaient de chemise de nuit, comme si elle voulait établir une distance entre eux.

— Tu sais, ça fait des heures que j'essaie de déchiffrer ce truc incompréhensible, dit-elle en le prenant machinalement.

— Le sortilège s'est dissipé lorsque ton sang l'a touché.

— Comment sais-tu que mon sang l'a touché ?

— Je l'ai senti. À la seconde où ton sang est entré en contact avec le parchemin, il m'a appelé, et je suis venu.

Tant de questions tourbillonnaient dans la tête d'Yseult qu'elle ne savait pas par laquelle commencer. Puisqu'elle avait le parchemin en main et qu'il lui était familier, elle décida de se raccrocher à lui et entreprit de le dérouler. La voix d'Aymeric l'arrêta soudain.

— Yseult…

Étonnée par son ton hésitant, elle releva la tête pour le regarder. Il paraissait gêné et inquiet, et reprit avec un indéniable accent suppliant, très surprenant chez quelqu'un d'aussi orgueilleux.

— Quand tu liras ce qu'il y a écrit… Ne me juge pas trop durement, s'il te plaît.

Yseult ne savait plus du tout ce qu'elle ressentait tant ses sentiments étaient contradictoires. Elle jeta un long regard pensif au loup-garou debout devant elle, puis croisa les jambes en tailleur et déroula le parchemin, le cœur battant à tout rompre.

*Par le sang de l'Ancienne Religion qui coule dans mes veines, moi, Morrigane d'Avalon, je lance sur toi la malédiction d'une druidesse de haut rang.*

*Pour ton insensibilité et ta cruauté envers les sentiments que te portaient les femmes que tu as mises dans ton lit, je te condamne à éprouver chaque semaine le désir irrépressible de partager le lit d'une femme, sans jamais parvenir à la jouissance. Chacun de ces rapports te vaudra d'être lacéré par le fouet des druidesses d'Avalon. Ta seule chance de moins souffrir sera de donner du plaisir à ta partenaire. Plus elle sera satisfaite de ta prestation, moins le fouet sera cruel.*

*Une seule personne pourra te délivrer. Lorsque son sang touchera le parchemin, tu le sauras, et tu la trouveras. Si tu ne commets pas d'erreurs, elle sera ta rédemption, mais dans le cas contraire, tu seras en mon pouvoir pour l'éternité.*

Yseult relut deux fois le parchemin avant de refaire face à un Aymeric visiblement inquiet de sa réaction. Et une fois de plus elle le surprit par sa première question.

— Tu es vraiment resté… cinq cents ans sans… sans…

— Sans avoir le droit d'éprouver de la jouissance avec une femme, oui, acheva-t-il à sa place.

— Alors que tu étais obligé de… coucher avec elle ? précisa précautionneusement Yseult, qui comprenait soudain l'étonnante conversation surprise au *Silver Evening*.

— Oui.

— Et… ce fouet des druidesses, c'est à prendre au sens littéral ?

— Oui.

— Oh… Comment… comment ça se fait que tu n'aies pas de marques ?

— Les loups-garous cicatrisent vite. Du coup, on peut les frapper longtemps et avec force.

L'intonation désabusée d'Aymeric transperça le cœur d'Yseult comme une flèche. Sans réfléchir, elle se poussa et lui fit signe de la rejoindre sur le lit. Le loup-garou se coula à ses côtés et referma ses bras autour d'elle.

— Merci de ne pas me rejeter, murmura-t-il en effleurant le sommet de son crâne de ses lèvres.

— Encore des remerciements… ?

— Tu m'as apporté des sensations que je croyais ne plus jamais pouvoir éprouver un jour. Sur la plage, et ici, et chaque fois que je pensais à toi.

Les yeux d'Yseult tombèrent sur le début du deuxième paragraphe du parchemin, et la question qu'elle avait repoussée jaillit presque malgré elle.

— Pourquoi parle-t-elle de ta cruauté et de ton insensibilité ?

— Ça, c'est la partie qui, à ce qu'il paraît, n'est pas du tout à mon avantage…

— À ce qu'il paraît ?

— Disons que les opinions dans la meute sont partagées à ce sujet.

— La… meute ?

Yseult se sentait à nouveau submergée d'informations. Aymeric s'en rendit compte et poursuivit avec un petit rire.

— J'ai l'impression que je te perds… Je ne suis pas le plus doué des conteurs, surtout quand je suis concerné. Le mieux serait que je t'emmène les rencontrer.

— Qui ça, la… meute ?

— Oui. Tu ne risques rien, je t'en donne ma parole. Les loups-garous ne sont pas les monstres qu'on voit dans les films d'horreur. Lorsque nous prenons notre forme de loup, nous gardons notre esprit humain. Et on se transforme quand on veut, pas seulement à la pleine lune.

— C'est douloureux ?

— La transformation ? Non. On passe d'un état à l'autre, c'est tout.

— Combien y a-t-il de membres, dans la meute ?

— Vingt. Seize hommes et quatre femmes. Les femmes choisissent moins souvent la transformation, car cela implique de renoncer à avoir des enfants.

— À cause des… métamorphoses ?

— Non. Nous sommes immortels, et à ce titre, pas de reproduction.

— Immortels ?

— Enfin, disons que nous ne vieillissons pas et ne sommes jamais malades. On peut nous tuer, mais ce n'est pas facile. Et puis nous ne sommes pas très coopératifs quand quelqu'un essaie.

— Qu'est-ce que je dois savoir d'autre avant que mon cerveau n'entre en surchauffe ?

— Ma meute a ceci de particulier qu'elle n'est composée que de membres de la famille de Chânais. Duncan est notre Alpha, et je suis son lieutenant.

— Et… Mayeul de Chânais ?

— Il a choisi de ne pas activer le gène. Il voulait des enfants, et il n'aime pas toujours la façon dont la meute règle ses affaires.

— Les fameuses… disparitions de ceux qui contrarient les de Chânais ?

— Tu es au courant ?

— Disons qu'après un certain week-end, j'ai jugé prudent de me renseigner sur ta famille.

— Nous ne les tuons plus, tu sais.

— On s’aventurera sur ce terrain-là un autre jour, d’accord ? Pour l’instant, c’est de toi que je veux parler.

— Alors viens voir la meute avec moi. Nous vivons dans un manoir au milieu des bois.

Yseult hésita, mais d’une part elle avait trop envie de savoir, et d’autre part, elle n’avait aucune envie de quitter Aymeric.

— Très bien. Je m’habille et on y va.

La jeune femme enfila rapidement un jean et un tee-shirt et chaussa ses baskets. Un reste de prudence la conduisait à prévoir une tenue pratique et confortable en cas de problème, même si elle doutait avoir la moindre chance face à une meute de loups-garous…

Elle eut la surprise de voir que son amant avait également enfilé un jean.

— Tu… tu sors ça d’où ? bafouilla-t-elle.

— L’armoire où il y a les draps et autres serviettes a également un double fond contenant des vêtements pour loups-garous en goguette ayant un besoin urgent de s’habiller. Tu sais, les siècles passant, on apprend deux ou trois trucs.

— Les autres… Ils ont quel âge ?

— Le plus jeune a une centaine d’années. Duncan est le plus vieux de nous tous. Il est né au treizième siècle.

— Et… toi ?

— Je suis né en 1436, et j'ai été maudit en 1546 L'aîné de la fratrie, celui qui aurait dû hériter du titre s'il n'avait pas choisi de devenir un loup-garou.

L'âge réel d'Aymeric par rapport à celui qu'il paraissait donna le vertige à Yseult, qui secoua la tête comme si elle voulait se réveiller.

— Je crois que je vais arrêter les questions... Allons-y avant que je ne change d'avis et que je parte en courant.

Comprenant la réaction d'Yseult, Aymeric garda le silence. Ils sortirent dans la nuit et s'engagèrent dans la forêt. Au grand soulagement du loup-garou, Yseult ne lui retira pas sa main lorsqu'il emprisonna ses doigts entre les siens. Ils cheminèrent sans parler, Aymeric aidant sa compagne dans les passages les plus difficiles. Sa vision de loup-garou était bien supérieure à celle d'un humain, et Yseult comprit vite qu'elle pouvait se reposer entièrement sur lui.

Enfin, ils arrivèrent au manoir qui lui fit l'effet d'une version plus grande de son cottage. Impression confirmée lorsqu'elle se retrouva dans le salon, meublé dans le même style que celui qu'elle venait de quitter. Mais à vrai dire, elle n'avait pas le cœur à admirer la décoration, car devant elle se trouvait la meute au grand complet – sous sa forme humaine, heureusement –, avec en bonne place Duncan de Chânais, encore plus impressionnant que dans son souvenir. Instinctivement, Yseult se rapprocha de son compagnon, qui entoura ses épaules de son bras.

— Duncan, je te présente Yseult. Elle a… elle a levé la malédiction de Morrigane.

— Eh bien ça, c'est une bonne nouvelle ! s'exclama une rousse aux yeux verts à l'air déluré.

— Méfie-toi quand même, Aymeric, intervint le garçon brun qu'elle avait giflé sur la plage en portant la main à sa joue d'un geste théâtral, elle a une droite du tonnerre, ta copine.

Des rires étouffés retentirent devant l'air faussement affligé du jeune homme. Yseult ne put retenir un petit sourire et répondit sur le même ton de plaisanterie.

— Je pourrais te dire que je suis désolée, mais ce serait un mensonge…

— Et si tu remets ça, c'est avec ma droite à moi que tu feras connaissance, grogna Aymeric en resserrant son emprise sur les épaules d'Yseult.

— Sans façon, déclina l'intéressé. De mémoire, la dernière fois, ça m'a coûté trois ou quatre côtes.

La rousse aux yeux verts coupa brusquement court à la conversation avant qu'elle ne dégénère et s'avança vers le couple pour planter un baiser sonore sur chaque joue d'Yseult.

— Moi c'est Ailis. Je suis la petite sœur de l'espèce de machin qui est planté là et qui ne t'a pas encore souhaité la bienvenue. Et le dragueur de plage qui n'a eu que ce qu'il méritait, c'est Faolan.

Duncan leva les yeux au ciel et s'avança à son tour.

— Bienvenue au manoir, Yseult.

— Merci.

— C'est plutôt à nous de te remercier d'avoir délivré Aymeric de la malédiction.

— Étrange d'être remerciée sans arrêt sans vraiment savoir de quoi…

Duncan haussa un sourcil et se tourna vers son lieutenant.

— Tu ne lui as rien dit ?

— Si, mais pas tout… Je ne lui ai pas dit qui j'étais… avant.

Un silence de plomb tomba dans la pièce. Toute gaieté envolée, Ailis recula et rejoignit ses compagnons de meute. La gravité ambiante alerta Yseult, qui se raidit.

— Quoi ? Qu'est-ce que je ne sais pas ?

— Le plus simple serait que je te montre, répondit Duncan.

— Me… montrer ?

— Je suis druide en plus d'être loup-garou. Bon, d'aucuns te diraient sorcier, mais druide, c'est plus classe. Bref, entre autres pouvoirs, je peux collecter les souvenirs, et en prévision de ce jour, j'ai collecté ceux qui composent l'histoire d'Aymeric, et je peux te les faire partager.

Hésitante, la jeune femme se tourna vers Aymeric, qui, à sa grande surprise, baissa les yeux et soupira.

— De toute façon, il faut que tu saches…

— Suivez-moi, tous les deux.

Le couple emboîta le pas à l'Alpha, qui les précéda jusque dans sa chambre. Il referma la porte derrière eux et désigna son lit d'un geste de la main.

— On va s'installer là.

Yseult ouvrit de grands yeux en voyant Duncan retirer son tee-shirt. Durant une brève seconde, une foule de sentiments contradictoires se battit en elle : admiration devant la plastique de Duncan, envie qu'il ne s'arrête pas en si bon chemin, panique à l'idée qu'il continue à se déshabiller. La voix de l'Alpha lui parvint comme à travers un brouillard… et la fit aussitôt revenir à la réalité.

— Mon pouvoir fonctionne par contact, Yseult. Il va falloir que tu enlèves ton tee-shirt, et…

Et soudain le monde bascula… Un rugissement interrompit le loup-garou tandis qu'Aymeric se lançait en avant en hurlant, les poings serrés et le regard brûlant d'une rage meurtrière.

— Si tu la touches, tu es mort !

L'Alpha parvint à éviter de justesse le premier assaut de son lieutenant, mais au second, ils roulèrent tous deux sur le sol, enlacés en un violent corps à corps. Yseult n'eut que le temps de s'écarter pour ne pas être prise dans la tourmente.

— Aymeric, bon sang, calme-toi ! haleta Duncan en essayant d'immobiliser son adversaire. Tu sais comment fonctionne mon pouvoir… ! Aymeric !

Mais le jeune homme ne l'écoutait pas, et Duncan dut se résigner à rendre coup pour coup pour ne pas succomber. Au même instant, la porte de sa chambre s'ouvrit avec fracas, et une demi-douzaine de loups-garous se précipitèrent dans la pièce pour séparer les belligérants. Aloys, Faolan, Ciaran et Corin saisirent Aymeric par les bras, mais sans l'aide d'Aydan et Alaric et d'un coup de poing de Duncan, ils n'auraient sans doute jamais réussi à l'arracher à leur Alpha. Ce dernier allait prendre la parole lorsqu'Ailis surgit à son tour et se planta entre son frère et son second.

— Silence tout le monde ! Bon sang de bonsoir, ça vous arrive de temps en temps de faire réfléchir le neurone qui se balade sous votre crâne, tous autant que vous êtes ? Ah, les hommes…

— Quoi, les hommes ? aboya Duncan en faisant jouer son épaule mise à mal par l'attaque de son lieutenant.

— Oui, les hommes… ! Tu sais, le truc sans cerveau pas vraiment utile qui se balade au bout du pénis.

— Ailis, c'est pas le moment !

— Si justement, c'est le moment ! Et au passage, ton regard noir ne m'impressionne pas une seconde ! Tu as réfléchi une seconde avant de parler ? Aymeric vient de trouver la seule et unique personne capable de lever la malédiction qu'il subit depuis presque cinq siècles, et toi, qu'est-ce que tu fais ? Tu dis à Yseult de se déshabiller et de venir te rejoindre dans ton lit !

— Duncan, je te jure que si tu la touches, je… !

— Toi, on ne t'a rien demandé ! le coupa Ailis en se plantant devant Aymeric. Et vous, tenez-le un peu mieux !

— On… fait… ce… qu'on… peut… pantela Aloys, accroché de toutes ses forces au bras droit de son cousin en compagnie d'Aydan.

Yseult choisit cet instant pour sortir de la stupeur où l'avait plongée cette explosion de violence. Sans hésiter ni tenir compte de la lueur verte annonçant la métamorphose dans les yeux de son amant, elle s'approcha et se glissa entre Ailis et Aymeric. Sans trembler devant les crocs qui s'allongeaient, elle posa doucement ses doigts sur ses lèvres.

— Si ça te dérange tant que ça, on abandonne, d'accord ? Calme-toi, maintenant…

La voix de la jeune femme finit par arriver jusqu'au cerveau d'Aymeric. Au grand soulagement de ceux qui essayaient de le tenir, il cessa de se débattre et son regard plongea dans celui de sa compagne.

— Yseult…

— Oui, je suis là. C'est fini, maintenant.

— Pas si sûr, intervint Ailis. Ne le lâchez pas, vous autres, et vous tous, écoutez-moi.

Toute la meute était à présent réunie dans la chambre, devenue brusquement très petite. La guérisseuse sortit de sa poche un top froissé qu'elle était allée chercher en courant dans sa propre chambre lorsque les choses avaient commencé à dégénérer et l'exhiba triomphalement.

— Duncan, ton pouvoir fonctionne par contact, de peau à peau. Si Yseult porte ce dos nu, elle pourra être en contact avec toi sans se déshabiller vraiment, et l'honneur sera sauf.

— Et si… je me contentais de lui tenir la main ? hasarda Yseult.

— Ça marcherait si je n'avais que quelques souvenirs à te montrer, mais là… C'est trop long, trop dense, j'ai besoin d'un contact plus important.

La voix grave de Duncan faillit réveiller l'agressivité d'Aymeric, mais Yseult le calma en s'appuyant contre lui.

— Bien, reprit Ailis. Yseult va passer ceci, et ensuite, Duncan lui montrera ce qu'il a à lui montrer et qu'elle doit savoir. Et toi, Aymeric…

— Moi, l'interrompit le jeune homme. Il vaudrait mieux que vous m'enchaîniez avant que je ne perde à nouveau la tête.

— T'en… t'enchaîner ? bafouilla Yseult.

— Même pour un loup-garou, je suis fort, Yseult. Regarde à combien ils ont dû s'y mettre pour m'arrêter.

Les six jeunes gens étaient d'ailleurs toujours accrochés au second de la meute. Aymeric sourit tendrement à la jeune femme.

— Ne t'inquiète pas, c'est pour mon propre bien. Et puis ce ne sera pas la première fois, ni la dernière, je suppose.

— En attendant, tout le monde dehors, Yseult doit se changer. Allez, ouste !

Joignant le geste à la parole, Ailis chassa tous les occupants de la pièce, y compris son frère. Ce ne fut que lorsque la porte claqua et que Blodwyn, Eanna et Eryn se plantèrent devant, jambes écartées et bras croisés, que Duncan réalisa ce qui venait de se passer et lâcha à voix haute, stupéfait.

— Mais elle vient de me jeter à la porte de ma propre chambre…

— Oui ! riposta la voix assourdie de sa sœur. Et tu y reviendras quand je l'aurai décidé !

À l'intérieur de la pièce, Yseult fixait Ailis avec de grands yeux.

— Il… il ne dit rien, quand tu lui parles comme ça ?

— Non. Je suis sa petite sœur. Et puis je n'exagère presque jamais ; il est mon Alpha malgré tout. Là, il fallait vraiment détendre l'atmosphère, alors je me suis lâchée un peu.

— Aymeric… Ils vont vraiment l'enchaîner ? Au sens propre ?

— Oui, mais ne t'inquiète pas, ils ne lui feront aucun mal.

— Votre… société est plutôt violente…

— Les loups-garous ont le sang chaud. Écoute, avant que j'ouvre de nouveau cette porte, il faut que je te dise une ou deux choses que ces idiots n'auront pas pensé à te dire.

À l'invitation de sa compagne, Yseult prit place à côté d'elle sur le lit.

— D'abord, mon frère… poursuivit Ailis. Mon frère est sexy de nature, et en plus, c'est l'Alpha. Donc ne te sens pas coupable si tu éprouves une certaine forme de désir envers lui quand tu seras dans ses bras. Ça ne veut pas dire pour autant que tu as réellement envie de lui ou que tu trahis Aymeric. Toutes les filles éprouvent du désir envers Duncan, c'est dans l'ordre des choses. Ensuite, Aymeric.

Là, la guérisseuse hésita, puis reprit avec une lueur grave dans les yeux.

— Autant que tu saches tout de suite qu'Aymeric n'est pas un ange. Tu risques d'apprendre sur lui des choses qui… qui te le rendront franchement antipathique, mais s'il te plaît, ne le juge pas trop vite, laisse-lui une chance. Au fond, malgré tout ce qu'il a pu faire, c'est quelqu'un de bien. Tu es prête ?

— Je n'en suis pas très sûre, mais je souffre de curiosité maladive, alors allons-y.

— On t'a déjà dit que tu étais très courageuse ?

— Oui. Mais c'était dans des circonstances que je préfère oublier.

Bien que ces mots aient éveillé sa curiosité, Ailis garda ses questions pour un moment mieux choisi et alla ouvrir la porte. Les louves s'écartèrent, laissant apparaître Duncan, bras croisés devant son torse nu, et Aymeric, toujours tenu par ses compagnons, qui resserrèrent instinctivement leur prise en voyant Yseult. La jeune femme portait le top amené par Ailis, qui ne laissait que son dos exposé. Cela ne ravissait pas Aymeric, mais il prit sur lui pour faire taire le loup qui souhaitait déchiqueter tous ceux qui poseraient les yeux sur sa compagne. Elle se hissa sur la pointe des pieds pour poser ses lèvres sur les siennes.

— Tout ira bien. C'est toi que je veux, pas Duncan.

Le loup-garou eut un sourire crispé, mais se laissa entraîner sans résistance. Yseult se tourna alors vers Duncan et inspira un grand coup.

— C'est bon, je suis prête.

Le jeune homme s'assit sur son lit, dos appuyé contre le mur. Selon ses indications, Yseult s'installa le dos contre son torse, et il posa les mains sur ses tempes. La jeune femme ne put réprimer un frisson en sentant les muscles durs et la chaleur de la peau de Duncan contre sa peau nue. Une boule se forma dans son ventre tandis qu'elle repensait aux paroles d'Ailis sur son frère. C'était indéniablement du désir qu'elle ressentait pour l'Alpha, et pourtant, c'était pour Aymeric que son cœur battait, et c'était lui qu'elle avait envie d'avoir près d'elle.

— Laisse-toi aller, murmura-t-il au creux de son oreille. Ferme les yeux et laisse-toi aller. Les souvenirs vont aller de moi à toi. Tu peux arrêter la transmission quand tu veux, pour la raison que tu veux. Il te suffira de me toucher le poignet. Ailis te l'a déjà dit, mais je te le redis, ce sera dur, et tu vas apprendre sur Aymeric des choses que tu vas détester.

La gorge nouée, Yseult ne put qu'acquiescer d'un mouvement de tête. Elle posa la tête au creux de l'épaule de Duncan et laissa ses paupières se baisser.

Et un long voyage dans le passé commença…

# *Chapitre 11*

*Il galopait en tête de la chasse, adolescent sûr de lui et de son habileté. D'une main, il tenait les rênes de son étalon, de l'autre l'épieu destiné à transpercer le sanglier qu'il traquait. Devant lui, les chiens donnaient de la voix, le guidant avec une sûreté infaillible. Aymeric serra un peu plus ses mollets sur les flancs de sa monture, qui accéléra sans se faire prier, franchissant d'un bond puissant les obstacles qui se présentaient à eux. Il y avait bien longtemps qu'il avait distancé les autres, se réservant le gibier pour lui seul. Les risques lui importaient peu. En réalité, il était si sûr de lui qu'il ne pensait même pas en courir.*

*Il ne tarda pas à se retrouver face à l'animal, un vieux solitaire agressif qui avait déjà éventré deux chiens. D'un mouvement fluide, Aymeric sauta à bas de son cheval et s'avança, un sourire carnassier aux lèvres. Il siffla pour faire reculer les chiens et se porta à la rencontre de son adversaire. Le sanglier chargea. Le jeune homme se campa solidement sur ses jambes, leva son arme et la projeta en avant au moment où l'animal arrivait sur lui. Stoppé net, le sanglier s'écroula comme une masse, au moment précis où le reste de la chasse arrivait. Aymeric se tourna d'un bloc, un sourire railleur aux lèvres.*

*— Vous avez gagné le droit de ramener la carcasse.*

*— On n'est pas tes serviteurs ! grogna Aloys, le regard noir.*

*— Toi, tu auras l'autorisation de parler le jour où tu seras capable de me résister. Pour l'instant, contente-toi de me servir.*

*— Dans tes rêves !*

*Déjà Aloys avait bondi à terre et se jetait sur son cousin, qui le cueillit d'un coup de poing au menton. Pas découragé pour autant, Aloys revint à la charge, et bientôt, ils roulaient sur le sol, échangeant des coups qui n'avaient rien d'amical.*

*— Et c'est reparti pour un tour… soupira Géraud, le frère cadet d'Aymeric. Ils n'en ont donc jamais assez de se battre, ces deux-là… ?*

*Personne ne lui répondit. L'inimitié qui régnait entre les deux cousins était connue de tous. Rivaux depuis leur enfance, ils ne perdaient pas une occasion de s'insulter et d'en venir aux mains. En règle générale, Aymeric sortait vainqueur de ces affrontements, et cette fois-là ne fit pas exception à la règle. Aloys se retrouva allongé au sol, le genou d'Aymeric au creux des reins.*

*— Alors ? ironisa le vainqueur. Tu t'avoues vaincu ou je te brise le bras ?*

*Aloys hésita, mais il savait son cousin parfaitement capable de mettre sa menace à exécution, et capitula lorsque la pression dans son dos s'accentua.*

*— Ça va, tu as gagné.*

*— Ce serait bien qu'un jour tu comprennes enfin que tu n'as aucune chance contre moi, ça t'éviterait de te ridiculiser chaque fois.*

*— Un jour viendra où ton arrogance te perdra, Aymeric, et ce jour-là, je serai aux premiers rangs pour savourer ta chute !*

*— Tu peux toujours rêver ! En attendant, charge-toi de la bête, la récompense du guerrier m'attend !*

*Aloys suivit son cousin d'un regard meurtrier, mais il se dirigea néanmoins vers le sanglier pour retirer l'épieu que son rival lui avait planté en plein cœur.*

*Pendant ce temps, Aymeric galopait vers le château, le sourire aux lèvres. La journée avait été bonne : une chasse fructueuse, une bagarre avec son cousin qui avait une fois de plus tourné à son avantage, il ne lui manquait plus qu'une fille pour parfaire le tableau. Et justement, il venait d'apercevoir une jeune paysanne qui travaillait dans un champ et qui lui sembla fort à son goût. Il arrêta son étalon pour la détailler davantage, et ce qu'il vit lui plut suffisamment pour qu'il mette pied à terre et entre dans le champ.*

*La fille sursauta lorsqu'une ombre se profila devant elle. Elle se redressa lentement, et sentit son cœur s'arrêter en reconnaissant le fils aîné de son seigneur. La façon dont il la regardait ne laissait aucun doute quant à ses intentions, et si une part d'elle-même se sentait irrésistiblement attirée par le physique du jeune homme, l'autre se rappelait les innombrables récits de celles qui avaient partagé la couche de l'héritier et la peur lui serrait le cœur. Elle savait qu'aucun de ceux qui étaient là ne viendrait à son secours. On ne contrariait pas Aymeric de Chânais, sous peine d'être victime d'un accident plus ou moins mortel. La vie d'un paysan n'avait que peu d'importance pour l'héritier du titre.*

*Sans un mot, Aymeric saisit le poignet de la jeune fille et l'entraîna à sa suite. Elle essaya de résister, mais il se contenta de raffermir sa prise et de tirer plus fort. Bientôt le couple se retrouva à l'abri d'un bosquet.*

*— Déshabille-toi, lança Aymeric d'un ton sec.*

*— Monseigneur, je... je...*

*— Quoi, tu n'as jamais couché avec un homme ? Eh bien, sois contente que ce soit moi le premier plutôt qu'un de ces paysans puants. Allez, dépêche-toi ou je m'en charge !*

*La fille s'empressa d'obéir. Certes, elle avait peur, mais d'un autre côté, Aymeric était le fils du seigneur et il était d'une beauté stupéfiante. Elle frémit lorsqu'il la toucha, et lorsqu'elle osa plonger dans ses yeux gris, elle tomba en son pouvoir. Elle eut une grimace lorsqu'il la pénétra et dut se retenir de crier sous la violence des assauts du jeune homme, qui, comme à son habitude, ne se préoccupait absolument pas de sa partenaire.*

*Lorsqu'il eut fini, il se releva sans un regard pour elle. Elle rassembla son courage pour lui adresser la parole :*

*— Seigneur...*

*— Qu'est-ce que tu veux ?*

*— Quand vous reverrai-je ?*

*Aymeric la fixa avec stupéfaction durant quelques secondes avant d'éclater d'un rire cruel.*

*— Mais jamais, ma pauvre… ! Que crois-tu que j'aie à faire de quelqu'un comme toi ? Tu étais là au moment où j'avais envie d'une fille, sinon, je n'aurais jamais posé les yeux sur toi. Tiens, prends ça ; tu n'étais pas trop mal, après tout.*

*Le jeune homme sortit quelques piécettes de sa bourse et les jeta au sol, puis sauta en selle sur ces mots, abandonnant son éphémère conquête derrière lui. Il n'était pas arrivé au château qu'il avait déjà oublié son visage.*

Et les scènes se succédèrent ainsi, flashs montrant Aymeric séduire encore et encore, aussi facilement et naturellement qu'il respirait, et piétiner les sentiments de ses partenaires sans états d'âme. Quant à ses relations avec Aloys, elles ne cessaient de s'envenimer, les deux cousins luttant pour s'assurer la première place dans une compétition dont ils étaient les seuls à connaître les tenants et les aboutissants.

Yseult agrippa brusquement le poignet de Duncan, qui rompit aussitôt le contact.

— Ça ne va pas ? s'enquit gentiment l'Alpha en la sentant trembler, comme si elle retenait ses larmes.

— Non… lâcha-t-elle à voix très basse. Il était… il était vraiment comme ça ? Aussi… insensible ?

— Oui. C'était le fils d'un duc, Yseult, et l'aîné, qui plus est. À l'époque, le seigneur avait tous les droits, et donc ses enfants aussi.

— Ce n'est pas une excuse…

— L'époque était différente. Tu es historienne, tu sais de quoi je parle. Il n'était pas le seul à abuser de sa position. Même si ça ne l'excuse pas pour autant.

— Et… Aloys ? Je ne comprends pas ; ils ont l'air de bien s'entendre.

— Ça, ça ne s'est pas fait en un jour… Yseult, qu'est-ce qui ne va pas ?

Duncan n'était pas né de la dernière pluie, et même si la jeune femme lui tournait toujours le dos, il avait senti les sanglots dans sa voix, sanglots qu'elle s'efforçait de retenir, mais qui ne demandaient qu'à jaillir. Et lorsque la main de Duncan effleura ses cheveux, elle craqua et posa la tête sur ses genoux repliés, laissant couler les larmes qui l'oppressaient. Duncan eut bien besoin de ses sens aiguisés de loup-garou pour comprendre les phrases hachées qu'elle prononçait.

— Je ne peux pas… je ne peux pas y croire… Pas… pas après la façon dont il s'est conduit avec moi au cottage… Pas… pas comme Charles… Oh non, non, je ne veux pas… je ne veux pas que ça recommence… Pas encore, non, pas encore… je ne pourrai pas…

Les pleurs d'Yseult redoublèrent, rendant ses paroles inaudibles. Duncan la serra dans ses bras, la berçant doucement en lui murmurant des mots destinés à l'apaiser, s'abstenant de la questionner jusqu'à ce que la crise se calme.

— Désolée, renifla-t-elle en cherchant vainement un mouchoir dans sa poche. Je… je ne voulais pas…

— Ne sois pas désolée, répondit-il en lui tendant une boîte de mouchoirs en papier, tu viens de faire l'amour avec Aymeric et tu découvres soudain une facette de lui qui n'est pas vraiment à son avantage.

— Il n'y a pas que ça…

— Le dénommé Charles, c'est ça ?

— Mon ex.

— Tu veux en parler ?

— Oui… non… je… je n'en sais rien…

— Crois-en mon expérience, ça te ferait du bien.

— C'est trop dur… Mais il faudra bien un jour que j'en parle à Aymeric, n'est-ce pas ? réalisa-t-elle en lui faisant face.

Duncan nota avec soulagement qu'a priori, Yseult ne rejetait pas complètement son lieutenant. Il lui sourit avec douceur.

— Si tu m'y autorises, je peux visualiser ce qui te pèse sur le cœur dans tes souvenirs. Ce sera moins pénible que si tu parles. Tu as ma parole que je ne vais pas aller fouiller dans ta tête ; je vais juste voir la ou les scènes auxquelles tu penses.

— Et… après ? Tu montreras ça à Aymeric ?

— Si c'est ce que tu veux.

Elle réfléchit un instant, puis hocha la tête d'un air résolu.

— D'accord. De toute façon, je n'aurai pas la force de raconter… ça.

Duncan comprit qu'Yseult avait dû énormément souffrir. Il ressentait son humiliation et sa colère avec une telle force qu'il eut un instant peur d'être submergé par la violence de ses sentiments, et dut faire appel à tout son pouvoir pour canaliser les visions qu'elle lui envoyait.

*Yseult sourit en déballant la petite robe noire qu'elle venait d'acheter. Elle avait profité de ce que sa journée s'était achevée plus tôt que prévu pour faire les boutiques et acquérir une tenue complète pour la soirée à laquelle Charles avait été invité. Il n'était pas prévu qu'elle l'accompagne, mais elle avait fait des pieds et des mains pour se libérer et lui faire une surprise.*

*Elle se doucha en chantonnant, déposa une goutte de parfum dans son cou et entre ses seins, se maquilla légèrement comme elle savait si bien le faire quand elle le voulait, et passa enfin ses nouveaux atours : la robe, les escarpins et le sac assortis. Elle se sentait légère en démarrant sa voiture, et elle souriait toujours en arrivant sur les lieux de la fête. Le gratin de la ville y était invité, mais elle n'eut aucun mal à entrer. Tout le monde savait qu'elle était fiancée au célèbre mannequin Charles Saint-Eve.*

*Bien plus tard, Yseult se rappela que le portier avait essayé de la retenir. Sur le coup, elle ne vit qu'une chose : son fiancé avec une superbe fille à chaque bras, et une nuée d'autres gravures de mode sorties tout droit d'un magasine autour de lui. Et l'attitude de Charles n'avait rien, mais alors rien du tout d'équivoque alors qu'il les embrassait à pleine bouche et laissait ses mains traîner sans vergogne sur leur anatomie... Yseult avait senti un poing de glace lui broyer le cœur. Sans savoir ce qu'elle faisait, elle s'était avancée et s'était plantée devant lui.*

*— Tu m'expliques ?*

*— Yseult ? Mais qu'est-ce que tu fais ici ?*

*— J'ai fini plus tôt, alors je suis venue te rejoindre.*

*— Pour quoi faire ?*

*— Comment ça, pourquoi faire ?*

*— Écoute, je ne voudrais pas te faire de peine, mais il faut que tu comprennes que tu n'as rien à faire dans ce genre de soirée.*

*— Et pourquoi ça ?*

*— Tu es si… banale, Yseult ! Pas le genre de fille qu'on s'attend à voir avec quelqu'un comme moi… Oh, tu es bien gentille et tout et tout, mais il faut bien reconnaître que tu ne sais pas t'arranger. Et puis tu n'as pas vraiment pas le physique pour… Dans ces soirées, il me faut des filles qui en jettent, sur lesquelles on se retourne. Écoute, rentre à la maison, et quand je rentrerai, on reparlera de tout ça, d'accord ? Je t'expliquerai ce que tu dois faire et ne pas faire pour le bien de ma carrière. Mais si tu veux rester avec moi, il faut t'habituer à ne pas être la seule ; un homme de ma classe ne peut pas se contenter d'une seule femme… Bon, tu resteras l'officielle, mais il y en a eu et il y en aura d'autres.*

*Yseult se rendit soudain compte qu'un silence de plomb était tombé sur la salle et que tout le monde écoutait ce qui se passait entre Charles et elle. Les filles qui accompagnaient son fiancé la fixaient d'un air goguenard et méprisant, sûres de leur supériorité sur la petite traductrice. Au prix d'un énorme effort sur elle-même, Yseult parvint à ne pas s'effondrer tout de suite. Comme mue par une volonté propre, sa main se leva, et elle gifla Charles de toute la force dont elle était capable. Puis elle tourna les talons et sortit la tête haute, ignorant les regards de commisération et les chuchotements moqueurs. Arrivée chez elle, toujours soutenue par une violente colère, elle jeta toutes les affaires de son ex-*

*compagnon par la fenêtre, tandis qu'un serrurier qu'elle avait appelé en chemin changeait la serrure et le verrou de la porte d'entrée. L'homme de l'art, qui en avait vu d'autres dans sa vie, eut la sagesse ne pas lui poser de question, et la gentillesse de ne lui facturer que le prix des matériaux tant sa détresse lui fit de la peine.*

*Ce ne fut qu'après qu'elle s'effondra et versa toutes les larmes de son corps sur ses illusions brisées et sur la terrible humiliation qu'elle venait de subir.*

*Puis avait commencé la campagne de dénigrement de Charles, qui avait bien failli la briser…*

À l'instant où les souvenirs d'Yseult avaient commencé à déferler dans l'esprit de Duncan, Aymeric se cabra dans les chaînes qui le retenaient. L'Alpha ayant fait en sorte qu'il visualise lui aussi ce que transmettait Yseult, il était le témoin direct des scènes qu'elle évoquait, et ce qu'il voyait ne lui plaisait pas du tout. Gonflant ses biceps, il commença à tirer sur les chaînes tandis que le loup en lui se déchaînait, exigeant d'être libéré. Un reste de conscience lui fit appeler son cousin d'une voix rauque.

— Aloys… !

L'interpellé, qui avait pris position devant la cellule en compagnie de Ciaran, Faolan, Aydan, Elwyn et Corin, sursauta et s'approcha des barreaux.

— Qu'est-ce qu'il y a ?

— Les chaînes… Resserre-les !

— Mais…

— Ne pose pas de questions et fais ce que je te dis !

Les loups-garous échangèrent un regard nerveux. Tous connaissaient Aymeric, et le savaient capable de tuer n'importe qui lorsqu'il était dans cet état. Aloys ouvrit précautionneusement la porte et entra, les autres sur ses talons, prêts à intervenir.

— Tu… tu es sûr ? murmura-t-il en tendant une main prudente vers les fers qui emprisonnaient le jeune homme.

— Je n'ai pas le temps de t'expliquer… Il n'y a que la douleur qui retiendra le loup. Serre !

Subjugué par le fouet dans la voix de son cousin, Aloys saisit l'un des bracelets et commença à rétrécir son diamètre. Il hésita lorsque le fer mordit la chair d'Aymeric et que le sang commença à couler, mais le grondement menaçant de son cousin l'obligea à continuer.

— Nom de Dieu, Aloys, fais ce que je te dis, ou je te jure que je te file une raclée dont tu te souviendras encore dans un siècle ! Serre !

Malgré sa répugnance devant ce qu'Aymeric le forçait à faire, le loup-garou obéit. En cet instant, il n'avait plus devant lui le cousin avec qui il plaisantait volontiers, mais celui qui aurait été l'Alpha sans la présence de Duncan, et dont le reste de la meute craignait les colères dévastatrices, en particulier lorsqu'il était sous sa forme lupine.

Le visage sombre, Aloys passa à l'autre poignet de son cousin, puis à ses chevilles. Il sentait le loup d'Aymeric tout près d'émerger, dans un tourbillon de crocs et de griffes ravageur qui n'épargnerait personne autour de lui. Il sortit de la cellule à reculons, sans quitter Aymeric des yeux et referma la porte avec un soulagement manifeste.

— Qu'est-ce qu'il a ? fit Faolan à mi-voix en voyant Aloys rajouter une chaîne autour du cadenas qui barrait la cellule.

— Je n'en ai pas la moindre idée, mais je ne voudrais pas être à la place de la personne qui l'a mis dans cet état. Et j'espère avoir serré assez fort pour museler son loup, car sinon, je ne donne pas cher de notre peau.

Lorsqu'Yseult commença à évoquer le cauchemar qu'elle avait vécu après cette rupture, Duncan sentit en elle une douleur si profonde qu'il rompit de lui-même le contact. Il ne sentait pas le droit d'en voir plus. Doucement, il serra Yseult contre lui et lui offrit des paroles de réconfort.

— Il ne te méritait pas.

— C'est gentil de dire ça alors que tu me connais à peine.

— Ça, ce n'est pas tout à fait vrai… J'avoue avoir pris des renseignements sur toi et t'avoir observée depuis que je connais ton identité. Après tout, quelqu'un qui ose gifler un loup-garou…

— Je ne savais pas que ce qu'il était.

— Parce que ça t'aurait arrêté ?

La jeune femme réfléchit un instant, puis un minuscule sourire fleurit sur ses lèvres.

— Non.

— Je m'en doutais… Les filles de la meute vont t'adorer !

Au grand soulagement de Duncan, le sourire d'Yseult s'élargit.

— Ça va mieux ? l'interrogea l'Alpha.

— Donne-moi encore cinq minutes.

— Tout le temps que tu voudras.

Yseult se leva et se rendit à la salle de bains attenante à la chambre pour passer de l'eau fraîche sur son visage gonflé par les larmes. Elle resta un instant appuyée au lavabo, regardant sans le voir son reflet dans le miroir. Sa soirée avait vraiment pris un tour des plus étranges, et ces quelques instants de répit étaient plus que les bienvenus. Elle songea à ce qu'elle avait appris sur Aymeric, tellement en opposition avec la façon dont il s'était conduit avec elle au cottage. Elle songea à ces femmes qu'il avait bafouées, et à ce qu'il lui avait donné à elle. Elle songea à Morrigane et à sa malédiction, et à la cruauté de la punition subie par Aymeric. Elle se dit qu'elle ne pouvait plus reculer, que sa curiosité la tuerait si elle restait inassouvie.

Et elle retourna dans la chambre pour connaître la suite de l'histoire…

# *Chapitre 12*

*Cinq années avaient passé. Aymeric était devenu un homme, craint par ses ennemis, respecté par ses adversaires et adulé par ses amis. Il n'avait qu'une parole et la respectait toujours, quoi qu'il puisse lui en coûter. Et sa loyauté était sans failles. Physiquement, il dépassait ses compagnons d'une, voire de plusieurs têtes, et peu pouvaient rivaliser avec son impressionnante musculature. Sa redoutable intelligence et sa grande culture lui assuraient bien des succès en affaires et en politique, et à la pensée de devoir négocier avec lui, beaucoup préféraient céder d'avance. Quant à ceux qui s'avisaient de ne pas respecter un marché passé avec lui, ils finissaient toujours par le regretter amèrement. Souvent, son père le laissait rendre la justice à sa place, sachant que ses arrêtés, pris sans passion et avec une froide logique, étaient toujours justes et équitables. Il était impossible à soudoyer, ne se préoccupait que des faits et peu lui importait l'identité ou le rang social d'un accusé.*

*Son attitude envers les femmes n'avait pas changé. Il ne les brutalisait pas, ne les forçait pas, mais ne les respectait pas. Il se servait d'elles à sa guise, puis les rejetait sans états d'âme. Sa ténébreuse beauté les attirait comme le miel attire les abeilles, il n'avait qu'à se baisser pour se servir et ne s'en privait pas. Par chance pour elles, il ne pouvait pas concevoir tant qu'il n'avait pas choisi s'il resterait humain ou deviendrait un loup-garou, car il n'aurait pas été du genre à se préoccuper d'éventuels bâtards, que la mère ait été de noble ou de basse extraction.*

*Il était Aymeric de Chânais, fils aîné du seigneur, héritier potentiel du duché, et il avait la vie devant lui...*

*Ce soir-là n'était pas un soir comme les autres. Il venait d'avoir vingt ans, l'âge de la plus importante décision de toute sa vie. Dans moins d'une heure, les siens la partageraient. En ce qui le concernait, il y avait longtemps déjà qu'il avait arrêté son choix. Certes, il aimait gouverner le duché, et il était doué pour cela, mais le sang du loup rugissait depuis toujours dans ses veines. Si cela n'avait tenu qu'à lui, il aurait rejoint la meute depuis longtemps, mais même lui se devait de respecter ses règles.*

*Jetant un dernier regard à ce qui avait été sa chambre pendant la majorité de sa vie, Aymeric sortit et rejoignit le reste de sa famille d'un pas vif. Ils l'attendaient dans la grande salle du château, son père, sa mère, son frère et ses sœurs, les seules femmes avec sa mère qui comptaient pour lui. Malheur à qui se serait avisé de leur faire du mal... Aymeric s'immobilisa devant eux, les saluant d'un bref signe de tête.*

*— Alors ? fit son père.*

*— Je veux rejoindre la meute.*

*— J'en étais sûr.*

*De fait, personne ne paraissait surpris. La nature sauvage d'Aymeric était connue de tous, et pour eux, il était évident que sa place était avec les loups.*

*— J'ai l'impression de n'étonner personne, remarqua le jeune homme en prenant place à table et en se servant un verre de vin.*

*— Ton père et moi avons su dès ta naissance que tu choisirais la meute, répondit doucement sa mère.*

*Quand tu es né, tes yeux étaient verts, pas bleus comme ceux des autres enfants.*

*— Vous ne me l'avez jamais dit…*

*— Allons, Aymeric, tu connais le principe, sourit son père. Rien ne doit influencer ta décision. Tu dois avoir la possibilité de peser impartialement le pour et le contre de chacune des vies que tu peux être amené à vivre, et te dire que tu es né avec les yeux d'un garou n'est pas forcément le meilleur moyen de faire réfléchir la tête de mule que tu es.*

*Le jeune homme eut le bon goût d'arborer un sourire mi-penaud, mi-railleur devant cette description sommaire d'un de ses traits de caractère dominants et vida son verre d'une lampée.*

Yseult toucha doucement le poignet de Duncan, qui baissa les bras et la questionna.

— Un problème ?

— Pas vraiment. Quelque chose que je ne comprends pas.

— Je t'écoute.

— Le père et la mère d'Aymeric étaient tous les deux des loups-garous ? Enfin… des loups-garous potentiels ?

— Non. Juste son père. Mais la règle veut que les conjoints soient informés de notre… particularité génétique.

— Et… ça passe comme ça, comme une lettre à la poste ? « Oh, chérie, au fait, je suis un loup-garou. Tu peux me passer le pain, je te prie ? »

Duncan faillit s'étouffer de rire. Une bonne minute s'écoula avant qu'il ne parvienne à reprendre ses esprits.

— Non… non, ça ne se passe pas toujours bien… Lorsqu'un ou une de Chânais décide de convoler en justes noces, comme on dit, il ne lui suffit pas de tomber amoureux ou amoureuse et de tenter de faire en sorte que cet amour soit payé de retour. Il ou elle doit aussi se préoccuper de savoir si l'être aimé est capable d'accepter notre existence et de garder le silence.

— Et… s'il s'avère que l'être aimé ne peut pas supporter cette réalité ?

— Alors il nous faut l'oublier. Et l'hypnotiser pour qu'il oublie jusqu'à notre nom. Ce n'est pas toujours simple, de porter un héritage comme le nôtre.

— J'imagine…

— Il faut que tu saches aussi que les majordomes de notre famille savent ce que nous sommes. La charge de majordome se transmet d'ailleurs de génération en génération.

— Après tout, pourquoi pas… ? Autre chose que je dois savoir ?

— Je ne crois pas.

— Duncan…

— Oui ?

— Aymeric aurait vraiment fait un bon duc ?

— Oh oui… Il aurait sans doute été l'un des meilleurs de la lignée. Mais l'appel du loup était trop fort pour qu'il l'ignore.

— Et… en supposant qu'il ait renoncé à activer le gène, il se serait marié, n'est-ce pas ?

Duncan comprit qu'il avait été manipulé pour en arriver à cette question qu'il aurait préféré éviter. Il grimaça.

— Écoute, je connais Aymeric depuis plusieurs siècles, maintenant… Il s'est mal conduit avec les femmes dans le passé, mais avec toi, il est différent. C'est la toute première fois que je le vois possessif avec une femme. Tu sais, lorsque le loup en nous trouve son âme sœur, il lui donne tout : son cœur, sa vie, son âme.

— Son… âme sœur ?

— C'est ce que tu es pour lui.

— Oh... je ne suis pas vraiment sûre que ça me rassure, ça… Tout cela va… trop vite pour moi. Je n'envisageais pas du tout une relation quelconque en m'installant en ville ; au contraire, je voulais oublier les hommes. Tout à l'heure, quand il est arrivé au cottage, j'ai eu l'impression de ne plus rien maîtriser. Je ne regrette rien de ce qui s'est passé, mais… j'ai la sensation de ne plus contrôler ma vie, et… ça m'effraie.

— Aymeric va sûrement essayer de me tuer quand il apprendra que je t'ai dit ça, mais… tu ne dois pas te sentir contrainte ou liée de quelque façon que ce soit, même si tu es l'âme sœur d'Aymeric. Tu es libre de choisir de l'accepter, de le rejeter, ou de partager ton temps entre lui et qui tu voudras. Il n'appréciera pas, mais n'interviendra pas si c'est toi qui le veux ainsi.

— Je me permets un doute à ce sujet… Il ne me paraît pas être du genre à partager, ni à jouer selon des règles qui lui déplaisent.

— Crois-moi, il respectera ces règles-là.

— Je… je n'arrive pas à démêler mes sentiments envers lui, ni à savoir ce que je veux pour… la suite.

— Attends d'avoir tous les éléments avant de prendre une quelconque décision, d'accord ?

— Tu as beaucoup d'amitié pour lui, n'est-ce pas ?

— J'avoue que oui. Comme tout le reste de la meute, y compris les filles. Oh, il y a eu des prises de bec au début, mais ce sont aussi des louves, et tu verras vite que les louves ont à peu près tous les droits dans la meute.

— Même vis-à-vis de toi ?

— Même. Tu as bien vu ma sœur tout à l'heure, non ?

— Elle m'a dit aussi qu'elle ne dépassait jamais certaines limites.

— Je suis quand même l'Alpha, ça me donne des privilèges dont les autres ne bénéficient pas de leur part. Tu te sens prête à continuer ?

— Oui.

*Aymeric quitta le château à la nuit tombée et prit la direction des bois. Comme tous les de Chânais, il connaissait le chemin du manoir où se réunissait la meute. Les loups-garous se mêlaient rarement à la famille ducale en titre, et à moins d'une urgence extrême, aucun humain ne prenait la route de la forêt. Depuis sa naissance, Aymeric n'avait vu Duncan que deux fois, et ces deux fois lui avaient suffi pour comprendre quelle était la puissance du loup-garou. Même lui n'avait pas osé se mettre en travers de son chemin.*

*Le jeune homme cheminait en silence, impatient à l'idée d'enfin rencontrer la meute au complet. Afin d'éprouver une dernière fois sa résolution, ils l'attendaient sous leur forme lupine, une forme qu'il n'avait jusqu'à présent fait qu'entrapercevoir au hasard de fugitives rencontres dans les bois. Bientôt il pénétra dans la clairière attenante au manoir… exactement au même instant qu'une autre silhouette indéniablement humaine. Les arrivants s'immobilisèrent, se détaillant sans aménité et s'exclamant avec un bel ensemble :*

*— Toi !*

*Tout comme Aloys, Aymeric avait oublié qu'ils étaient nés le même jour, et donc que le choix aurait lieu pour tous les deux en même temps. Les poings serrés, ils allaient se jeter l'un sur l'autre lorsqu'un grondement sourd les interrompit. La meute était là, formant un cercle dont ils étaient le centre tandis que l'Alpha, crocs découverts, les menaçait. Instinctivement, les deux cousins abandonnèrent leur attitude belliqueuse et baissèrent les yeux devant le regard étincelant du grand loup crème aux yeux verts. Le cercle de la meute se resserra, tandis que Duncan reprenait sa forme humaine pour toiser les nouveaux venus.*

*— Ainsi, vous avez tous les deux choisi de devenir des loups-garous... constata-t-il d'une voix grave et pas franchement amicale.*

*— Oui, répondirent-ils à l'unisson.*

*— Ravi de vous voir enfin d'accord !*

*Le ton sarcastique de l'Alpha fit tressaillir les jeunes gens. Le charisme de Duncan était tel que même Aymeric n'osa pas répliquer, et que le silence régnait toujours lorsqu'il poursuivit, tournant autour d'eux du pas souple et silencieux d'un prédateur.*

*— Vous allez devoir apprendre à obéir, vite et bien. Je ne tolèrerai pas que votre inimitié mette la meute en danger, est-ce bien clair ?*

*La gorge nouée, ils ne purent qu'acquiescer. Curieusement, le fait que Duncan soit nu et eux habillés ne changeait absolument rien au fait que c'était le premier qui dominait toute la scène.*

*— Au moindre manquement, je me chargerai personnellement de votre châtiment, et croyez-moi, vous n'avez aucune envie de savoir de quoi je suis capable, reprenait le loup-garou. Maintenant, déshabillez-vous et à genoux. Épaule contre épaule.*

*Cette dernière exigence provoqua un mouvement de surprise dans la meute tant elle était inhabituelle. Bien entendu, personne n'osa questionner l'Alpha, et ce ne fut que bien des années plus tard qu'il s'expliqua à ce sujet : connaissant la rivalité entre Aymeric et Aloys, il s'était dit qu'en transformer un avant l'autre pourrait être interprété comme un signe de préférence, aussi avait-il dû trouver très vite une solution à ce problème en les voyant arriver tous les deux. Les cousins échangèrent un regard rapide, mais désobéir à Duncan n'était pas une option envisageable, aussi retirèrent-ils leurs vêtements avant de s'agenouiller. L'Alpha les laissa dans cette posture de soumission un long moment avant de reprendre sa forme lupine et de s'approcher, gueule grande ouverte. D'un geste vif, il planta ses crocs puissants dans les épaules offertes, sans chercher à minimiser la douleur de la morsure. Avec ces deux-là, il préférait établir sa suprématie tout de suite.*

*Ni Aymeric ni Aloys ne laissèrent passer le moindre murmure lorsque leurs chairs se déchirèrent sous l'assaut. Ce fut à peine s'ils bronchèrent, et Duncan se dit qu'il lui faudrait sans doute bientôt se battre pour garder sa place. Les autres membres de la meute ne le défiaient plus depuis longtemps tant sa réputation parlait pour lui. Certains même n'avaient jamais contesté sa place de leader, mais les nouveaux venus, eux, le feraient un jour ou l'autre.*

Yseult demanda une nouvelle interruption à Duncan pour lui poser une question.

— Je ne comprends pas… Vous avez tous l'air très soudés, mais là je vois des luttes de pouvoir… Comment est-ce possible ?

— La hiérarchie d'une meute peut changer. Par le passé, il y a eu beaucoup plus de bagarres que maintenant. Avec le temps, j'ai appris à m'imposer plus vite et de façon plus convaincante, sans passer par la phase je-te-tape-dessus-tu-me-tapes-dessus-jusqu'à-ce-qu'un-de-nous-déclare-forfait. Ceci dit, Aymeric a été mon adversaire le plus sérieux, et j'ai dû lui mettre plusieurs raclées avant qu'il ne comprenne qui était le plus fort.

— Pas Aloys ?

— Il a compris plus vite. Et il est moins puissant qu'Aymeric.

— C'est incroyable, quand même, de découvrir ça alors que maintenant, ils ont l'air de si bien s'entendre…

— Ça s'est fait dans le sang et la douleur, mais là, je vais trop vite. On reprend ?

— On reprend.

*Lorsque Duncan recula, du sang coulait sur la poitrine des jeunes gens. Mais aucun d'eux ne s'en préoccupait. Le loup emprisonné en eux venait de s'éveiller et luttait pour prendre le contrôle, affamé de liberté. La première métamorphose comportait des risques, car rien ne pouvait préparer le garou potentiel à l'irruption de sa moitié animale. Certains s'affolaient, luttaient pour ne pas s'abandonner au loup, et en mouraient.*

*Aymeric et Aloys, eux, ne luttèrent pas. Ils laissèrent le loup s'installer dans leur esprit, et bientôt, ils sentirent les premiers changements ; des sens plus acérés, l'envie de courir et de chasser avec la meute, d'éprouver les muscles du loup… Ils mutèrent en même temps, en douceur, et bientôt, deux loups de plus se tenaient dans la clairière.*

*Renversant la tête en arrière, ils poussèrent leur premier hurlement, bientôt rejoints par le reste de la meute. Les autres loups se terrèrent en entendant le chant puissant des garous, et cette nuit-là, la meute de Chânais fut la seule à chasser dans la forêt.*

*Les années passant, ladite meute finit par trouver son équilibre. Très vite, Aymeric devint le lieutenant de Duncan, au grand dam d'Aloys. Les deux cousins surent cependant faire taire leurs différends chaque fois que le bien de la meute l'exigeait. Si l'attitude d'Aymeric envers les femmes ne changea pas au fil du temps, il risqua aussi plusieurs fois sa vie pour les siens, y compris pour son frère Géraud, qui avait choisi de rester humain et avait hérité du duché. Jusqu'à son dernier jour, il put compter sur son aîné pour le protéger et être à ses côtés.*

*Et puis un jour, Aymeric rencontra une femme. Une de plus qu'il eut envie de mettre dans son lit. Une femme d'une beauté extraordinaire, dont les longs cheveux blonds enveloppaient un corps de liane d'un voile doré, et dont les yeux bleus avaient causé la perte de bien des hommes.*

*Morrigane d'Avalon…*

Duncan ne fut pas surpris lorsqu'Yseult interrompit précipitamment la transmission.

— C'était… elle ? murmura-t-elle en se tournant vers lui. Morrigane, c'était elle ?

— Oui.

— Elle était… très belle.

— La beauté, ce n'est pas tout dans la vie, tu sais.

— Oh, je t'en prie, épargne-moi ce discours surfait… Si la beauté n'est pas tout dans la vie, pourquoi est-ce que les hommes se retournent toujours sur une fille comme elle ?

— Ma grande expérience de ce genre de discussion avec ma sœur me conduit à tout de suite déclarer forfait.

— Désolée, je ne voulais pas…

— Non, ne sois pas désolée, l'interrompit-il, tu n'as pas à être désolée. Il est normal que tu sois secouée par tout ce que tu apprends ce soir, et je ne t'en voudrai pas si tu t'en prends à moi. Je ne serais pas un bon Alpha si je ne comprenais pas ce genre de choses, tu sais.

—… Merci.

Le silence retomba entre eux, puis Yseult reprit en hésitant.

— Aymeric… où est-il, en ce moment ?

— Dans les cachots du manoir.

— Il ne pourrait pas… revenir ici, maintenant ?

— Non. Il ne supporterait toujours pas de te voir dans mes bras. Tu as envie de le voir ?

— Je voudrais tant être sûre qu'il tient à moi comme il le dit… Il a mis tellement de jolies femmes dans son lit, et moi, je…

— Stop, stop, stop ! Ne crois pas un mot de ce que ce salopard qui t'a servi de petit ami a pu te dire ! Il cherchait à te faire du mal, et à l'évidence, il a réussi. Tu es jolie, intelligente, et Aymeric tient à toi, tout le monde ici l'a vu. Mais tant que tu n'as pas vu toute l'histoire, il vaut mieux qu'il reste où il est et toi ici. Ensuite tu décideras ce que tu veux faire.

— Laisse-moi quelques minutes.

Yseult s'éloigna un peu de Duncan afin de reprendre ses esprits. La proximité de l'Alpha faisait naître en elle un troublant désir, et pourtant, c'était à Aymeric qu'elle pensait. Elle aurait voulu le voir, sentir sa peau contre la sienne, son souffle au creux de sa gorge, ses mains et ses baisers sur son corps… Elle aurait voulu revenir dans le chalet, quand rien d'autre ne comptait que le moment présent et les étreintes qu'ils partageaient.

À présent, des ombres se dressaient entre eux : l'attitude d'Aymeric envers les femmes, la souffrance qu'elle ressentait encore en raison des conditions de sa rupture avec Charles, l'ambivalence des sentiments qu'elle éprouvait pour le loup-garou, et surtout, surtout, elle, sa rivale par-delà les siècles…

Elle, Morrigane d'Avalon…

# Chapitre 13

*Il y avait à présent quatre-vingt-dix ans qu'Aymeric et Aloys avaient choisi de devenir des loups-garous. Jamais ils n'avaient regretté leur choix, qui satisfaisait pleinement leur côté sauvage. Leur rivalité, elle, ne s'était pas améliorée avec le temps, et le reste de la meute avait cessé de compter les bagarres qui les opposaient. Dans les premiers temps, Duncan avait dû intervenir plusieurs fois pour empêcher que leur antagonisme ne nuise à l'ensemble du groupe, administrant des corrections tellement mémorables aux deux contrevenants qu'ils avaient fini par rentrer dans le rang, et veillaient désormais à ne plus mettre la meute en danger.*

*Aymeric et Aloys l'avaient rencontrée dans une auberge, où ils s'étaient arrêtés pour prendre un dîner chaud en cette froide soirée d'hiver. Afin d'obliger les deux cousins à travailler de concert, Duncan les envoyait souvent en mission ensemble, et ce d'autant plus volontiers que leur duo était extrêmement efficace pour convaincre les mauvais payeurs qu'il valait mieux ne pas essayer de doubler les de Chânais. Tout de suite, ils avaient vu la jeune femme assise seule à une table, un verre de vin et une assiette de soupe devant elle. Sa beauté irradiait dans la pièce, et bien des regards se tournaient vers elle. Pourtant, personne ne semblait oser la déranger. D'autres se seraient sans doute posé des questions, mais Aymeric et Aloys étaient des seigneurs aussi arrogants l'un que l'autre, et ils s'installèrent à la table de l'inconnue avec un bel ensemble. Elle leva ses yeux frangés de longs cils avec un sourire enjôleur.*

*— Que me vaut le plaisir de voir deux beaux garçons comme vous s'inviter à ma table... ?*

*— Une aussi jolie fille que toi ne devrait pas rester seule dans ce bouge, répliqua Aymeric avec le petit sourire en coin qui faisait craquer les filles.*

*— Je suis peut-être accompagnée.*

*— Oh, ça, j'en doute, rétorqua Aloys. Il n'y a pas la moindre trace de la présence d'une deuxième personne à cette table, et si cette hypothétique personne est partie se coucher, dommage pour elle.*

*— Qui me dit que je gagne au change, avec vous deux ?*

*— La façon dont les autres filles te fusillent du regard parce que nous n'avons prêté aucune attention à elles alors qu'elles ne rêvent que de nous mettre dans leur lit ? suggéra Aymeric en se renversant sur sa chaise, ce qui eut pour effet d'exposer son impressionnante musculature.*

*— Tu as l'air bien sûr de toi...*

*Aymeric ne répondit pas, mais le sourire suffisant qu'il arborait en disait plus long qu'un discours.*

*— Ne fais pas attention à lui, intervint son cousin en haussant les épaules. Il se croit irrésistible. Je m'appelle Aloys, et toi ?*

*— Morrigane.*

*— Un prénom peu courant, commenta Aymeric. Au fait, moi, c'est Aymeric.*

*Et la conversation se poursuivit sur le même ton, Morrigane prenant plaisir à attiser la rivalité entre les deux cousins.*

— Je... je ne peux pas voir ça... Le voir avec une autre, surtout elle... murmura Yseult en secouant la tête, ce qui eut pour effet immédiat de faire lâcher prise à Duncan. S'il te plaît, résume-moi la suite.

— Eh bien, ces deux idiots congénitaux, après avoir bu plus que de raison, ce qui leur a enlevé le peu de jugeote qu'ils ont dans le crâne, ont fini au bras de fer pour savoir lequel repartirait avec la sirène blonde. C'est Aymeric qui a gagné, comme tu t'en doutes, et c'est comme ça que sa relation avec Morrigane a commencé.

— Ils formaient un joli couple…

— Cesse de te faire du mal avec ça. C'est toi qu'il a choisie, et pas seulement parce que tu as levé la malédiction.

— Comment peux-tu en être aussi sûr ?

— Parce que je le connais depuis des siècles. Morrigane ne l'a intéressé que pour son physique. Je l'ai vu se renseigner sur tes travaux. *Tous* tes travaux. Et ils l'ont impressionné, ce qui n'est pas un mince exploit vu sa culture.

La jeune femme ne répondit pas tout de suite. Elle prit une profonde inspiration, puis se laissa doucement aller contre la poitrine de l'Alpha.

— Continue.

*Contrairement à son habitude, Aymeric était resté plusieurs mois en compagnie de Morrigane. Il n'était pas amoureux, mais elle était très belle, et il appréciait de l'avoir à ses côtés, sans parler de son lit. Ce qui ne l'empêchait pas de culbuter les filles qui lui plaisaient et qui croisaient son chemin. Morrigane, elle, appréciait de se pavaner au bras d'un seigneur, surtout un seigneur d'une beauté aussi époustouflante qu'Aymeric de Chânais.*

*Et puis était venu le jour où Aymeric, lassé, avait décidé de rompre avec Morrigane, non sans profiter une dernière fois de ses charmes. Au moment de quitter la chambre qu'il avait louée dans l'auberge où il avait l'habitude de la retrouver, il s'était tourné vers elle pour lui lancer.*

*— On a passé des moments agréables, tous les deux, mais aujourd'hui, c'était la dernière fois.*

*— Qu'est-ce que tu veux dire ?*

*— Que c'est fini, que je ne reviendrai pas, que je ne veux plus te revoir… Tu as compris, cette fois ?*

*— Comment peux-tu dire une chose pareille ? Nous sommes faits l'un pour l'autre ! Nous allons nous marier !*

*Morrigane s'était dressée sur le lit, ses beaux yeux assombris par la colère, colère qui s'était amplifiée lorsqu'Aymeric avait éclaté de rire.*

*— Mais qu'est-ce que tu vas chercher là… ? Le mariage, ce n'est pas pour moi ! Je ne t'ai jamais rien promis, Morrigane, et si tu t'es inventé un roman, je n'y suis pour rien.*

*— Tu veux dire que je n'étais rien pour toi ?*

*— Oh si, tu as été une partenaire agréable, plus jolie que les autres, mais c'est tout.*

— Les *autres ? Qu'est-ce que tu veux dire par* les *autres ?*

*— Quoi, tu croyais que tu étais la seule ? Je ne te pensais pas si naïve ! Bien sûr qu'il y en avait d'autres !*

*— Tu... tu as osé... me tromper ?*

*— Ça suffit, maintenant ! Je ne te dois rien, Morrigane, rien du tout. J'en ai assez de toi, je m'en vais, il faudra t'y faire.*

*— Tu m'appartiens, Aymeric !*

*— Je n'appartiens à personne, pauvre folle ! Si j'avais su que tu serais aussi envahissante, je t'aurais laissée à Aloys !*

*— Tu n'as pas le droit de dire ça ! Tu t'es battu avec lui pour moi !*

*— Battu ?* Battu *? Tu appelles un bras de fer un combat, toi ? Mais tu rêves, ma pauvre fille, tu rêves ! Je voulais juste donner une leçon à mon cousin et te mettre dans mon lit à son nez et à sa barbe, c'est tout !*

*— Tu veux dire... que je n'ai jamais compté pour toi ?*

*Aymeric haussa les épaules avec désinvolture.*

*— Tu n'es qu'une femme, Morrigane. Tout ce que je demande à une femme, c'est d'écarter les cuisses si j'ai envie d'elle.*

*Folle de rage, Morrigane s'était dressée sans se préoccuper de sa nudité et avait pointé un doigt vengeur vers Aymeric en sifflant entre ses dents serrées.*

*— Par le sang de l'Ancienne Religion qui coule dans mes veines, moi, Morrigane d'Avalon, je lance sur toi la malédiction d'une druidesse de haut rang. Pour ton insensibilité et ta cruauté envers les sentiments que te portaient les femmes que tu as mises dans ton lit, je te condamne à éprouver chaque semaine le désir irrépressible de partager le lit d'une femme, sans jamais parvenir à la jouissance. Chacun de ces rapports te vaudra d'être lacéré par le fouet des druidesses d'Avalon. Ta seule chance de moins souffrir sera de donner du plaisir à ta partenaire. Plus elle sera satisfaite de ta prestation, moins le fouet sera cruel.*

*Pas impressionné pour deux sous, Aymeric avait éclaté de rire et quitté la pièce en sifflotant.*

Cette fois, ce fut Duncan qui rompit le contact. Étonnée, Yseult se retourna pour lui faire face et eut la surprise de constater que l'Alpha avait l'air extrêmement mal à l'aise. Il reprit la parole avec un sourire d'excuse aux lèvres..

— À ce stade, je vais me faire l'avocat du diable, mais je ne voudrais pas que tu assimiles Aymeric à ton ex.

— La ressemblance est pourtant frappante, riposta la jeune femme en luttant contre les larmes qui menaçaient de jaillir à nouveau.

— D'accord, il s'est mal conduit, et dans un grand moment de colère, j'ai été le premier à lui dire qu'il méritait ce qui lui arrivait, mais il n'est pas le seul fautif, dans l'histoire. Tu veux bien écouter ce que j'ai à te dire ?

La voix de Duncan avait un accent suppliant qui stupéfia sa compagne. Elle était à peu près certaine que l'Alpha n'avait pas l'habitude de demander quoi que ce soit à qui que ce soit. Ça, ajouté au souvenir de l'attitude d'Aymeric au cottage – totalement en contradiction avec ce qu'elle venait de voir – fit qu'elle céda aussitôt.

— Très bien, je t'écoute.

— Aymeric est un pur produit de son époque. Un seigneur, fils de duc, élevé en tant que tel, avec une parfaite conscience de son rang et du pouvoir qui était le sien. Sans parler de notre nature de loup-garou, qui fait que même ceux qui ne choisissent pas la transformation ont des avantages par rapport aux humains : ils sont plus forts, plus rapides, plus charismatiques et souvent plus intelligents. Plus violents et plus extrêmes dans leurs réactions, aussi. En plus de tout cela, Aymeric est un séducteur né. Il n'a jamais eu à faire d'efforts pour que tout le monde, y compris et surtout les filles, lui mange dans la main. Il aurait pu être pire, tu sais, bien pire, mais s'il s'est en effet montré cynique envers la gent féminine, il n'a jamais abusé de son pouvoir envers personne. Il n'est ni fourbe ni manipulateur, et sa loyauté envers ses amis est à toute épreuve. Son père a commencé à lui laisser rendre la justice dès l'âge de treize ans, car il avait confiance en lui. Ses arrêtés ne laissaient pas de place au hasard, aux superstitions, aux luttes d'influence, au rang social. Certes, il n'avait pas une très haute opinion des paysans, mais si l'un d'eux était en conflit avec un puissant et que le puissant en question était dans son tort, Aymeric donnait raison au plaignant. C'est pour ça que la plupart des gens l'admiraient profondément, et qu'il avait un noyau de partisans sûrs qui se seraient fait couper en rondelles pour lui sans hésiter une seule seconde. Tous ici nous lui devons au moins une fois la vie, y compris moi, y compris Aloys à l'époque où ils n'arrêtaient pas de se battre. Contrairement à d'autres, il n'a jamais forcé une fille à partager son lit et il n'a jamais été brutal. En même temps, aucune n'a eu envie de lui dire non ! Je t'accorde qu'il a utilisé sans vergogne son charisme de loup-garou, qu'il s'est préoccupé uniquement de son propre plaisir, mais il a été honnête : il n'a jamais rien promis à personne, ni le mariage, ni même une relation exclusive. Morrigane s'est inventé cette histoire de mariage, lui avait été clair dès le début : il s'agissait de sexe et uniquement de sexe.

— Il aurait quand même pu rompre autrement ! Même s'il est un produit du quinzième siècle ! Les hommes n'étaient certainement pas tous des goujats, à cette période !

— Bon, là, je t'accorde qu'il n'a aucune excuse, et comme je te l'ai dit, dans un moment de colère extrême, j'ai été le premier à lui hurler dessus qu'il ne récoltait que ce qu'il avait semé.

L'Alpha s'interrompit un instant avant de reprendre à voix basse :

— Mais quand j'ai vu ce qu'il subissait ensuite, je me suis dit qu'il ne méritait tout de même pas ça.

Yseult ne répondit pas. Elle repensait à la douceur dont Aymeric avait fait preuve envers elle, à sa préoccupation constante de son plaisir et de son bien-être, aux paroles de soumission qu'il avait prononcées, si peu en adéquation avec ce qu'elle découvrait de lui, et se demandait si elle n'était pas en train de basculer dans la folie. Elle qui avait tant souffert de son humiliante rupture avec Charles, qui avait juré que plus jamais elle ne se laisserait prendre au piège de la beauté, comment pouvait-elle maintenant trouver quelque part en elle des excuses à quelqu'un comme Aymeric ? Et pourtant, une petite voix en elle lui rappelait l'amant tendre et attentionné, l'amant qui lui avait dit qu'elle était belle, qu'il ne la méritait pas, n'était pas digne d'elle, pas assez bien pour elle, et qu'il n'était là que pour la servir. Cet amant tellement opposé au seigneur arrogant qu'elle découvrait par l'intermédiaire de Duncan…

À ses côtés, l'Alpha attendait sa décision. Lui qui n'avait jamais prié personne de toute sa vie implorait en silence la jeune femme de ne pas rejeter son lieutenant avant de tout savoir de son passé. Une vague de soulagement l'inonda lorsqu'Yseult se cala à nouveau contre lui, sans un mot, mais prête à voir la suite de l'histoire.

— Merci, murmura-t-il au creux de son oreille, faisant naître un frisson inattendu chez sa compagne.

*Aymeric ne pensait déjà plus aux paroles de Morrigane lorsqu'il rejoignit les siens ce jour-là. Duncan avait prévu une grande chasse pour la nuit, et il se réjouissait à l'idée de laisser le loup sortir pour courir et tuer. En arrivant au manoir, il eut un petit rire en constatant que tout le monde était déjà là.*

*— Je suis le dernier, on dirait…*

*— C'était si dur que ça de t'arracher au lit de ta blonde ? le taquina Faolan.*

*— Non, pas vraiment. Ça a été dur de lui faire comprendre que c'était fini, par contre !*

*— Je me disais aussi… soupira moqueusement Ailis. Huit mois avec la même presque sans aller voir ailleurs… Je commençais à croire que tu étais malade !*

*Le rire gagna toute la meute. Aymeric allait répondre lorsque soudain, une douleur inhumaine lui déchira le dos, le faisant tomber à genoux. Il n'eut pas le temps de se reprendre qu'une nouvelle brûlure lui lacéra le corps et le fit se cabrer. Autour de lui, un silence stupéfait. Le reste de la meute le regardait avec effarement tandis qu'il se tordait de douleur devant eux et qu'une mare sanglante commençait à se former autour de lui. La scène dura une vingtaine de minutes sans que personne ne trouve quoi faire ni ne comprenne ce qui se passait, et puis brusquement, tout s'arrêta. Pantelant, Aymeric se redressa tant bien que mal, tandis que Blodwyn, qui était derrière lui, ouvrait de grands yeux effarés.*

*— Ton dos… Aymeric, ton dos… Il est rouge de sang !*

*Et en effet, l'odeur du sang qui trempait ses vêtements et gouttait sur le sol saturait la pièce. Retrouvant ses réflexes de guérisseuse, Ailis se précipita aux côtés du jeune homme et, aidée de Blodwyn, entreprit de retirer précautionneusement la chemise – intacte – du blessé. Lorsqu'il fut torse nu, un murmure épouvanté parcourut la meute. Le dos d'Aymeric était profondément lacéré, jusqu'à l'os parfois, exactement comme si un bourreau armé d'un fouet s'était acharné sur lui. Le regard d'Ailis croisa celui de son frère, qui s'était agenouillé auprès de son lieutenant et examinait les blessures en fronçant les sourcils.*

*— Bon sang, mais qu'est-ce que tu as fait, cette fois ? grogna-t-il en posant doucement ses doigts sur l'une des plaies.*

*— Si… je le… savais, haleta Aymeric, qui n'avait toujours pas repris son souffle.*

*— Duncan, intervint Ailis. On verra ça plus tard, d'accord ? Pour l'instant, il faut que j'arrête le sang.*

*L'Alpha acquiesça et se redressa, laissant sa sœur officier auprès de son second. Le silence était retombé. Même Aloys, qui en temps ordinaire ne se serait pas privé de profiter d'un avantage sur son cousin, gardait le silence et fixait le dos d'Aymeric avec une stupéfaction horrifiée.*

*— Voilà, finit par dire Ailis en se relevant. Je ne peux rien faire de plus. Heureusement pour toi que tu es un loup-garou ; une correction pareille aurait tué un homme ordinaire.*

*— Ravi de le savoir, grommela Aymeric en prenant appui sur une table proche pour se remettre sur pied.*

*Il s'assit lourdement sur le banc situé derrière lui et brusquement ses yeux s'écarquillèrent tandis qu'il lâchait dans un souffle.*

*— Bon sang... Elle ne plaisantait donc pas, cette garce !*

*— De quoi parles-tu ? lança Duncan d'un ton vif.*

*Aymeric leva les yeux vers son Alpha et lui relata ce qui s'était passé lorsqu'il avait rompu avec Morrigane, concluant sur ces mots.*

*— Je ne l'ai pas prise au sérieux, quand elle a dit ça. Je...*

*Aymeric n'eut pas le temps de finir sa phrase qu'il reçut la plus magistrale gifle de toute son existence, gifle qui le précipita à bas de son siège tout en lui éclatant la pommette.*

*— Tu ne l'as pas prise au sérieux ? hurla l'Alpha, dressé au-dessus de lui, irradiant d'une violente et dévastatrice colère,* tu ne l'as pas prise au sérieux ? *Tu es maudit par une druidesse d'Avalon et* tu ne la prends pas au sérieux ? *Tu veux que je t'écharpe quand, pour ta bêtise ? Maintenant ou tout de suite ? Bon sang, Aymeric, ça t'arrive de sortir la tête de tes chausses et de penser à autre chose qu'à culbuter les filles ?*

*Abasourdi par la fureur de son chef, Aymeric ne trouva rien à répondre. Quant au reste de la meute, tétanisé, il espérait seulement passer à travers l'orage. Seule Ailis eut le courage de s'interposer entre son frère et son lieutenant.*

*— Écoute, si ça ne te fait rien, tu le tueras plus tard. Pour l'instant, il n'est pas en état d'apprécier ta sollicitude. Et puis tu es druide, toi aussi, tu dois bien connaître un moyen de le sortir de là !*

*— Qui te dit que j'en ai envie ?*

*— Oh, Duncan…*

*— Quoi, « oh, Duncan » ? Depuis le temps qu'il agit ainsi avec les femmes, il fallait bien qu'un jour ou l'autre l'une d'elles lui rive son clou !*

*— Peut-être, mais là, c'est Morrigane !* Morrigane, *Duncan !*

*— Quoi, Morri… Oh nom de Dieu ! Morrigane ? Tu as vraiment dit Morrigane ?*

*La question s'adressait à Aymeric, toujours au sol, et qui hocha la tête d'un air hésitant. La vitesse avec laquelle il changeait de partenaire faisait que plus personne dans la meute ne se préoccupait depuis longtemps de les rencontrer ou de connaître leurs noms, si bien que jamais Duncan ne s'était douté qu'il avait pour maîtresse une druidesse d'Avalon. Et Aymeric n'étant pas lui-même druide, il n'avait pas reconnu Morrigane comme telle. L'Alpha leva les bras au ciel, se laissant aller à une nouvelle explosion de fureur.*

*— Morrigane d'Avalon… ! De toutes les druidesses qui parcourent la Terre, il a fallu que tu*

*tombes sur elle ! Mais qu'est-ce que j'ai fait aux dieux pour mériter un lieutenant aussi idiot ?*

*— Je... je ne comprends pas... finit par oser dire Aymeric.*

*— Évidemment que tu ne comprends pas ! intervint Ailis, comment pourrais-tu comprendre ? Duncan, tu te calmes, maintenant ; ça ne sert à rien de hurler comme ça. Il ne pouvait pas savoir... !*

*— Mais... savoir quoi ? risqua à son tour Aloys.*

*L'Alpha prit une grande inspiration avant de reprendre d'une voix plus calme.*

*— Vous savez tous qu'en plus d'être un loup-garou, je suis un druide et que je tiens mes pouvoirs et mon savoir de l'île d'Avalon, le dernier sanctuaire de l'Ancienne Religion, et accessoirement terre de refuge pour les êtres comme nous qui ne désirent pas vivre au contact des humains. À ce titre, je connais Morrigane depuis très longtemps. C'est une druidesse avec de très grands pouvoirs, presque aussi âgée qu'Ailis et moi. Elle est aussi très orgueilleuse, et ne supporte pas que le monde ne danse pas selon sa propre partition. En la rejetant avant qu'elle-même ne soit lassée de toi, et vu la façon dont tu l'as fait, Aymeric, tu lui as infligé le pire des camouflets et elle ne te pardonnera pas de sitôt.*

*— Ravi de le savoir, grogna Aymeric en se redressant avec difficulté pour se rasseoir sur le banc. Tu étais vraiment obligé de cogner aussi fort ?*

*— Tu en veux une autre pour faire une symétrie ?*

*— D'accord, d'accord, je retire... !*

*— Et ?*

*— Et... et... je te fais mes excuses.*

*— J'aime mieux ça... Et maintenant, dis-moi, quel est le moyen pour toi de mettre fin à la malédiction ?*

*— Mais... je n'en sais rien, moi !*

*— Comment ça, tu n'en sais rien ?*

*— Je t'ai tout dit, Duncan, je te le jure !*

*— La garce... Ça, elle va me le payer ! Tu peux marcher ?*

*— Oui, je pense.*

*— Alors en route, tout le monde. J'ai deux ou trois choses à régler avec Morrigane.*

*— Mais... tu sais où la trouver ? hasarda Aymeric.*

*Pour toute réponse, il s'attira un regard noir qui le fit reculer d'un pas, les mains levées en un geste de défense.*

*— D'accord, d'accord, je n'ai rien dit ! Je suis désolé !*

*Quelques instants plus tard, la meute se mettait en route. Aymeric eut besoin de toute sa science de cavalier pour rester en selle. Il mit pied à terre avec soulagement en arrivant devant une maison dissimulée sous un surplomb rocheux tandis que Duncan appelait d'une voix forte.*

*— Morrigane !*

*Au bout de quelques instants, la porte s'ouvrit sur la druidesse, qui s'avança de quelques pas.*

*— Duncan... Ça fait longtemps qu'on ne s'est pas croisés...*

*— Je ne peux pas dire que tu m'aies manqué.*

*— Que fais-tu ici, dans ce cas ?*

*— Il semblerait que tu aies lancé une malédiction sur mon lieutenant et négligé de lui dire comment la lever.*

*— Moi, j'aurais fait ça ?*

*— Morrigane, je ne suis pas d'humeur à jouer à tes petits jeux...*

*— Et moi je suis d'humeur à y jouer, Duncan de Chânais !*

*La voix de la jeune femme avait claqué comme un fouet et ses yeux brillaient d'une rage froide. Elle eut un rictus en désignant Aymeric d'un geste du menton.*

*— Alors comme ça, c'est ton lieutenant qui m'a manqué de respect ? Tu devrais peut-être revoir tes critères de nomination !*

*Duncan serra les poings sans répondre, parfaitement conscient que Morrigane avait toutes les cartes en main. D'autres druidesses l'avaient rejointe et se tenaient derrière elle, bras croisés en un geste de défi.*

*— Je gère ma meute comme je l'entends, riposta l'Alpha d'une voix sourde.*

*— Tu ferais mieux de baisser le ton si tu tiens à sortir ton lieutenant du pétrin où il s'est fourré.*

*— Autant à ton service, Morrigane. Je ne peux peut-être rien faire contre la malédiction que tu as lancée, mais tu es tenue de lui en donner la clé, et si tu ne le fais pas, je t'y obligerai !*

*— Oh ça, je ne te le conseille pas... C'est moi qui manie le fouet d'Avalon, ne l'oublie pas, et je pourrais bien décider de l'appliquer ailleurs que sur son dos !*

*Tout en parlant, Morrigane jeta un coup d'œil éloquent à l'entrejambe d'Aymeric, qui se raidit brusquement à la pensée de ce qu'elle sous-entendait. Duncan eut un rapide regard vers son second avant d'insister d'une voix remplie de colère contenue.*

*— Qu'est-ce que tu veux ?*

*— Ah, te voilà enfin devenu raisonnable... persifla la druidesse. Je lui donnerai la clé, ne t'inquiète pas, mais à* mes *conditions. J'en ai le droit, tu le sais.*

*Bouillant de rage, Duncan ne put qu'acquiescer. Morrigane menait le jeu et il lui faudrait jouer selon ses règles. Triomphante, la druidesse s'avança au milieu de la meute grondante. Les loups ne demandaient qu'à sortir pour déchiqueter leur ennemie, mais la menace pesant sur Aymeric les tenait en laisse, et ils ne purent que la regarder s'approcher et se planter devant le second. Elle eut un sourire cruel avant de parler, savourant visiblement chacun des mots qu'elle prononçait.*

*— Je veux huit années de ta vie, Aymeric de Chânais, une pour chacun des mois que nous avons passés ensemble, huit ans pendant lesquels tu seras mon esclave dévoué, prêt à satisfaire tous mes caprices. C'est à ce prix que je te donnerai la clé de ta délivrance. Et ta meute ferait bien de me protéger, car s'il m'arrivait quelque chose, tu ne sauras jamais comment lever la malédiction.*

*— Exige ce que tu veux de moi, riposta Aymeric en faisant taire la rage qui l'animait. Mais laisse la meute en dehors de ça.*

*— Tu n'es pas en position de me dicter ma conduite.*

*— C'est d'accord, intervint Duncan avant que son lieutenant ne fasse quelque chose de regrettable. On te protègera jusqu'à ce que tu le libères, mais ensuite, je n'aurai aucun scrupule à lancer une chasse sur toi !*

*La druidesse éclata de rire devant cette menace.*

*— Tu ne m'effraies pas, Duncan ! Avant de me tuer, il faudra que tu me trouves.*

*— Oh, je te trouverai, crois-moi. Un jour ou l'autre, je te trouverai !*

*— En attendant, baisse le ton. C'est* moi *qui dicte les règles.*

*L'Alpha prit une profonde inspiration pour retrouver son calme. Il ne pouvait pas se permettre de perdre son sang-froid alors qu'il avait encore quelque chose à exiger de Morrigane.*

*— Aymeric est un loup-garou, Morrigane. Il te donnera peut-être huit ans de sa vie, mais les lois d'Avalon disent que tu dois le libérer vingt-quatre heures par mois pour qu'il puisse muter. Personne n'a le droit d'empêcher un garou de laisser libre cours à sa nature, et tu le sais.*

*— Oui, oui, je le sais, je le sais… mais crois-moi, ce sera délicieux de voir Aymeric revenir de son plein gré en mon pouvoir après une journée de liberté.*

*Un lourd silence tomba sur la clairière. Morrigane irradiait de satisfaction. Sa victoire était totale et elle le savait. Aymeric jeta les rênes de son cheval à son cousin, qui était le plus proche de lui, et carra les épaules en s'adressant à la druidesse.*

*— Je te suis.*

*— Pas si vite, Aymeric, susurra Morrigane. Commence par te déshabiller.*

*Le loup-garou se raidit tandis qu'un mouvement de stupeur parcourait le reste de la meute.*

*— Quoi ? fit la jeune femme d'un air faussement innocent. Serais-tu devenu pudique ? Moi qui croyais que la nudité ne posait aucun problème aux garous...*

*Parfaitement conscient qu'elle cherchait à l'humilier et n'ayant aucun moyen d'y échapper, Aymeric retira ses vêtements jusqu'à se retrouver dans le plus simple appareil.*

*— À genoux.*

*Le loup-garou serra les poings avec tant de force que ses jointures blanchirent. Il dut se faire violence comme jamais il ne l'avait fait pour obéir. Autour de lui, il sentait la meute prête à voler à son secours. Seule la volonté de fer de Duncan les maintenait à leur place. Le sourire triomphant de Morrigane s'accentua lorsqu'Aymeric se retrouva à ses pieds.*

*— Et maintenant, reprit-elle. Je veux t'entendre me jurer obéissance pour les huit années à venir...*

*— Je... je te donne... ma parole... que je t'obéirai... pour les huit années à venir.*

*— Pas mal, pour un début... Tu apprendras vite à faire mieux. Suis-moi !*

*Le jeune homme se releva et emboîta le pas à la druidesse sans un regard en arrière. Lorsque la porte se referma derrière lui, le hurlement des loups retentit, un hurlement rempli de tristesse et de compassion pour celui qui les quittait.*

Yseult s'arracha littéralement des bras de Duncan et enfouit sa tête entre ses mains pour lâcher d'une voix étouffée.

— Arrête ! Je… je ne suis pas sûre de supporter de voir ce que s'est passé derrière cette porte.

— Personne d'entre nous ne le sait, Yseult. Il n'en a jamais parlé.

— Morrigane… Elle est immortelle, elle aussi ?

— Non. Mais c'est une druidesse de très haut rang, et à ce titre elle est capable de ralentir la marche du temps. Vingt années humaines équivalent à une année pour elle. De plus, je la soupçonne d'utiliser la magie noire pour garder un aspect jeune.

— Tu parles d'elle au présent… Elle est toujours en vie ?

— Oui.

— Comment le sais-tu ?

— Je suis un druide d'Avalon, moi aussi. D'une certaine façon, nous sommes connectés entre nous, et si l'un de nous meurt, les autres le savent.

— Je croyais que tu voulais lancer une chasse sur elle…

— Morrigane est un être fondamentalement fourbe. J'ai dit ça sous le coup de la colère, et je le pensais vraiment, mais en y réfléchissant, je me suis dit qu'elle était bien capable d'avoir jeté un sort sur la clé, pour l'annuler si jamais il lui arrivait quelque chose. Alors j'ai préféré attendre qu'Aymeric soit libre.

— Et… si entre-temps elle était morte de mort naturelle ?

— Son sort n'aurait pas pu fonctionner. Même elle ne peut rien faire contre les lois fondamentales de la magie, qu'elle soit noire ou blanche.

Yseult garda le silence un instant, puis demanda à voix basse.

— Quand vous êtes allés le rechercher… Elle l'a vraiment laissé partir ?

— Elle ne pouvait pas s'y opposer. Et nous n'y sommes pas tous allés ; ça aurait sûrement fini par un bain de sang. J'ai juste envoyé Aloys.

— Aloys ? J'avoue que c'est le dernier auquel je m'attendais !

— C'était lui qui était le moins susceptible de tout casser en récupérant Aymeric après un mois entre les mains de Morrigane et de sa clique. Et puis… Il avait agi de façon bizarre, durant cette période. Il était nerveux, irritable, et parlait sans cesse de son cousin. C'est là qu'on s'est aperçus que même s'ils passaient leur temps à se taper dessus, ils étaient toujours fourrés ensemble. En fait, je crois que si j'avais envoyé quelqu'un d'autre, Aloys l'aurait suivi, alors j'ai préféré anticiper.

— Tu ne dois pas t'amuser tous les jours, s'ils sont tous comme ça, dans la meute…

— Non, juste ces deux-là. Mais c'est amplement suffisant ! Tu es prête pour en finir ?

— Je ne sais pas, mais allons-y quand même.

*Aloys marchait d'un pas vif dans la forêt. Bientôt, il n'y tint plus et se mit à courir. Il se répétait que s'il avait tellement hâte de retrouver son cousin, c'était pour savourer sa déchéance, mais au fond de son cœur, il savait très bien que son argumentation sonnait faux. Aymeric était un membre de la meute, et à ce titre, ce qui lui arrivait affectait tous les autres, lui y compris. Et puis quelque part, il avait parfaitement conscience qu'il aurait pu être à la place d'Aymeric s'il avait gagné un certain bras de fer…*

*Le loup-garou s'immobilisa en arrivant devant la demeure de la druidesse. Ainsi que le lui avait signifié Duncan, il resta à la lisière de la forêt et mit ses mains en porte-voix autour de sa bouche avant de crier.*

*— Morrigane ! Le temps est venu ! Libère Aymeric !*

*Plusieurs minutes s'écoulèrent avant que la porte ne s'ouvre et que son cousin ne sorte. Aloys eut un hoquet de stupeur en le voyant. Il était couvert de blessures récentes et anciennes, et du sang coulait sur son torse lacéré. Cloué sur place, Aloys regardait Aymeric avancer lentement. Il se tenait les côtes et paraissait souffrir. Ce fut en le voyant chuter sur un genou qu'Aloys revint sur terre. Sans réfléchir, il se précipita en avant et rattrapa Aymeric, qui eut un rictus désabusé en le reconnaissant.*

*— De toute la meute, il fallait que ce soit toi qui viennes... Eh bien sois content et savoure ton triomphe de me voir à terre !*

*— Crétin ! Appuie-toi sur moi ; on rentre à la maison. Et mets ça.*

*Aloys tendit des vêtements à son cousin, qui n'accepta que les chausses et les bottes. Les blessures à vif sur son dos et sa poitrine ne lui auraient pas permis de supporter une chemise.*

*Au vu de l'état d'Aymeric, ils mirent le double du temps habituel pour regagner le repère que la meute avait décidé d'investir durant les huit prochaines années, à un tel point que Duncan était prêt à envoyer un détachement à leur rencontre lorsqu'Aloys poussa la porte du salon, soutenant toujours son cousin qui luttait pour ne pas perdre connaissance.*

*— Ailis, je crois qu'il a besoin de toi de toute urgence, fit Aloys en déposant précautionneusement Aymeric sur le siège le plus proche.*

*Un murmure consterné parcourut la meute. Duncan était blanc d'une rage mal contenue et le violent coup de poing qu'il asséna au mur situé derrière lui fit trembler la maison sur ses fondations.*

*— Je tuerai cette garce de mes propres mains... gronda-t-il d'une voix plus proche du grognement d'un loup que d'une voix humaine.*

*— Plus tard, le coupa Ailis. Il a besoin de mes remèdes et de ta magie, alors calme-toi et au travail !*

*À eux deux, le frère et la sœur parvinrent à rendre ses forces au blessé. Un silence de mort régnait parmi leurs compagnons. Curieusement, Aloys n'avait pas quitté son cousin.*

*— C'est bon, tu peux muter, maintenant, fit enfin Duncan en reculant d'un pas.*

*— Merci.*

*— Qu'est-ce qu'elle t'a fait ? souffla Ailis.*

*— Je n'ai pas envie d'en parler. Je préfère profiter de ma... liberté pour courir.*

*Duncan et Ailis échangèrent un long regard, mais s'abstinrent d'insister, et bientôt, la meute s'élançait dans la nuit. Aymeric avait libéré le loup avec un soulagement immense. Il lui devenait de plus en plus difficile de le tenir en cage alors que Morrigane exerçait son pouvoir sur lui et le torturait sans répit.*

*Et la même scène s'était reproduite mois après mois, année après année. Aloys n'avait laissé personne aller au rendez-vous mensuel à sa place. La première année, les deux cousins s'étaient à peine adressé la parole, puis un jour, Aymeric, n'y tenant plus, avait arrêté son cousin pour le questionner.*

*— Pourquoi ?*

*— Pourquoi quoi ?*

*— Pourquoi est-ce toi qui viens tous les mois ? Tu m'amènes des vêtements, de quoi me soigner, me nourrir, tu me portes quasiment jusque chez nous… Tu n'as jamais essayé de profiter de la situation pour prendre ta revanche. Pourquoi prends-tu soin de moi comme ça alors que nous avons tant de différends à régler ?*

*Aloys haussa les épaules.*

*— Il n'y a pas de gloire à piétiner un vaincu. Et puis…*

*Il hésita, puis lâcha d'un bloc.*

*— Si tu n'avais pas gagné ce bras de fer, c'est moi qui serais là. On n'est pas différents avec les filles, toi et moi.*

*Le silence retomba entre les deux loups-garous. À nouveau, ce fut Aymeric qui le brisa, un sourire en coin aux lèvres.*

*— À propos, tu le sais, toi, pourquoi on se dispute sans arrêt ?*

*— D'après les filles de la meute, c'est un concours pour savoir qui pisse le plus loin.*

*— Oh…*

*Il y eut un nouveau silence, puis :*

*— Elles pensent vraiment ça ? insista Aymeric d'un air chagriné.*

*— Pas seulement elles. Le reste de la meute aussi. Si tu veux la version courte, on passe pour deux gamins insupportables.*

*— Ça, c'est vexant.*

*— Assez, oui.*

*C'était la première fois qu'Aymeric et Aloys discutaient de manière aussi détendue. Le premier s'arrêta brusquement et obligea son compagnon à lui faire face.*

*— Je ne t'ai jamais... remercié.*

*— De quoi ?*

*— De venir tous les mois pour me remettre en état.*

*— Elle t'en fait voir, n'est-ce pas ?*

*Un éclair de rage et de souffrance mêlées traversa le regard d'Aymeric. Aloys fut surpris de le voir détourner les yeux tandis qu'il reprenait.*

*— Tu n'as pas idée... Remercie tous les dieux de la création de ne pas être à ma place.*

*Une telle confession choqua profondément Aloys. Il connaissait l'orgueil de son cousin, et cet aveu de faiblesse était tout simplement impensable, surtout à lui. Il tergiversa un instant, puis se lança.*

*— D'accord. Écoute-moi bien, parce que ce que je vais te dire, je ne le dirai qu'une fois, et si on me questionne, je nierai l'avoir jamais dit. Je t'ai*

*toujours admiré, Aymeric, j'ai toujours voulu te ressembler, être comme toi, mais j'ai toujours su que tu étais le plus fort et le plus intelligent de nous deux. Nous avons été rivaux, car je n'ai pas su te montrer que je voulais être ton second, et tu as cru que je voulais me mesurer à toi. Une fois que le processus a été enclenché, c'était trop tard. J'étais trop fier pour faire demi-tour et me soumettre, alors ça a été l'escalade. Mais ce qui t'arrive, là, non, je ne peux pas le supporter.*

*Ce discours laissa Aymeric sans voix. L'épuisement ayant eu raison de lui, il s'assit sur une souche proche avant de répondre, pensif et interloqué à la fois.*

*— Je ne m'en serais jamais douté.*

*— Je suis plutôt bon comédien.*

*— Et je ne sais pas non plus quoi te dire, sinon que je suis désolé de n'avoir rien compris.*

*— Oh, venant de toi, c'est déjà beaucoup. Allez, viens ; tu es encore une fois salement amoché, et ton sang est en train de geler sur toi.*

*À part Duncan, qui avait préféré ne pas faire de commentaires, personne n'avait jamais rien su de cette conversation, mais tous avaient poussé un soupir de soulagement en constatant le rapprochement entre les cousins. Leurs querelles rendaient parfois l'atmosphère de la meute franchement invivable.*

*Puis était venu le jour où Morrigane avait libéré Aymeric de son esclavage. Bien entendu, c'était encore Aloys qui avait été là pour lui. La meute entière serait bien venue, mais Duncan avait refusé, craignant que même lui ne soit pas capable d'empêcher un geste inconsidéré envers Morrigane. Aymeric n'avait jamais dit un mot sur ce qu'il subissait, mais il suffisait de voir l'état pitoyable dans lequel il revenait pour comprendre bien des choses, et cette fois-là avait été la pire. Puis la malédiction avait commencé à frapper, obligeant Aymeric à chercher des partenaires, à les satisfaire sans que lui-même ne parvienne à la jouissance. Et toujours le fouet d'Avalon s'abattait, avec plus ou moins de cruauté selon son attitude… Il avait tout essayé, résister, se soulager seul, mais rien n'y faisait, semaine après semaine, il était forcé de trouver une partenaire consentante. Finalement, il avait compris qu'en payant une prostituée, la punition était moindre, car elle n'attendait rien de lui, et depuis près de cinq siècles à présent, lui le tombeur de filles se résignait à ces rapports tarifés qui l'épargnaient en partie. Et semaine après semaine, Aloys le soignait, serrant les dents devant le traitement qu'il subissait, n'oubliant jamais qu'il aurait pu être à sa place.*

*Jusqu'à Yseult…*

— Voilà, tu sais tout, conclut Duncan. Enfin, tout ce que je sais, et c’est plus que le reste de la meute, Aloys mis à part.

La jeune femme resta silencieuse et immobile. Puis, sans se tourner vers lui, elle ramassa son tee-shirt, se dirigea vers la salle de bains où elle s’enferma le temps de se passer à nouveau de l’eau sur la figure et de se changer. Lorsqu’elle revint dans la chambre, son visage n’exprimait rien et les yeux qu’elle leva vers Duncan étaient insondables.

— Emmène-moi voir Aymeric.

# *Chapitre 14*

Quelques instants plus tard, Yseult et Duncan descendaient dans les sous-sols du manoir. Aloys, Corin, Faolan, Ciaran, Aydan et Elwyn bondirent sur leurs pieds en les voyant arriver. Toujours enchaîné, Aymeric releva la tête et croisa le regard pensif d'Yseult. De la sueur et du sang coulaient sur son corps. Il n'avait pratiquement pas cessé de se débattre depuis qu'il était dans cette cellule, et les fers avaient plus que largement entamé ses poignets et ses chevilles. Yseult interrogea Aloys sans quitter le loup-garou captif des yeux :

— Était-ce nécessaire de serrer aussi fort ?

— C'est lui qui l'a voulu ainsi, se justifia Aloys, mal à l'aise devant le calme distant de la jeune femme. Il a dit que c'était le seul moyen d'empêcher le loup de sortir.

— Donne-moi les clés, et allez-vous-en. Tous.

— Mais… fit son interlocuteur, hésitant.

— Les clés, Aloys.

Sans le regarder, Yseult tendit une main impérieuse vers l'arrière. Son autre main tenait toujours les barreaux de la cellule, ses yeux ne quittaient pas Aymeric, qui la fixait d'un air inquiet et tourmenté. Ne sachant que faire, Aloys se tourna vers son Alpha, qui trancha d'un ton sec.

— Donne-lui les clés, et ensuite, tout le monde dehors. La suite ne concerne qu'eux.

Dès qu'ils furent seuls, Yseult ouvrit la porte et entra dans la geôle. Elle se planta à quelques centimètres d'Aymeric, et son regard étrangement absent glissa sur le torse nu du jeune homme. La gorge nouée, il finit par prendre la parole le premier.

— Tu… tu m'en veux beaucoup ?

— Pourquoi t'en voudrais-je ?

— Pour être ce que je suis.

— Et tu penses que tu es quoi ?

— Quelqu'un d'indigne de toi.

Ces derniers mots et la souffrance qu'ils contenaient firent craquer la barrière d'indifférence qu'avait revêtue Yseult, et elle posa doucement la main sur la joue du loup-garou avant de se dresser sur la pointe des pieds et de poser ses lèvres sur les siennes.

— Tu es né à une époque différente, avec des coutumes et des valeurs différentes. Tu as été élevé selon ton rang, et ça a contribué à faire de toi ce que tu es maintenant. Bien sûr, tu aurais pu agir différemment avec… elle et les autres, mais tu as payé le prix fort pour ça. Alors peut-être que tu as droit à une autre chance.

Tout en parlant, Yseult avait déverrouillé les fers qui meurtrissaient Aymeric. Elle recula d'un pas lorsqu'il fut libre, mais ne se déroba pas lorsqu'il leva la main pour effleurer ses cheveux.

— Merci, chuchota-t-il.

Et puis soudain il n'y tint plus, et ses bras se refermèrent sur elle tandis que sa bouche cherchait la sienne. Elle ne se défendit pas, répondant à son baiser avec douceur et tendresse.

— Tu… tu veux bien de moi, alors ? lui demanda Aymeric d'une voix très basse aux accents suppliants, le front appuyé contre le sien.

— Disons que je veux bien faire un essai.

Le loup-garou sourit, d'un sourire très différent de son habituel sourire en coin, puis son regard se fit grave tandis qu'il la lâchait et lui tournait le dos pour appuyer ses deux mains sur le mur.

— Je dois t'avouer quelque chose, avant, et je n'en aurai pas la force si tu me regardes.

Étonnée et inquiète, Yseult sentit un froid glacial l'envahir. Machinalement, elle serra ses bras sur son ventre avant de parler d'une voix étranglée.

— Je… je t'écoute…

— Tu dois… tu dois savoir ce qui s'est passé quand j'étais… l'esclave de Morrigane.

— Tu n'es pas obligé…

— Si. Je n'ai rien dit aux autres, mais je ne veux pas de secrets entre toi et moi, même si je m'écœure moi-même chaque fois que j'y pense.

Les jambes tremblantes, Yseult dut s'asseoir sur la couchette. Une tension insupportable se lisait dans l'attitude du loup-garou, et elle avait peur de ce qu'elle allait entendre. Déjà Aymeric reprenait, d'une voix basse emplie de colère contenue.

— J'étais… le jouet sexuel de Morrigane. Elle m'a obligé à la satisfaire, elle et toutes celles qui le souhaitaient, encore et encore, sans jamais être satisfait moi-même. Ce que je sais sur le plaisir à donner à une femme, je l'ai appris dans le sang, la douleur et les humiliations. Comme je te l'ai déjà dit, un loup-garou cicatrise vite, il peut être frappé longtemps et avec force, et elle ne s'en est pas privée. Elle ne s'est pas non plus privée de me livrer à… d’autres femmes pour qu’elles me torturent à leur tour. Mais ce qu’elle préférait, c’était… me rabaisser ou me voir me faire rabaisser. J’avais donné ma parole que je lui obéirais, et je devais la tenir coûte que coûte si je voulais qu’elle me donne les clés de la malédiction, alors je me suis incliné, encore et encore, autant de fois et aussi bas qu’elle le voulait. Je… je l’appelais « maîtresse » parce que ça lui plaisait. Je devais… la supplier pour tout : pour pouvoir manger, dormir, et même… Elle exigeait que je l’implore de me frapper quand elle avait envie de le faire, de lui dire que je méritais ce qu’elle me faisait subir, et de la remercier de me torturer comme elle le faisait. Elle savait très bien que je n’avais qu’une envie : me jeter sur elle et la tuer, mais j’étais lié par mon serment, et je n’avais pas le choix. Mais malgré tous ses efforts, elle n’a jamais réussi à me briser, ni en me frappant ni en m’humiliant. Du premier au dernier jour, ma rage est restée intacte. Tout ce qu’elle a eu de moi, elle l’a eu par la force, jamais de ma propre volonté.

Aymeric tressaillit lorsque la petite silhouette d’Yseult se glissa entre le mur et lui et qu’elle posa doucement la main sur son cœur en disant à voix basse.

— Jusqu’à maintenant, je pensais que la vie m’avait infligé de vraies blessures alors que ce n’étaient que des égratignures. Même si tu as agi de façon… disons… cavalière avec les femmes, tu n'en as forcé aucune et tu as été franc dès le départ, car tu ne leur as jamais rien promis. Tu ne méritais pas d'être traité avec une telle cruauté. Laisse-moi te faire oublier, laisse-moi te donner ce que je n'ai jamais donné à personne, pas même à… l'autre. Non, ne dis rien, ajouta-t-elle en posant ses doigts sur ses lèvres lorsqu'il voulut parler. L'heure n'est plus à la parole.

La jeune femme posa ses mains sur les épaules puissantes de son compagnon et les laissa glisser le long de son dos. Il gémit lorsqu'elle commença à embrasser son torse et que sa langue se mit à titiller ses mamelons. Déjà son désir était bien visible et tendait douloureusement son jean. Il voulut ouvrir sa braguette pour libérer son érection, mais Yseult le devança avant de refermer ses mains sur ses fesses musclées. Puis elle s'agenouilla devant lui, caressant de sa langue la peau sensible de l'intérieur de ses cuisses. Il tenta de la relever, refusant de la voir à ses pieds, mais elle résista, et lorsqu'elle le prit dans sa bouche, il perdit toute volonté et s'abandonna aux sensations exquises qu'elle faisait naître en lui. Il se cambra tandis que le plaisir montait en lui comme une vague dévastatrice. Malgré lui, il redoutait que la jouissance ne soit pas au rendez-vous, et qu'il se retrouve comme à chaque fois insatisfait, mais soudain l'explosion jaillit au creux de ses reins et son cri libérateur s'entendit jusqu'aux étages supérieurs du manoir. Il lui fallut quelques secondes pour reprendre son souffle avant de se laisser tomber aux côtés de sa compagne.

— Tu n'étais pas obligée de faire ça ni de le faire comme ça…

— Je ne me souviens pas t'avoir demandé ton avis.

— Si tu ne l'as jamais fait jusqu'à maintenant, c'est sûrement parce que tu n'aimes pas.

— Cesse donc de te poser des questions idiotes… Je ne suis pas du genre à faire quelque chose que je n'aime pas ; je ne l'ai jamais fait, car je n'en ai jamais eu envie, c'est tout. Avec toi, c'est différent. J'ai envie de faire un tas de choses.

— Si elles sont toutes dans ce genre, ne te gêne surtout pas. À condition bien sûr que je puisse te rendre la pareille…

Tout en parlant, Aymeric avait ouvert le pantalon d'Yseult d'une main tout en glissant son autre main dans sa culotte. La jeune femme ouvrit de grands yeux en se tortillant pour lui échapper.

— Traître… On avait dit que c'était moi qui devais m'occuper de toi… !

— Mais c'est ce que tu fais… Tu t'occupes de garder ma main au chaud.

Yseult voulut argumenter, mais les caresses d'Aymeric se précisèrent, lui enlevant subitement toute envie de protester. Il la tenait serrée contre lui, sa main refermée sur l'un de ses seins qu'il pétrissait doucement, tandis que son autre main explorait la fente humide de son sexe, cherchant et trouvant le petit bouton secret, qu'il chatouilla une première fois, puis une seconde, avant d'intensifier ses effleurements, jusqu'à sentir le plaisir monter en elle comme un raz de marée dévastateur.

— Oh mon Dieu, lâcha-t-elle lorsqu'elle eut repris son souffle, je ne vais plus jamais oser me montrer à tes amis, maintenant…

— Pourquoi ça ? s'étonna Aymeric sans cesser de l'embrasser dans le cou, ce qui faisait naître de délicieux frissons chez sa compagne.

— Si on ne nous a pas entendus jusqu'au château, c'est un miracle…

— Ne t'en fais pas, ils en ont entendu d'autres, et ils ont suffisamment de délicatesse pour ne faire aucune remarque en ta présence.

— Ce qui signifie… ?

— Que je vais sûrement devoir distribuer quelques coups en privé lorsqu'ils commenceront à me chambrer, mais face à toi et aux filles, ils seront d'une correction irréprochable. Et je n'en ai pas fini avec toi…

— Mais j'avais dit que…

— Tu voulais me faire plaisir, je sais. Alors, ouvre les cuisses pour moi, ma princesse, que je te goûte comme j'en ai envie, et que je me réchauffe en toi.

Décidée à ne pas céder et à câliner Aymeric comme elle en avait envie, Yseult voulut se débattre, mais il saisit ses poignets dans une seule de ses mains, l'autre s'affairant à lui retirer ses vêtements.

— Tu… me… le… payeras, haleta-t-elle tandis que sa bouche se posait sur sa toison et que sa langue écartait les tendres lèvres.

— Si tu veux, mais plus tard. Je vais adorer que tu te venges, d'ailleurs, mais pour l'instant, c'est moi qui commande. Et je veux te sentir jouir sous mes baisers.

Incapable de résister, Yseult cessa de lutter, s'abandonnant aux exigences du loup-garou, qui la titillait, la léchait et la goûtait avec volupté. Une vague et lointaine part d'elle-même se dit qu'elle allait mourir de honte en retrouvant la meute, mais personne aux prises avec le savoir-faire d'Aymeric n'aurait pu rester silencieux lorsqu'il faisait monter encore et encore les vagues de jouissance. Épuisée, persuadée qu'elle ne pourrait plus jamais se relever, elle se laissa retomber sur la couchette, et soudain il fut là, en elle, déclenchant de nouvelles sensations dans son corps chaque fois qu'il s'enfonçait au creux de son intimité. Ignorant d'où lui venait cette force, elle referma les jambes autour de ses hanches, l'emprisonnant au plus profond d'elle-même, jusqu'à ce qu'un nouveau tsunami les emporte.

Aymeric se dégagea doucement et s'appuya sur un coude pour contempler le corps de sa compagne. Il ne put résister au plaisir de laisser courir sa main sur ses courbes voluptueuses tout en la taquinant avec un sourire canaille.

— Alors, tu as décidé de ma punition… ?

— Plus tard, quand j'aurai retrouvé un cerveau et un corps en état de fonctionnement, gémit Yseult, pour l'instant, je ne pense plus et je ne bouge plus jusqu'au siècle prochain.

— Il va bien falloir… Cette cellule n'est pas un modèle de confort, et en hiver, elle est glaciale.

— Oh, bouger… Puisque c'est toi qui m'as déshabillée, rhabille-moi, maintenant.

— Mmmmmmmmm…. Avec plaisir…

Le ton employé par Aymeric fit ouvrir un œil à Yseult, qui se redressa précipitamment et enfila son tee-shirt en deux temps, trois mouvements.

— Oh, vu la tête que tu fais, je ferais mieux de me rhabiller toute seule avant que tu ne m'épuises totalement ! Je n'ai pas la résistance d'un loup-garou, moi !

— Ce n'est que partie remise, tu sais…

— D'accord, à condition que tu me laisses réaliser un autre fantasme.

— Un… fantasme ?

— Quelle femme n'a jamais rêvé de faire l'amour dans une cellule avec un beau prisonnier injustement emprisonné et qu'elle est venue libérer de ses fers ?

— Je te laisserai réaliser tous les fantasmes que tu peux avoir à condition qu'ils se finissent avec toi nue dans mes bras. Tu es encore plus belle quand tu rougis, tu sais, ajouta-t-il alors qu'Yseult rosissait devant son regard de braise et les promesses qu'il contenait.

— On t'a déjà dit que tu avais un côté insupportable ?

— Les louves doivent me le dire au moins vingt fois par jour. Les autres le pensent peut-être, mais vu qu'ils sont mes subordonnés, ils évitent de le dire à voix haute. Duncan frappe d'abord et s'explique après. Ou pas. Mais c'est Duncan. Pourquoi je suis insupportable, cette fois ?

— Parce que je voulais m'occuper de toi, te faire plaisir, que maintenant que tu es délivré de la malédiction, tu ne penses à personne d'autre qu'à toi au moins pour cette fois.

— Je penserai toujours d'abord à toi, Yseult. Et pas parce que j'ai eu cinq siècles pour apprendre cette leçon, mais parce que je le veux.

— Alors on n'a pas fini d'avoir des désaccords, tous les deux… sifflota-t-elle en dessinant de petits cercles sur ses pectoraux.

— Continue comme ça, et je t'arrache tes habits, grogna le loup-garou en frémissant de plaisir.

— Non, tu es puni ; pas de câlins tant que je n'ai pas repris des forces.

— Même pas un tout petit… ?

Sans prévenir, Yseult saisit son sexe dans sa main, et commença un lent mouvement de va-et-vient tout en repoussant son compagnon en arrière.

— Puisque c'est comme ça, tu vas subir ma colère…

— Je… savais bien… que tu… voudrais… te venger ! haleta Aymeric en se cabrant sous ses caresses.

Puis des spasmes de délivrance le secouèrent, et il cria sa jouissance tandis que de longs jets de sperme jaillissaient sur son ventre nu.

— J'ai gagné, fit Yseult avec satisfaction. Tu te rends, cette fois ?

— Vu l'état dans lequel tu m'as mis, je n'ai pas le choix, je me rends. Et je ferais mieux de me nettoyer un peu, parce que sinon, lieutenant de Duncan ou pas, j'en connais qui ne vont pas me louper.

Aymeric se leva et se dirigea vers le lavabo présent dans la cellule pour se laver. Il en profita pour enlever le sang séché autour de ses poignets et de ses chevilles, tandis qu'Yseult admirait sans vergogne la vue qu'il lui offrait.

— Tu fais quoi, dans mon dos ? lança le loup-garou, soupçonneux.

— Je me rince l'œil.

— Dévergondée…

— Quoi ? J'ai des yeux, c'est fait pour voir.

— Au secours, j'ai l'impression d'entendre Blod quand elle rentre « par erreur » dans nos vestiaires au gymnase du château !

Yseult éclata de rire tandis qu'Aymeric enfilait son jean. Il était redevenu sérieux lorsqu'il s'approcha d'elle.

— Merci, Yseult. Merci d'avoir exorcisé mes démons. Je ne pensais pas qu'un jour je pourrais plaisanter au sujet des… punitions après ce que j'ai subi, mais avec toi, tout a été si simple, si naturel. Comme un jeu.

— Faire l'amour, c'est partager, Aymeric. On prend, mais on donne, aussi. Et on ne joue qu'aux jeux qui plaisent aux deux partenaires. Je t'apprendrai.

— Je serai un élève attentif et assidu, je te le promets.

Il passa un bras possessif autour de ses épaules tandis qu'ils remontaient au salon où le reste de la meute les attendait dans le plus grand silence. Gênée par tous les regards fixés sur eux, Yseult s'empourpra et se cacha derrière sa longue chevelure. Aymeric la serra contre lui pour la réconforter et jeta un regard d'avertissement à ses compagnons qui commençaient à sourire moqueusement, au moment où Blodwyn assénait une claque à l'arrière du crâne de Faolan, qui protesta en se frottant la tête.

— Aïeuh ! Pourquoi est-ce que je me prends encore un coup, moi ?

— Parce que tu as la tête à ça. D'ailleurs, Yseult l'a compris dès qu'elle t'a rencontré. Et puis tu allais dire un truc qu'il ne fallait pas.

— Moi ?

— Oui, toi. Et tu n'es pas le seul, mais tu étais le plus près, alors s'il y a d'autres amateurs, les filles et moi, on va se répartir la tâche, d'accord ?

Tout en parlant, Blodwyn s'était levée, et regardait autour d'elle d'un air belliqueux, les mains sur les hanches et le regard vengeur. Ses trois compagnes s'étaient portées à ses côtés, et Yseult eut la surprise de voir les loups-garous faire profil bas devant le quatuor. La jeune femme sursauta lorsqu'Aymeric lui chuchota quelques mots à l'oreille.

— Elles sont redoutables, tu ne trouves pas ?

— Ils… ils ont vraiment peur d'elles ?

— Peur n'est pas le mot juste… Mais si tu les contraries, elles peuvent faire de ta vie un enfer, et c'est une situation que tout être un tant soit peu sensé préfère éviter.

L'intervention de Duncan ramena le calme dans la pièce.

— On se calme, maintenant, les jeunes… Yseult va avoir une drôle d'opinion de nos manières si vous continuez dans cette veine, alors je vous prie instamment de vous reprendre et de faire preuve de la plus grande courtoisie envers elle. Ou je vous écharpe.

— Il plaisante, murmura Aymeric à l'adresse d'Yseult qui avait tressailli à ces derniers mots.

L'ambiance avait cependant changé dans la pièce, et les moqueries sous-jacentes avaient été remplacées par des sourires chaleureux. Aloys fut le premier à s'avancer vers le couple. Il avait l'intention de serrer Yseult dans ses bras, mais un regard peu amène de son cousin l'en dissuada, et il se contenta de lui planter un baiser sonore sur la joue, ce qui était déjà prendre un très gros risque.

— Merci, Yseult. Du fond du cœur, merci.

Les louves lui succédèrent, et ne se gênèrent pas pour arracher la jeune femme à l'étreinte d'Aymeric, l'étouffant à moitié sous leurs embrassades.

— Il le mérite, tu sais, lui glissa Blodwyn en se jetant à son cou. Il a vraiment beaucoup souffert.

— Vous formez un beau couple, tous les deux, ajouta Ailis sur le même ton, c'est un type bien, tu verras.

Yseult se sentait un peu dépassée par les évènements, mais l'amitié spontanée des jeunes femmes l'apaisa. Elle s'apprêtait à leur répondre lorsque soudain Aymeric poussa un gémissement de douleur tandis que ses yeux s'écarquillaient. Seul un réflexe d'Aloys l'empêcha de se retrouver à terre.

— Qu'est-ce qui se passe ? s'écria Yseult, le cœur serré par l'angoisse.

— Duncan, ça… ça devrait être fini !

L'autre intervention venait d'Aloys, qui soutenait toujours son cousin, dont le dos se marbrait de zébrures sanglantes. L'Alpha, les poings serrés et une rage effrayante au fond des yeux, lâcha entre ses dents serrées.

— La garce… La sale putain de garce… ! J'aurais dû me douter qu'elle aurait gardé une carte en réserve… Cette fois, elle a signé son arrêt de mort !

— Explique-toi, Duncan ! exigea Ailis.

— Morrigane… Elle a mis plusieurs clés pour lever la malédiction, et elle s'est bien gardée de toutes les donner. Je lui ai demandé *la* clé, et elle en a donné une, celle qui rendait à Aymeric sa capacité de jouissance, remplissant ainsi sa part du marché, mais elle n'a pas donné celle qui arrêtait le fouet d'Avalon.

— Ce qui veut dire ? intervint Yseult, la gorge nouée.

— Ce qui veut dire, très chère, que chaque fois qu'il prendra son plaisir avec toi, il payera le prix du sang.

La voix sarcastique qui venait de retentir figea tout le monde sur place. Très lentement, la meute se retourna, et découvrit une fine silhouette debout devant la cheminée. Une silhouette aux longs cheveux blonds et aux yeux bleus, une silhouette d'une très grande beauté, mais avec un regard dépourvu de toute chaleur humaine.

— Morrigane… gronda Aymeric en se redressant, insoucieux du sang qui coulait en rigoles écarlates dans son dos.

— Aymeric… Quel plaisir de te revoir…

— Qu'est-ce que tu fais ici ?

— Je suis venue voir à quoi ressemblait celle qui avait réussi à lever ma malédiction. J'en ai le droit malgré ton sortilège, Duncan, ajouta-t-elle pour prévenir la riposte de l'Alpha.

Le regard glacé de la druidesse se posa ensuite sur Yseult, qui l'affronta sans ciller. Dépitée de constater qu'elle ne semblait pas lui faire peur, l'arrivante eut une moue dédaigneuse.

— Ainsi c'est cette petite chose insignifiante que le parchemin a appelée…

— Si tu l'insultes encore une fois, je te tue ! la coupa un Aymeric fou de rage.

— Tout doux, le loup ! Ou je raconte à tous ici de quelle façon tu as rampé devant moi pendant huit ans.

Un silence encore plus lourd tomba sur la meute. Aux regards gênés que lui jetaient les siens, Aymeric comprit que tous se doutaient de ce qui s'était passé entre Morrigane et lui et qu'ils n'avaient feint l'ignorance que pour l'épargner.

— Ne te gêne pas, mentit-il en ravalant sa fierté. Je leur ai déjà tout dit.

Le coup porta. Déstabilisée, la druidesse ne trouva rien à répondre, ce qui permit à l'Alpha d'intervenir.

— Ça suffit, Morrigane ! Donne-lui la deuxième clé !

— Et comment penses-tu m'y obliger ?

— Je t'y obligerai parce que c'est la loi d'Avalon.

— Tu m'as déjà dit ça il y a cinq cents ans… Et je vais te faire la même réponse qu'à l'époque : si Aymeric veut la clé, il faudra qu'il réussisse une épreuve. Et ça aussi, c'est une loi d'Avalon.

Duncan crispa les mâchoires jusqu'à en avoir mal. Une fois de plus, Morrigane leur tenait la dragée haute. Proche de la transformation, le reste de la meute grondait sa fureur. Seuls Aymeric et Duncan parvenaient à conserver un semblant de sang-froid. Au prix d'un grand effort sur lui-même, le premier parvint à cracher quelques mots rageurs.

— Qu'est-ce que tu veux, cette fois ? Combien d'années de ma vie pour être libéré de toi ?

— Oh non, non, je ne veux pas de toi comme esclave, cette fois. Certes, ça a été plaisant de t'humilier, mais j'ai trouvé mieux, depuis, bien mieux…

Morrigane leva une main et soudain, une brume épaisse envahit le salon. Il ne fallut qu'une seconde à Duncan pour réagir et jeter un contre sort, mais c'était déjà trop tard : la druidesse s'était saisi d'Yseult et lui appuyait un couteau sur la gorge.

— Lâche-la ! rugit Aymeric en se précipitant vers elle.

— Stop ! l'arrêta Morrigane. Un pas de plus, et je saigne ta petite chérie comme un cochon ! Si tu veux la revoir vivante et être délivré de la malédiction, retrouve-nous, Aymeric de Chânais !

— Nooooooooon ! Yseult !

Le hurlement désespéré d'Aymeric retentit au-delà des murs du manoir alors que Morrigane s'évanouissait dans une nappe de brouillard, entraînant Yseult avec elle.

— Duncan, où l'a-t-elle emmenée ? lança Aymeric d'une voix glaciale et emplie de haine.

— En Avalon.

— Tu en sûr ?

— Certain. Et on va y aller. Tous. On retrouvera Yseult, je t'en donne ma parole. Il est temps que Morrigane sache ce que signifie de s'attaquer à nous.

Quelques instants plus tard, une bande d'énormes loups se rassemblait dans la clairière. Au château, Mayeul tressaillit et une angoisse indéfinissable l'envahit lorsqu'il reconnut le chant de vengeance des loups-garous. La meute de Chânais prévenait le monde entier qu'elle se rassemblait pour chasser.

Et pour tuer.

# *Chapitre 15*

Lorsque la brume se dissipa et que Morrigane la lâcha, Yseult se retrouva dans la pièce principale d'une chaumière. Un coup d'œil autour d'elle lui montra l'absence de tout appareil électrique, confortant l'étrange sensation qu'elle avait de ne plus être dans son monde. L'air lui-même était différent, plus vif, plus piquant, et surtout, elle n'entendait ni sonneries de téléphone ni moteurs, ni rien de ces bruits caractéristiques du monde moderne. Une table et des bancs occupaient l'essentiel de la salle. Sous les fenêtres, des coffres contenant vraisemblablement du linge ou de la vaisselle. Pour l'éclairage, des bougies à la douce odeur de miel et de sauge. Accrochés au plafond, des bouquets d'herbes et de fleurs séchés.

— Où sommes-nous ? dit-elle en essuyant machinalement le sang qui perlait sur sa gorge.

— Oh, la petite chose insignifiante sait donc parler…

— Si je suis si insignifiante que ça, pourquoi m'as-tu enlevée ?

La druidesse se figea et son regard s'assombrit.

— Ne me défie pas, petite chose… De plus coriaces que toi s'y sont essayés, et s'y sont cassé les dents ! Sais-tu que ton cher Aymeric a rampé devant moi, ici même, en me suppliant de le frapper ?

— J'ai cru comprendre qu'il n'avait pas tellement eu le choix. Et tu ne m'as toujours pas dit où nous étions.

Yseult devait faire appel à toutes ses ressources pour ne pas se mettre à hurler, cependant elle devinait que perdre son sang-froid face à Morrigane était la dernière des choses à faire. D'aucuns auraient dit que la druidesse était folle, Yseult, elle, n'était pas d'accord. Elle était sans scrupules, ambitieuse, orgueilleuse, dépourvue de toute morale, cruelle, redoutablement intelligente, mais certainement pas folle. Et si elle voulait s'en sortir vivante, il lui faudrait jouer serré…

— Nous sommes en Avalon.

La jeune femme tressaillit en entendant la réponse de sa ravisseuse. Elle enfonça ses ongles dans la paume de ses mains pour que la douleur distraie son esprit de la panique qui menaçait de l'envahir et refit face à sa rivale.

— Pourquoi t'acharnes-tu encore sur lui ? Après tout ce temps, tu ne t'estimes toujours pas vengée ?

— Sais-tu qui il est réellement ?

— Un loup-garou, oui, je le sais.

— Je ne parle pas de ça ! Être un loup-garou, ce n'est rien. Mais être Aymeric de Chânais… Suis-moi, tu vas voir !

Morrigane saisit Yseult par le bras et l'entraîna dans sa chambre. D'un geste rageur, elle retira le drap qui recouvrait et un grand miroir et la poussa devant.

— Regarde, petite chose, regarde *qui* est Aymeric de Chânais !

Devant les yeux stupéfaits d'Yseult, le miroir cessa de la refléter pour lui montrer Aymeric qui entrait dans une chambre en riant, une fille à son bras. Une fille très belle, très élégante, une fille de la noblesse, une fille qu'il déshabillait lentement pour la mettre dans son lit… Et puis il y en eut une autre, et une autre encore, pas toujours noble, mais toujours belle, tourbillon de conquêtes qu'il rejetait lorsqu'il en avait assez, sans se préoccuper de leurs larmes.

— Tu vois ? susurra Morrigane au creux de l'oreille d'Yseult, qu'elle avait empoignée par les bras pour l'obliger à faire face au miroir diabolique. Tu vois toutes ces beautés qui se seraient damnées pour lui… ? Il n'a pas voulu d'elles, il les a abandonnées les unes après les autres après s'être servi d'elles, alors dans combien de temps crois-tu qu'il se lassera de toi, qui es tellement quelconque face à elles… ?

Yseult sentit les larmes lui piquer les yeux. La druidesse savait frapper là où ça faisait mal, et sa rupture avec Charles était encore trop proche pour être complètement cicatrisée. Parfaitement consciente qu'elle ferait le jeu de sa ravisseuse si elle se laissait aller à pleurer, elle se mordit l'intérieur de la joue pour que la douleur physique remplace la douleur psychique. Elle se laissa le temps de plusieurs respirations afin d'être sûre de pouvoir parler sans que sa voix ne la trahisse.

— Si c'est pour me dire des choses que je savais déjà que tu m'as amenée ici, tu aurais pu t'abstenir. Et puis il ne leur avait rien promis. À aucune.

— Tu ne sais pas de quoi il est capable…

— Des chagrins d'amour, j'en ai connu, comme tout le monde. Ça fait mal, mais on s'en remet.

— Mais moi, on ne me quitte pas, tu entends ? On ne me quitte pas !

Les yeux de la druidesse lançaient des éclairs. D'un geste rageur, elle recouvrit le miroir avant de poursuivre entre ses dents serrées.

— C'est moi qui pars, pas les hommes qui me laissent…

— Tu ne t'es pas encore assez vengée de lui ? Tu l'as réduit à ta merci, humilié, frappé, condamné à n'être qu'un esclave sexuel… Que veux-tu de plus ?

— Il t'a raconté ça ?

— Il te l'a dit, la meute est au courant, et moi aussi, affirma-t-elle, reprenant à son compte le mensonge de son amant.

Le silence retomba entre les deux femmes. Yseult se demandait combien de temps elle allait pouvoir tenir face à la druidesse, dans ce monde dont elle ignorait tout, et où elle devait jouer avec des règles qu'elle ne connaissait pas. En face, Morrigane se disait qu'elle avait sous-estimé la petite bibliothécaire, et qu'il ne serait pas si facile pour elle de la rallier à sa cause et de la détourner du loup-garou. Elle l'avait vue plusieurs fois lors des rares périodes où elle parvenait à espionner Aymeric sur la Terre des hommes en dehors des moments où il était forcé de se soumettre à l'appel et de ceux où le fouet s'abattait sur lui, mais elle la tenait pour quantité négligeable. À tort, semblait-il.

La meute courait derrière Duncan et Aymeric. Malgré leur taille, les loups-garous ne faisaient pas le moindre bruit. Devant leur fureur et leur rage, les animaux de la forêt s'écartaient précipitamment. Peu de temps auparavant, ils avaient traversé le voile qui séparait Avalon de la Terre des hommes, et à présent ils foulaient le sol des forêts du monde féérique. Ici, leur force était plus grande, leurs pouvoirs décuplés, et ils sentaient la magie rugir dans leur sang. Car comme toute créature non humaine, ils possédaient tous des capacités surnaturelles. Duncan était druide, il suffisait à Ailis de regarder une plante pour savoir quelles étaient ses propriétés, Aymeric parlait aux animaux… Et surtout, en Avalon, ils n'avaient pas besoin de se cacher.

D'un coup d'épaule, Duncan rejeta Aymeric à quelques pas derrière lui. Il ne s'agissait pas que son second, aveuglé par la rage, ne compromette tout par une trop grande précipitation. Le grand loup noir se tourna brièvement lui, les crocs découverts et un éclair meurtrier au fond de ses yeux gris où dansaient des lueurs vertes. Le loup crème claqua des mâchoires avec colère, et comme ça ne suffisait pas, il mordit l'épaule de son compagnon tout en lui envoyant un message mental sans réplique.

— *Suffit ! Reste à ta place ! C'est moi qui mène la meute !*

— *Il s'agit de ma compagne !*

— *Et tu vas la faire tuer si tu ne te maîtrises pas ! Recule !*

Duncan mit toute sa puissance de druide dans cet ordre. Un instant, Aymeric hésita, mais un nouveau grognement de l'Alpha lui rappela que chaque fois qu'il avait voulu défier Duncan, il avait été vaincu et avait pris une raclée mémorable. Et puis au fond de lui-même, il savait bien que son Alpha avait raison. Il était toujours au pouvoir de Morrigane, et il n'aurait certainement qu'une seule chance de sauver Yseult. Reconnaissant son allégeance, il ralentit de façon à ce que son museau soit à hauteur du flanc du loup clair. Satisfait, ce dernier se concentra sur la trace de Morrigane.

*Ne pas craquer, ne rien montrer, ne pas craquer, ne rien montrer…*

Yseult se répétait ces mots en boucle depuis que Morrigane l'avait entraînée dans la petite cave située sous le manoir. La druidesse lui détaillait avec une satisfaction perverse les tortures et les humiliations qu'elle y avait fait subir à Aymeric lorsqu'il était entre ses mains. La jeune femme n'imaginait que trop bien son amant emprisonné par les fers qui pendaient au mur, à la merci de la sorcière et de toutes celles qu'il lui plaisait d'amener pour jouer avec son esclave. Une haine immense grandissait en elle, une haine brûlante et dévastatrice contre celle qui l'avait fait souffrir ainsi, mais il fallait à tout prix qu'elle garde son sang-froid. Morrigane était sur son territoire, elle non.

Sa rivale finit par cesser sa litanie pour lui faire face.

— Tu ne dis rien ?

— Pour ça, il faudrait que j'aie l'occasion de placer un mot.

— Ne te fais aucune illusion sur lui. Il te jettera comme il a jeté les autres.

Yseult retint de justesse la réplique qui avait failli fuser. Il n'était pas forcément judicieux de faire remarquer à Morrigane qu'avec elle, Aymeric s'était montré tendre et attentionné, et qu'il avait pensé à elle avant de penser à lui. La druidesse n'apprécierait sûrement pas que la petite bibliothécaire ait obtenu sans effort ce qu'elle avait vainement cherché à arracher au loup-garou durant huit ans… Pour l'instant, il fallait absolument qu'elle oblige sa ravisseuse à changer de sujet de conversation, car elle n'était pas sûre de pouvoir encore supporter longtemps la description des souffrances d'Aymeric.

— Tu ne m'as toujours pas dit pourquoi tu m'avais enlevée, lança-t-elle abruptement, coupant la parole à son vis-à-vis.

— Mes histoires te dérangent ?

— Disons qu'elles sont… répétitives. Et je tiens beaucoup à savoir pourquoi tu m'as enlevée.

— Pour l'obliger à revenir ici. Pour voir jusqu'où il est capable d'aller s'il veut te sauver. Pour savoir s'il saura trouver la clé de la malédiction.

— Et il y en a vraiment une, de clé ?

— Bien sûr. Les lois d'Avalon m'y obligent. Mais pour l'obtenir, il devra payer de sa personne !

— Comment ça ?

— Ça, ce sera à lui de le trouver. Remonte. On va aller attendre là-haut.

Le cœur serré par une sourde angoisse, Yseult obtempéra. Elle sentait dans son dos la présence maléfique de son ennemie. Elle dut se mordre les lèvres pour juguler sa colère et résister à l'envie de se retourner pour la jeter au bas des escaliers comme elle en mourait d'envie. Elle avait encore suffisamment de lucidité pour ne pas oublier qu'elle avait affaire à une magicienne et que la force n'avait guère de chance de réussir face à elle. Il lui faudrait ruser. Ou espérer un miracle.

La meute ralentit en atteignant les bois qui entouraient la demeure de Morrigane. Duncan allait donner l'ordre de la métamorphose lorsque soudain, un bruit dans les feuillages l'immobilisa, tous ses sens en alerte. Brusquement le vent tourna, et l'odeur les frappa de plein fouet. Une odeur de terre moisie, de pourriture et de charogne, qui précéda de peu l'apparition d'une nuée d'êtres fantomatiques, aux longs doigts crochus en forme de serre. Très maigres, ils avaient de longs cheveux blancs, des yeux immenses et une bouche avide emplie de crocs acérés.

— *Goules !* hurla Duncan par le lien mental de la meute.

Les loups sautèrent sur leurs assaillantes dans un concert de jappements et de grognements. La rage d'Aymeric trouva enfin un exutoire et il fut le premier à se jeter dans la bagarre. Ses crocs puissants arrachèrent la tête d'une première goule. Sans perdre de temps, il fonça sur la suivante, imaginant chaque fois que c'était Morrigane qu'il déchiquetait ainsi. Soudain, il aperçut son cousin, en mauvaise posture face à trois des monstres appelés par la druidesse pour protéger son territoire. Sans hésiter, il bondit, ses crocs meurtriers frappant une nouvelle fois.

— *Merci !* haleta Aloys en se relevant, du sang coulant du son épaule blessée.

— *C'est grave ?*

— *Non.*

Le loup noir se détourna aussitôt, décidé à exterminer tout ce qui se dressait entre Yseult et lui. Aloys ne s'en formalisa pas ; il connaissait suffisamment Aymeric pour savoir que son apparente insensibilité n'était due qu'à son inquiétude pour sa compagne. Et puis physiquement, il n'avait vraiment rien de sérieux. C'était plutôt son orgueil qui souffrait d'avoir été pris en défaut comme il l'avait été. Pour se rattraper, il voulut rejoindre Ailis et Blodwyn, qui combattaient côte à côte, mais les deux louves n'avaient besoin de personne et virevoltaient autour des goules. Plus petites, mais plus vives que les mâles, les femelles compensaient leur force moindre par une agilité sans pareille.

Bientôt, les loups-garous furent maîtres du terrain. Le temps pour Duncan de s'assurer qu'il n'y avait pas de blessures graves, et la meute se remit en marche.

Morrigane venait de refermer la trappe de la cave lorsque soudain la porte et les fenêtres de la chaumière volèrent en éclat, pulvérisées par des loups-garous furieux, le poil hérissé et les crocs découverts, des grondements menaçants au fond de la gorge, et l'éclat du meurtre dans les yeux. Le cœur d'Yseult rata plusieurs battements. Voir un loup-garou pacifique était une chose, mais voir une vingtaine de loups-garous prêts à tuer autour de soi en était une autre, même en sachant qu'ils étaient de son côté. Dans un tourbillon, Duncan et Aymeric reprirent leur forme humaine. Une partie du cerveau d'Yseult remarqua qu'ils portaient tous les deux un pantalon et, ignorant que la magie d'Avalon rendait possible des choses impossibles sur la Terre des hommes, se demanda comment c'était possible, une autre se demanda comment elle trouvait le temps de se poser une question aussi insignifiante dans un moment pareil, tandis que la troisième sentait un immense soulagement déferler en elle en reconnaissant son amant. Lequel lança d'une voix vibrante de rage contenue.

— Lâche-la, Morrigane. Ça se joue entre toi et moi.

— Tu n'es pas en position de me dicter tes conditions, Aymeric. Tu ne l'as jamais été d'ailleurs.

— Qu'est-ce que tu veux de moi, cette fois ?

— Commence par baisser le ton. N'oublie jamais que tu as rampé devant moi et que tu m'as suppliée, Aymeric de Chânais, et que c'est là qu'est ta vraie place.

— Ça suffit, Morrigane ! la coupa Duncan, empêchant ainsi Aymeric de répliquer. Tu as le devoir de lui donner les clés ! Que ça te plaise ou non, même toi tu dois respecter les lois de la magie !

— Ai-je dit que je ne les donnerai pas ? Ne déforme pas mes paroles, Duncan… Il les aura s'il réussit mon épreuve. C'est un droit que j'ai, et tu le sais. Et retiens ta meute ; si l'un d'entre eux me touche, il ne saura jamais.

L'Alpha serra les dents, mais il fit néanmoins signe aux siens de se calmer, et si les loups gardèrent une expression menaçante, ils cessèrent de gronder et de grogner. Aloys s'approcha de son cousin pour se presser contre sa jambe et le réconforter. Reconnaissant, Aymeric posa la main sur son cou. Aloys sentit sourdre de tout son être sa haine envers la druidesse et sa peur pour Yseult.

— *On la sauvera, Aymeric*, lui transmit-il de toute la force du lien privilégié qui les unissait, *je te donne ma parole qu'on la sauvera.*

Aymeric ne répondit pas, mais sa main se fit plus légère et il retrouva une partie de son sang-froid. Ses yeux gris croisèrent ceux d'Yseult, qui lui adressa un sourire un peu tremblant, mais son regard disait « j'ai confiance en toi ».

Tout cela n'avait duré que quelques instants, au nez et à la barbe de Morrigane, trop occupée à détailler celui qu'elle n'avait pas vu d'aussi près depuis cinq siècles. Si les mâles présents dans la pièce ne remarquèrent rien, son attitude n'échappa ni aux louves ni à Yseult, qui échangèrent un rapide coup d'œil entendu. La druidesse n'avait jamais fait le deuil de sa relation avec Aymeric, elle voulait le récupérer, et ferait tout pour y parvenir. Yseult se servit de l'inattention de sa ravisseuse pour saisir un petit couteau qu'elle avait vu traîner sur la table et se glisser discrètement vers la meute. Comprenant son intention, les louves profitèrent de leur petite taille pour ramper vers elle, dissimulées par les corps plus grands de leurs compagnons, qui, prévenus par le lien mental, feignaient d'arpenter la pièce au hasard. La jeune femme sentait son cœur battre très fort. Elle essuya ses mains devenues moites sur son jean et avança encore d'un pas. Inconscient de l'effet qu'il faisait à Morrigane, Aymeric se redressa, les poings serrés, ce qui eut pour effet de mettre en valeur son torse musclé et de verrouiller encore plus l'attention de la sorcière sur lui. Yseult en profita pour faire le dernier pas et entrer dans le cercle formé par les louves. Rien n'était encore réglé, mais elle se sentit mieux au milieu d'elles.

La partie continuait entre Aymeric et Morrigane, qui le fixait avec une rage mêlée de désir. Elle lâcha d'une voix acerbe.

— Il y a des actes qui sont impardonnables, Aymeric de Chânais… Demande-leur ce qu'elles en pensent !

Morrigane claqua des doigts, et soudain, des centaines de silhouettes évanescentes envahirent la pièce, des silhouettes de femmes, toutes jeunes, toutes belles, venant de différentes époques d'après leur habillement. L'incompréhension se peignit sur le visage d'Aymeric, tandis que Duncan levait un sourcil interrogateur.

— Tu ne les reconnais même pas, n'est-ce pas ? siffla la druidesse, ce sont tes maîtresses, Aymeric ! Toutes ces femmes que tu as mises dans ton lit, ces femmes qui t'ont aimé et dont tu as brisé le cœur en les quittant avec la même cruauté que tu as montrée en me quittant moi !

Yseult pâlit. Bien sûr, elle avait fait le calcul, et compris qu'Aymeric avait eu d'innombrables maîtresses, mais entre se le dire en théorie et les voir devant elle… Aymeric lui jeta un regard à la fois inquiet et désolé, alors que Morrigane triomphait.

— Que se passe-t-il, petite chose… ? Tu viens de réaliser qui est celui que tu as laissé entrer dans ton lit ?

— Du moment que je reste la dernière, ce qui s'est passé avant ne me concerne pas… Lui non plus n'était pas le premier, riposta la jeune femme, discrètement agrippée à Ailis pour cacher son trouble.

Un éclair de rage traversa le regard de Morrigane, qui reprit, de plus en plus agressive.

— Parce que tu crois que tu resteras la dernière… ? Aymeric passe de femme en femme comme un papillon passe de fleur en fleur !

— Elle restera la dernière parce que je l'aime, gronda le loup-garou avant qu'Yseult ne puisse répondre.

— Tu ne sais même pas ce que ça veut dire, « aimer » ! hurla son interlocutrice. Si tu l'avais su, tu ne te serais pas comporté comme tu l'as fait avec elles et avec moi !

Et soudain tout devint clair pour Aymeric. Il sut avec une certitude absolue ce qu'il devait faire pour briser la malédiction. Il devrait donner de son plein gré à Morrigane une chose qu'elle avait infructueusement cherché à obtenir de lui durant ses huit années d'esclavage. Sans un mot, il s'avança de quelques pas et plia les genoux devant la foule des femmes qui le regardaient, le visage dur.

Au même instant, Yseult sursauta. Elle venait d'avoir la vision de dizaines, de centaines de fils, chacun d'entre eux reliant son amant à l'une des femmes dont il avait un jour ou une heure partagé la couche.

Elle voulut se baisser pour demander aux louves si elles les voyaient aussi, mais à cet instant, la voix d'Aymeric s'élevait à nouveau, inhabituellement humble, et prononçant des paroles, qui, au vu de l'expression des vivants et des fantômes assistants à la scène, n'avaient jamais au grand jamais dû un jour volontairement franchir le seuil de ses lèvres.

— Je vous demande… pardon pour ce que j'ai fait. Je reconnais avoir agi égoïstement et sans aucune considération pour vos sentiments, et je reconnais que c'était une attitude indigne et méprisable. Je regrette sincèrement, car je sais, à présent. Si Yseult devait me repousser, elle emporterait mon cœur et ma vie avec elle.

Un long silence suivit cette déclaration. Yseult avait les joues en feu, la meute ouvrait des yeux exorbités, Duncan avait croisé les bras pour masquer sa stupeur, et les fantômes échangeaient entre eux des regards incrédules. Quant à Morrigane, elle bouillait littéralement de rage, mais ne pouvait rien faire. Aymeric, toujours agenouillé, avait baissé la tête et attendait. Puis soudain l'une des spectrales jeunes femmes s'avança timidement et posa doucement la main sur l'épaule d'Aymeric.

— Je te pardonne, Aymeric de Chânais… Tu as assez souffert, et tes regrets sont sincères.

Yseult tressaillit lorsque l'un des fils qui emprisonnaient Aymeric se brisa au moment où le fantôme disparaissait. Un coup d'œil autour d'elle lui fit comprendre qu'elle était visiblement la seule à l'avoir remarqué, un peu comme si elle était la seule à voir le maillage qui enveloppait son amant. Mais déjà un autre fantôme s'approchait, prononçant les mêmes mots de pardon, puis un autre, et un autre encore, et chaque fois l'un des fils disparaissait, libérant un peu plus Aymeric de sa prison invisible. Morrigane écumait de colère. Jamais elle n'aurait cru que l'orgueilleux loup-garou trouverait la clé de la malédiction et accepterait de faire taire sa fierté pour s'humilier de sa propre volonté. Sans la présence de Duncan, elle serait sans aucun doute intervenue, contrevenant à toutes les lois de la magie, mais le druide la surveillait de près.

Bientôt il ne resta plus qu'un seul fil, celui qui liait Aymeric à Morrigane, un fil d'un noir vénéneux qui entourait le torse du loup-garou. La druidesse ne bougea pas et éructa d'une voix mauvaise.

— Je ne te pardonnerai jamais, Aymeric, et tant que je ne l'aurai pas fait, tu ne seras pas libre… Chaque fois que tu partageras le lit de ta petite chérie, j'abattrai le fouet et ton sang coulera.

— Libère-le, Morrigane !

La voix qui avait claqué était celle d'Yseult. La jeune femme s'était déplacée pour être aux côtés de son compagnon et faisait face à son ennemie, les yeux durs et les poings serrés. Sa subite assurance stupéfia la meute, cependant personne n'eut le temps d'intervenir que déjà elle poursuivait.

— Tu entends ? Libère-le !

— Et pourquoi t'obéirais-je, petite chose ?

— Parce que si tu ne le fais pas de ton plein gré, je t'y obligerai, et crois-moi, tu le regretteras !

Morrigane éclata d'un rire moqueur.

— Toi, m'y obliger ? Je suis l'une des plus puissantes druidesses d'Avalon ! Comment une pauvre petite humaine comme toi pourrait-elle m'obliger à faire ce que je ne veux pas faire ?

Sans la quitter des yeux, Yseult prononça des mots qui effarèrent l'assistance.

— Parce qu'il m'a donné en une nuit ce que tu n'as jamais obtenu de lui pendant toutes ces années où tu l'as torturé. Parce qu'il n'a pas couché avec moi, mais qu'il m'a fait l'amour. Parce qu'il m'aime et que je l'aime. Libère-le !

— Non !

— Tu l'auras voulu…

Yseult leva le bras et d'un geste vif, trancha les veines de son poignet gauche à l'aide du couteau qu'elle avait subtilisé tout en prononçant des mots qui ressemblaient fort à une incantation.

— Par le sang et l'amour qui coulent dans mes veines, je brise ta malédiction, Morrigane d'Avalon. Aymeric ne t'appartient plus !

Le fil absorbait son sang, devenant peu à peu visible aux yeux de tous. Il se mit soudain à fumer, comme brûlé par le contact avec le sang d'Yseult, puis tout à coup il n'y eut plus rien. S'il n'y eut pas de hoquets stupéfaits dans la salle, ce fut parce que la plupart des participants arboraient leur forme lupine et parce que ceux qui restaient avaient un sang-froid extraordinaire. Morrigane poussa un cri de rage et leva les mains en direction d'Yseult au moment où Aymeric, enfin libre, bondissait sur ses pieds pour prendre sa compagne dans ses bras, tandis que

Duncan amorçait le geste de se porter devant le couple pour contrer la druidesse.

Mais avant que quiconque ait le temps de réaliser son dessein, une bourrasque glacée traversa la pièce et une voix s'éleva, une voix sans âge remplie d'une calme satisfaction.

— Enfin tu me donnes la preuve de ta forfaiture, Morrigane…

# *Chapitre 16*

Morrigane se figea sur place pendant qu'Yseult et les loups-garous se retournaient lentement, ceux qui étaient encore sous forme lupine en profitant pour reprendre forme humaine.

Une femme se tenait dans l'encadrement de la porte réduite en miettes par l'entrée conjointe et fracassante de Duncan, Aymeric et Aloys. Elle était d'une grande beauté et dégageait une aura de sérénité bien surprenante au milieu de la violence qui saturait l'atmosphère. Sa longue et luxuriante chevelure noire aux insolites reflets fauves tombait en cascade sur ses reins. Ses yeux bleus-violets brillaient d'une lueur étrange qui les rendait difficilement soutenables. Vêtue d'une longue robe bleue, elle irradiait de puissance, et lorsqu'elle s'avança, tous s'écartèrent pour la laisser passer. Yseult remarqua avec surprise que Morrigane, jusque-là si prolixe, gardait le silence et paraissait très mal à l'aise. L'arrivante s'immobilisa à hauteur de Duncan, Aymeric et Yseult et adressa un sourire à l'Alpha, qui s'inclina pour lui baiser la main.

— Bienvenue à toi, ma Dame.

— Comme souvent, ton arrivée en Avalon s'accompagne de cris, de fracas et de batailles, Duncan de Chânais…

— Je suis un homme de guerre, ma Dame. Surtout quand on s'en prend aux miens.

— Tu es un homme précieux. Surtout quand toi et les tiens me permettez de faire ce qui est juste. Non, ne bouge pas !

Ces derniers mots s'adressaient à Morrigane, qui avait tenté de profiter de l'inattention supposée de la nouvelle venue pour lancer un sort. Frémissante de rage, elle laissa retomber ses bras.

— Qui est-ce ? chuchota Yseult à l'oreille d'Aymeric.

— La Dame du Lac, Ysolda, souveraine d'Avalon.

— Oh… Elle est… très belle.

— Tu es plus belle encore.

Il la serra plus fort contre lui pour la rassurer et ses lèvres se posèrent dans ses cheveux. Morrigane eut un rictus haineux en voyant cela. Sa jalousie était telle qu'elle voulut braver l'ordre de la Dame du Lac, mais Ysolda fut plus rapide, et une lueur d'orage brilla dans ses yeux tandis qu'elle lançait d'une voix qui ressemblait au grondement du tonnerre.

— Il suffit, sorcière ! Tu as trahi les lois d'Avalon en utilisant la magie noire pour créer le lien qui te rattachait à Aymeric, ce lien que tu n'avais pas l'intention de briser même s'il trouvait la clé de ta malédiction. À ce titre, moi, Ysolda d'Avalon, Dame du Lac et souveraine de cette terre, je te déchois de tes droits de druidesse. Dorénavant, la magie d'Avalon se refusera à toi, et tu seras jugée pour tes actes.

Un véritable hurlement de rage répondit à la sentence d'Ysolda.

— Tu n'as pas le droit… ! Je suis l'une des plus puissantes druidesses d'Avalon ! Je…

— Tu n'es plus rien ! la coupa Ysolda, les pouvoirs des druides ne sont plus les tiens !

— Vous ne perdez rien pour attendre, tous autant que vous êtes ! Je n'en ai pas fini avec vous, et je suis loin d'avoir dit mon dernier mot ! Tu ne seras jamais libéré de moi, Aymeric de Chânais, tu entends, jamais ! Je serai toujours entre toi et ta catin !

Prenant tout le monde de court, la sorcière disparut sur ces mots.

— Où… où est-elle passée ? balbutia Ciaran, exprimant ainsi le questionnement général.

— Cette maison est son territoire, intervint Ysolda. Et il n'y a pas grand-chose qu'on puisse faire contre une magicienne qui est sur son territoire, même avec ma puissance et celle de Duncan combinées. Mais nous ferions mieux de sortir d'ici ; on ne sait jamais ce qu'elle a pu inventer.

La justesse de cette remarque fit l'unanimité, les conduisant à quitter les lieux en hâte. Dès qu'ils furent tous réunis dans la clairière, la meute assaillit Aymeric, l'étouffant presque sous les embrassades et les démonstrations de joie. Yseult s'était écartée, à la fois pour ne pas périr écrasée par les étreintes des loups-garous, peu compatibles avec un organisme humain, et aussi parce qu'elle éprouvait le besoin d'être un peu seule pour digérer tout ce qui lui était arrivé durant ces dernières heures. Machinalement, elle porta son regard sur la chaumière de Morrigane, et la rage se remit à brûler en elle lorsqu'elle se remémora ce qu'elle avait vu dans les cachots. Car alors que la sorcière se délectait à lui narrer ce qu'elle avait fait subir à son prisonnier, Yseult voyait les scènes se dérouler devant ses yeux comme si elle y assistait.

*Je voudrais que cette maison brûle jusqu'à la dernière pierre*, songeait-elle tandis que la haine grandissait dans son cœur, *qu'elle n'ait plus aucun refuge, plus aucun endroit pour revivre encore et encore les tortures qu'elle lui a infligées. Et je voudrais que l'incendie commence dans ce cachot maudit…*

Yseult ne pouvait pas savoir que des flammèches apparues de nulle part avaient commencé à lécher les fers qui avaient emprisonné son amant, et qu'au fur et à mesure que sa fureur enflait, les flammes grandissaient, encore et encore. Brusquement, la maison entière prit feu, attirant l'attention d'Ysolda et de la meute. Tous ouvrirent de grands yeux en découvrant la petite silhouette d'Yseult debout devant le brasier, les poings serrés et le visage dur.

— Qu'est-ce qui se passe ? Qu'est-ce qu'elle a ? Qu'est-ce qui lui arrive ? s'affola Aymeric en amorçant le geste de s'élancer vers elle.

Mais la main étonnamment ferme de la Dame du Lac le retint.

— Non ! Elle utilise la magie sauvage, intervenir serait dangereux pour tout le monde. Duncan, tiens-toi prêt à agir avec moi si jamais la magie lui échappe.

— Mais comment peut-elle… ? commença Aloys.

— Plus tard ! Pour l'instant, silence tout le monde !

La chaumière était devenue une véritable fournaise, mais curieusement, le feu ne s'étendait pas aux arbres alentour, prouvant par là sa nature magique. Fou d'inquiétude, Aymeric ne quittait pas Yseult des yeux. Aloys, Kerwan, Aydan et Alaric s'étaient portés discrètement auprès de lui, prêts à le ceinturer s'il manifestait la moindre velléité de rejoindre sa compagne.

Et puis soudain, aussi brusquement qu'il avait commencé, le feu s'arrêta. Il ne restait absolument plus rien de la maison, pas même ses fondations. Yseult parvint à rester consciente le temps de le constater, puis elle glissa doucement sur le sol où elle resta immobile, les yeux fermés.

— Yseult !

Aucune force au monde n'aurait pu retenir Aymeric lorsqu'il bondit aux côtés de la jeune femme. Il la prit dans ses bras et commença à caresser son visage en suppliant.

— Yseult… parle-moi, je t'en prie… Yseult, mon Yseult…

— Ne t'inquiète pas, fit la Dame du Lac en s'agenouillant auprès de lui. Elle n'est qu'évanouie. Elle va bientôt se remettre. Nous allons la transporter chez moi et je m'occuperai d'elle.

— *Je* vais la transporter, fit Aymeric d'un ton sans réplique.

— Aymeric, ton dos saigne encore, tu sais, tenta Aloys.

— Le premier qui la touche est mort !

D'un geste impérieux, Duncan fit signe à tout le monde de reculer. Dans l'état de tension extrême où il se trouvait, Aymeric s'en prendrait à n'importe quel mâle qui approcherait sa compagne de trop près. Répondant à l'ordre tacite de leur Alpha, les louves se déployèrent autour du couple pour l'isoler du reste de la meute, tandis qu'Ysolda ouvrait le chemin. La Dame du Lac créa plusieurs portails afin de leur permettre de gagner plus vite son palais, où Aymeric posa doucement la jeune femme toujours évanouie sur le propre lit de leur hôtesse.

— Yseult, mon amour, réponds-moi, implora-t-il en l'embrassant et en la cajolant. Ne me laisse pas alors que je viens à peine de te trouver…

Enfin les paupières d'Yseult se soulevèrent et elle laissa échapper un gémissement.

— Oooh, j'ai l'impression d'être passée sous un train… Qu'est-ce qui m'est arrivé ?

— Tu as incendié la maison de Morrigane, répondit doucement Aymeric, un sourire à la fois soulagé et moqueur aux lèvres.

— Qui, moi ? Curieux, je ne me rappelais pas avoir emporté un lance-flammes…

Un rire salua cette dernière répartie. Yseult s'assit avec précaution dans le lit et entoura ses jambes repliées de ses bras.

— Sérieusement, comment j'ai pu faire ça ? Et puis tu es sûr que c'est moi ?

— Tu étais la seule à regarder vers la maison.

— Alors là, j'aimerais comprendre…

Instinctivement, Yseult se tourna vers la Dame du Lac, qui s'était assise sur le lit et la regardait avec de la joie au fond des yeux. Ysolda posa sa main sur le genou de la jeune femme avant de révéler à tous ce qu'elle avait compris.

— Tu portes en toi le sang d'une des Lignées Perdues d'Avalon, Yseult.

— Pardon ? Je porte quoi ?

— En d'autres termes, tu descends d'une lignée de druidesses.

— Mais… Comment est-ce possible ? Et pourquoi ce terme de Lignée Perdue ?

De façon tout à fait inattendue, l'historienne en Yseult avait repris les commandes. Ysolda sourit.

— Les druides et druidesses d'Avalon existent depuis la nuit des temps. On les a appelés chamans, magiciens, druides, et plus récemment, sorciers. Nous tenons nos pouvoirs des forces naturelles qui nous entourent, des forces que nous apprenons à utiliser et à façonner selon notre volonté. Nous n'avons pas tous les mêmes pouvoirs ni les mêmes savoirs, et nous nous attachons à développer nos potentialités dans le respect de la nature qui nous les donne. Nous n'avons jamais eu de problèmes pour cohabiter avec les différentes religions, jusqu'à l'essor des religions monothéistes, qui nous ont qualifiés de maléfiques et ont cherché à nous détruire. Leur développement a été si important que, pour nous protéger et protéger la Terre d'Avalon, nous avons tissé des sortilèges afin de l'isoler de la Terre des hommes. Ça a été une période trouble, marquée par les persécutions, et beaucoup d'entre nous ont donné leur vie pour que la Terre d'Avalon survive. Certaines de ces lignées sacrifiées ont disparu de la surface du monde, d'autres ont survécu en se cachant et en se mêlant au monde des hommes. Ce sont ces dernières que nous qualifions de Lignées Perdues, et lorsque le passage entre Avalon et la Terre des hommes a pu être rouvert sans danger, nous sommes partis à leur recherche. C'est un travail de longue haleine, qui se poursuit toujours, et nous apporte plus de tristesse que de joie, car beaucoup de ces lignées ont péri ou sont devenues trop affaiblies ou trop fermées à la magie pour que nous prenions le risque de leur parler d'Avalon. J'ignore encore de quelle lignée tu viens, mais chez toi la magie latente est puissante. Tu as utilisé la force sauvage d'Avalon pour déclencher et surtout maîtriser le feu, et cela sans aucune connaissance ni préparation. Peu en sont capables, même avec de l'entraînement.

— Heureusement qu'il ne s'est pas passé la même chose chaque fois que j'étais en colère, marmonna Yseult, gênée, sinon j'aurais eu du mal à me faire des amis.

Le rire cristallin de la Dame du Lac retentit.

— En dehors d'Avalon, tes pouvoirs n'auraient jamais pu se réveiller. En principe.

— Oh, alors là, les principes… *En principe,* les loups-garous n'existent pas. *En principe*, les mondes parallèles non plus. Ni les sorcières. Ni la magie. Finalement, ce qui me surprend le plus, c'est que je ne me sois pas mise à hurler à un moment ou à un autre.

Tout en parlant, Yseult avait retiré le bras qu'elle avait posé au bas du dos d'Aymeric et amorçait le geste de se le passer sur la figure lorsque soudain elle se figea et pâlit, les yeux fixés sur sa main.

Sa paume était rouge de sang, et ce sang ne lui appartenait pas…

Une boule au fond de la gorge, Yseult obligea Aymeric à lui tourner le dos, et vit les rigoles sanglantes qui continuaient à couler des lacérations qui zébraient son dos.

— Tu saignes encore, murmura-t-elle tandis que l'inquiétude s'emparait d'elle.

— Ce n'est rien, fit le jeune homme en haussant les épaules, ça va s'arrêter.

— Non, ce n'est pas rien, le contredit Duncan, le visage grave. Tu n'as pas cessé de saigner une seule seconde, et ça, ce n'est pas normal du tout. Un loup-garou cicatrise vite, et tu as déjà subi des flagellations pires sans pour autant saigner sans arrêt.

— Tu permets, Yseult ?

Tout en parlant, la Dame du Lac avait tendu la main vers le blessé. Yseult s'écarta légèrement, laissant Ysolda poser le bout des doigts sur l'épaule de son compagnon, et ce, bien que tout son être se révolte à l'idée qu'une autre femme le touche. La druidesse n'eut pas besoin d'un contact prolongé pour comprendre.

— Magie noire… Morrigane ne veut vraiment pas renoncer à toi, Aymeric de Chânais !

— Qu'est-ce qu'elle a encore fait, cette garce ? gronda Yseult en passant inconsciemment un bras possessif autour de la taille de son amant, ce qui fit discrètement sourire les loups.

— La seule solution pour arrêter le saignement est d'utiliser la magie, mais en faisant cela, on fera apparaître la marque de Morrigane.

— La quoi ? sursauta le loup-garou.

— Sa marque, reprit doucement la Dame du Lac. Guérir tes blessures reviendra à faire apparaître un **M** dans ton dos.

— Alors ça, il n'en est pas question ! se révulsa Aymeric tandis qu'Yseult pâlissait. Je ne lui appartiens pas et ne lui appartiendrai jamais ! Il doit bien y avoir quelque chose à faire !

— Oui, il y a quelque chose qu'on peut tenter, l'apaisa Ysolda. Empêcher une marque d'apparaître est impossible, mais on peut la modifier avec ton aide, Yseult

— Qu'est-ce que je dois faire ?

— Utiliser la magie. Je t'aiderai, et les louves aussi. Il s'agit là de magie de femme, Duncan ne peut pas intervenir. Mais je te préviens, Aymeric, ce sera extrêmement douloureux. Et il ne faudra pas que tu bouges, sinon, ça ne fonctionnera pas.

— On le tiendra, intervint Duncan, la force de la meute sera avec lui.

— Bien, approuva la druidesse. Si tout le monde est prêt, allons-y. Aymeric, par quoi veux-tu remplacer la marque de Morrigane ?

Le loup-garou n'hésita pas un instant. Ses yeux gris se posèrent sur Yseult et il lui sourit avec une infinie tendresse.

— Par un **Y.** J'appartiens à Yseult.

La jeune femme rougit devant sa déclaration. Une partie d'elle ne parvenait toujours pas à croire qu'un homme ayant un physique aussi renversant qu'Aymeric affirme haut et fort être sien. Le loup-garou se pencha pour lui baiser les lèvres, puis, suivant les indications d'Ysolda, se tourna pour qu'Yseult puisse poser les mains sur son dos. Duncan et Aloys le saisirent chacun par un bras, les autres loups se tenant prêts à intervenir au moindre appel de l'Alpha. La souveraine d'Avalon effleura les tempes d'Yseult du bout des doigts tandis que les louves se rapprochaient pour être en contact avec la jeune femme. Yseult tressaillit lorsque la voix caressante d'Ysolda retentit dans son esprit.

*Yseult, tu dois savoir que toi aussi tu auras mal. Les louves te transmettront leur force, et moi le savoir que tu devras utiliser. Je n'ai rien voulu dire devant Aymeric ; il aurait préféré être marqué comme appartenant à Morrigane plutôt que de te voir souffrir, mais ça l'aurait détruit. J'ai pensé que tu serais assez forte pour assumer ma petite omission. Ai-je eu tort ?*

Yseult se contenta de secouer la tête en signe de dénégation. Hypnotisée par le sang qui coulait toujours du dos d'Aymeric et le cœur battant la chamade à l'idée de ce qu'elle s'apprêtait à faire, elle était parfaitement incapable de parler. La Dame du Lac lui envoya une onde apaisante, puis le processus magique commença. Tout de suite Yseult sentit une violente douleur lui vriller le crâne, mais elle serra les dents, se concentrant sur les directives d'Ysolda. Elle sentait la puissance de l'amitié des louves, qui lui fournissaient leurs forces sans réserve, sans condition, et détournaient sur elles toute la souffrance qu'elles pouvaient prendre. Aymeric, lui, avait l'impression que son dos était chauffé à blanc par une gigantesque épée de métal qui lui fouillait les chairs. De la sueur coulait sur son front tandis qu'il s'obligeait à rester immobile. Il sentait près de lui la présence réconfortante de ses frères de meute, qui lui transmettaient le courage de tenir encore et encore, tandis que son corps expulsait la noirceur de la sorcellerie de Morrigane et que les blessures dans son dos se fermaient, puis se réorganisaient pour former le **Y** d'Yseult. Les bras de cette dernière tremblaient de fatigue, des larmes de douleur coulaient sur ses joues, mais elle ne flanchait pas.

*Tu es très courageuse,* murmura Ysolda dans son esprit, *j'ai conscience à quel point utiliser une magie aussi puissante sans aucune préparation est difficile pour toi et à quel point tu as mal, mais tu te débrouilles très bien. C'est presque fini.*

Yseult et Aymeric avaient perdu la notion du temps. Le loup-garou se raccrochait à la douce sensation des mains d'Yseult sur son dos, et la jeune femme ne pensait qu'à la chaleur du corps de son compagnon. Elle frémit, mais ne flancha pas lorsqu'un éclair de souffrance pure lui déchira le cerveau, puis aussitôt un sentiment d'apaisement descendit sur elle, tandis qu'Ysolda la lâchait.

— C'est fini, Yseult. Tu as réussi.

Sans réfléchir ni se préoccuper du sang qui maculait toujours le dos d'Aymeric, Yseult passa ses bras autour de sa taille et posa son front entre ses omoplates. Aymeric emprisonna ses mains dans les siennes et se laissa aller contre elle en fermant les yeux.

Tapie dans la sombre retraite où elle avait trouvé refuge, Morrigane poussa un hurlement de rage en sentant s'évaporer le tissage de son maléfice.

— Je ne te laisserai pas m'échapper, Aymeric de Chânais ! Que tu le veuilles ou non, tu m'appartiens, et je serai toujours entre toi et ta putain, tu m'entends ? Toujours ! J'ai marqué ton âme à jamais, tu es à moi !

— Ça ressemble à quoi ? demandait Aymeric pendant ce temps.

— Un superbe tatouage, lui répondit Ailis.

— Tatouage ? releva le loup-garou, surpris.

— Ce sera plus facile à faire passer dans notre monde, expliqua Yseult. En réalité, ce sont des cicatrices, mais on a fait en sorte qu'elles ressemblent à un tatouage. En fait… euh… j'ai un peu perdu le contrôle de la magie, et au lieu d'un **Y,** il y a écrit **Yseult** entre tes omoplates… Mais du coup, ça ne te prend pas tout le dos comme ça aurait dû.

— Ça me plaît, sourit le jeune homme en observant le tatouage grâce à un double jeu de miroirs. Comme ça, personne ne pourra douter de mon appartenance à une jolie bibliothécaire à la main leste.

— Vous allez me lâcher un jour, avec ça ? grommela Faolan, qui se sentait clairement visé.

— Non ! lui répliqua le chœur de la meute.

L'atmosphère s'allégeait peu à peu et la tension qui avait régné pendant la longue heure durant laquelle ils avaient lutté contre la sorcellerie de Morrigane s'évanouissait doucement. Yseult jeta un coup d'œil au lit ensanglanté avant de se tourner vers Ysolda.

— Je crains que nous n'ayons fait quelques dégâts…

— Aucune importance. Par contre, tu as grand besoin de te changer, je pense.

— Oh…

Baissant les yeux vers ses vêtements, Yseult constata qu'ils étaient couverts de sang, et qu'elle avait aussi du sang sur les mains, les bras et le visage. Aymeric ne valait guère mieux qu'elle : son jean était déchiré et ensanglanté, et le tatouage dans son dos n'avait pas encore complètement cicatrisé. Le loup-garou lui caressa la joue en souriant.

— Va te laver et te changer. Tu te sentiras mieux après.

— Pas avant que je t'aie soigné.

— Aloys peut s'en charger, tu sais. Il a l'habitude.

— Aloys, c'était avant. Maintenant, c'est moi. Et c'est non négociable.

Les mots avaient jailli sans qu'Yseult y réfléchisse une seule seconde. Elle prit soudain conscience qu'une vingtaine de regards stupéfaits étaient posés sur elle, mais alors qu'elle commençait à piquer un nouveau fard, le rire de Duncan retentit juste à côté d'elle.

— Alors, ça, ça, c'est la meilleure… ! Aymeric, mon ami, prépare-toi à marcher droit, parce que quelque chose me dit que ta douce moitié a l'habitude de mener la danse… !

— Bon, moi, en tout cas, je ne vais pas m'imposer… sifflota Aloys en s'éloignant, les mains dans les poches. Pas envie de me retrouver avec la malédiction d'une druidesse sur le dos Yseult, je suis ton ami, ne l'oublie pas…

L'intéressée resta un instant interloquée par l'hilarité qui gagnait peu à peu la meute entière, Aymeric excepté, puis elle finit par esquisser un tout petit sourire.

— Désolée, Aloys, je ne voulais pas…

— Ne t'en fais pas, l'interrompit le loup-garou. C'est normal que tu veuilles le soigner, il est tien, à présent. Ce n'était pas très malin de ma part de te taquiner comme ça, tu en as subi beaucoup, ce soir, j'aurais dû m'abstenir.

— Comme quoi on peut être âgé de plusieurs siècles et pas très malin… persifla Aymeric.

— C'est toi qui dis ça ? s'étrangla son cousin. Toi, qui passes ton temps à te fourrer dans des situations impossibles et à te bagarrer plus souvent qu'à ton tour ? Toi que je dois sans arrêt sortir du pétrin ? T'es pas gonflé, dis donc !

— Bon, les roquets, ça suffit ! intervint Duncan. Vous vous chamaillerez un autre jour. Pour l'instant, Aymeric a besoin de soins, et Yseult de vêtements propres. Apparemment dans cet ordre.

— Et ils ont surtout tous les deux besoin d'être un peu seuls, renchérit Ysolda. Yseult, voici de quoi le soigner. Je vais aussi faire préparer un bain chaud ; il sera derrière cette porte. Ma magie le maintiendra chaud aussi longtemps qu'il le faudra. Il y aura des vêtements à côté, prenez ce qu'il vous plaira. Duncan, nous avons à parler, toi et moi. Il y a bien longtemps que tu n'es pas venu passer du temps en Avalon…

— Et je t'en demande humblement pardon, ma Dame, fit l'Alpha en s'inclinant pour lui baiser la main. Je te promets d'y remédier au plus tôt.

— Je l'espère bien…

— Tes désirs sont des ordres, ma Dame.

Tour en parlant, Duncan se pencha et ses lèvres se posèrent sur celles d'Ysolda. La Dame du Lac répondit à son baiser sous le regard stupéfait d'Yseult.

— Je t'expliquerai, chuchota Aymeric. C'est un peu… compliqué.

Repoussant à plus tard les questions, Yseult se concentra sur son compagnon, nettoyant ses plaies avec une grande douceur. Elle en profitait pour poser des baisers légers comme des papillons un peu partout sur son dos, ce qui fit soupirer d'aise le loup-garou.

— Mmmm, je confirme que tu es une bien meilleure infirmière qu'Aloys… Tu ne voudrais pas recommencer, pour que je guérisse plus vite… ?

Yseult eut un petit rire, essuya le sang sur son épaule… et s'immobilisa brusquement.

— Qui t'a mordu ?

— Duncan.

— Mais… pourquoi ?

— Pour me remettre les idées en place et me rappeler chaque fois que je l'avais défié, j'avais pris une raclée. Je l'avais mérité, tu sais. S'il n'était pas intervenu, j'aurais sans doute fait n'importe quoi, et tu aurais pu te faire tuer. Il a eu raison.

Sans répondre, Yseult embrassa la morsure, puis se leva souplement.

— J'ai fait ce que j'ai pu. Pour le reste, je suppose que tu devras faire confiance à ton métabolisme de loup-garou.

— Bien. À toi, maintenant.

Aymeric se retourna et saisit Yseult entre ses bras puissants malgré ses protestations.

— Je peux marcher… !

— Oui, mais j'ai envie de te porter. Et ça aussi, c'est non négociable !

La jeune femme éclata de rire et se laissa aller contre le torse de son compagnon. Il la déposa à côté d'une immense baignoire sur pied, assez vaste pour contenir trois ou quatre personnes, et remplie d'une eau fumante et parfumée.

— Ooooh, gémit Yseult. Le paradis à portée de main…

— Laisse-moi t'aider, ma princesse.

— Qu'est-ce que… ?

— Chuuuut… Laisse-moi faire.

Tout en parlant, Aymeric s'activait à retirer les vêtements d'Yseult, en profitant pour caresser et embrasser chaque centimètre de peau satinée ainsi découverte. Il ne se lassait pas de la toucher, de la goûter et de respirer son odeur.

— C'est injuste, protesta Yseult. Tu es encore habillé, toi !

— À moitié seulement, répondit le loup-garou en mordillant doucement la chair tendre de son cou. Allez, entre là-dedans, ça te fera du bien.

La jeune femme obtempéra avec un plaisir non dissimulé. Elle se laissa couler au fond de l'eau avant de refaire surface et d'appuyer ses coudes au bord de la baignoire, un sourire mutin aux lèvres.

— J'attends…

— Et tu attends quoi ?

— La suite du spectacle. Ton pantalon me gêne un peu pour admirer la vue.

— Vos désirs sont des ordres, mademoiselle Chandrett.

Le jean d'Aymeric glissa le long de ses hanches, libérant son membre dressé. Yseult se mordit la lèvre inférieure, une étincelle de désir au fond des yeux. Il avança lentement vers elle, de la démarche toute en grâce mortelle du dangereux prédateur qu'il était. Sans se presser, il entra dans l'eau et attira sa compagne contre lui. Ses mains se posèrent sur ses épaules et commencèrent à les masser, effaçant la douleur et les tensions. Yseult s'abandonna contre lui, savourant sans réserve ce qu'il lui offrait. Elle sentait son sexe dur appuyer contre le bas de son dos, et s'émerveillait de ce qu'il puisse la désirer autant, lui qui avait toutes les filles à ses pieds, tout comme elle s'émerveillait de ne plus avoir envie de vivre sans lui alors que moins de vingt-quatre heures plus tôt, elle rejetait toute idée d'une relation suivie avec un homme. Et puis elle ne pensa plus du tout, car la main traîtresse d'Aymeric était descendue, s'était insinuée entre ses cuisses et ses doigts la caressaient, entraient en elle, et bientôt un violent spasme de plaisir la secoua. Elle n'eut pas le temps de se reprendre que déjà il la pénétrait, avec son habituel mélange de douceur et de violence. Il saisit ses seins entre ses mains, déclenchant de nouvelles vagues de félicité chez sa compagne avant de l'emmener plus haut, encore plus haut, jusqu'à l'explosion finale, qui les laissa tous deux haletants et épuisée en ce qui concernait Yseult.

— J'ai les jambes en coton… murmura-t-elle en s'abandonnant contre son amant. Je voudrais dormir pendant au moins toute une journée, maintenant.

— Pardon, Yseult, fit le loup-garou d'un air contrit. J'ai été égoïste… J'avais tellement envie de toi, je n'ai pas pensé une seconde que tu n'avais pas la résistance de ceux de mon espèce, et qu'en plus tu as utilisé deux fois la magie sans rien y connaître. Je suis vraiment désolé.

— Aymeric, si je n'avais pas voulu, je te l'aurais dit, alors cesse de te torturer. Et explique-moi plutôt ce qu'il y a entre Duncan et Ysolda.

— D'accord, si tu me laisses te laver en même temps. Ça te fera du bien, et je te promets de bien me tenir.

Yseult haussa un sourcil dubitatif en se tournant vers lui.

— Accorde-moi au moins le bénéfice du doute, plaida son amant en saisissant une éponge et du savon.

— Très bien, je te laisse une chance. Alors, Duncan et Ysolda ? Ils sont ensemble ?

— Oui et non.

— Ça commence bien…

— Je te l'ai dit, c'est compliqué.

— Commence par le commencement, alors.

— Avalon est un royaume gouverné par les femmes. La Dame du Lac en est la seule et unique souveraine, et personne ne s'oppose à ses décisions. Au mieux, Duncan est son prince consort, mais si elle le consulte parfois, il n'a aucun pouvoir.

— Jusqu'à présent, il n'y a rien de trop compliqué…

— C'est leurs relations qui le sont… Pour nous, c'est normal, mais j'ai peur de ne pas réussir à te l'expliquer correctement.

— Fais simple et s'il y a des questions, je les poserai.

— De par leurs fonctions, ils sont indépendants. Duncan est un Alpha, et comme tout Alpha, il fait passer la meute avant tout. Il n'a donc pas de temps à consacrer à une relation suivie avec une femme. C'est pareil pour les autres Alphas ; aucun d'eux n'a de compagne attitrée. Même chose pour Ysolda. Avalon passe avant tout, elle n'a ni le temps ni l'envie de se consacrer à une vraie relation amoureuse. Néanmoins, Duncan et elle sont d'une certaine façon en couple. Lorsqu'il est en Avalon, ils sont fidèles l'un à l'autre. Duncan n'a cependant pas son mot à dire sur sa façon de gouverner, même si elle accepte qu'il soit à ses côtés. En dehors de ces périodes, il fait ce qu'il veut et elle aussi. Aucun des deux ne s'en formalise.

— Et ça dure depuis longtemps ?

— Plusieurs siècles.

— C'est… inhabituel. J'ai du mal à m'imaginer Duncan dans un rôle aussi… passif.

— Ce sont les lois d'Avalon, Yseult. Ça ne lui plaît pas toujours de s'effacer, mais Ysolda est la Dame du Lac, et personne ne va contre sa volonté. Sa colère et ses sanctions sont terribles.

— Je crois que je vais en rester là pour ce soir. Je te poserai d'autres questions un autre jour, quand j'aurai dormi un peu.

Seulement alors Aymeric réalisa vraiment quelle immense fatigue se lisait sur les traits de la jeune femme. Il s'en voulut aussitôt de ne pas avoir assez pensé à elle, elle qui était humaine et s'était retrouvée engagée dans un conflit impliquant des créatures à la résistance bien supérieure à la sienne.

— Décidément, je suis en dessous de tout ! grommela-t-il, furieux contre lui-même. Bien sûr que tu as besoin de dormir !

Sans attendre, il l'enleva dans ses bras et la sortit de la baignoire pour l'envelopper dans une grande serviette et la frictionner vigoureusement.

— Doucement ! rit-elle. Je ne suis pas en sucre, mais tu as tant de force que tu risques de me casser quand même !

— C'est que je ne voudrais pas que tu prennes froid.

— Si j'ai froid, tu me réchaufferas.

— Avec le plus grand plaisir !

Yseult leva les yeux au ciel devant les sous-entendus que contenait la dernière réplique d'Aymeric, puis se dirigea vers les vêtements accrochés dans un coin de la pièce. Elle sourit en remarquant une magnifique robe rouge discrètement mise en évidence et laissa glisser sa serviette pour l'enfiler. Quand elle se tourna, Aymeric, toujours nu, la regardait avec un mélange d'admiration et de résignation.

— Ca ne te plaît pas ? le provoqua-t-elle en virevoltant sur elle-même.

— Tu es magnifique…

— Mais ?

— Tu as conscience que je vais avoir droit à toutes les plaisanteries vaseuses sur le petit Chaperon Rouge et le grand méchant loup ?

— Oui. Mais quelque chose me dit qu'on s'attend à me voir sortir avec cette robe…

— Je suis prêt à parier que c'est un coup des filles…

— Au fait, tu sais que je les adore ?

— Je n'en doute pas une seconde.

Tout en parlant, Aymeric avait passé un pantalon en cuir noir et des bottes assorties. Son dos le faisant encore souffrir, il ne s'embarrassa pas d'une chemise, ce qui lui attira un regard admiratif de la part de sa compagne.

— Tu es sexy en diable, comme ça… Je vais m'entraîner à arracher des yeux, lorsque nous rentrerons. Ou bien je vais t'acheter des gros pulls à col roulé. Ou les deux.

— Mmmm… Quelle fougue, ma princesse…

— Mais… Qu'est-ce que tu fais ? Repose-moi !

— Non. Tu es fatiguée, je te porte.

Yseult eut beau se débattre, Aymeric était le plus fort, et elle finit par renoncer. Leurs compagnons les accueillirent avec des sourires entendus, et le clin d'œil des louves prouva à la jeune femme que la robe avait bien été volontairement posée au-dessus des autres vêtements.

— Pas un mot, lança Aymeric le premier afin de devancer les plaisantins. Yseult est épuisée, elle a besoin de dormir, pas d'entendre des blagues idiotes. Et elle est très belle comme ça.

— Le grand méchant loup a parlé, ne put cependant s'empêcher de railler Faolan.

— On règlera nos comptes demain. Compte tes abattis en attendant.

Yseult eut à peine la force d'esquisser un sourire. Une extrême lassitude venait de tomber sur ses épaules, et elle ferma les yeux en s'appuyant doucement dans le si confortable creux de l'épaule de son amant.

Lorsqu'il la déposa dans le lit qu'Ysolda avait mis à leur disposition, elle dormait déjà.

# *Chapitre 17*

Yseult ouvrit les yeux… et connut un moment de panique intense en se découvrant nue dans un lit à côté d'un énorme loup noir roulé en boule, puis la mémoire lui revint et elle sourit en posant sa joue sur son épaule tandis qu'elle enfouissait ses mains dans l'épaisse fourrure.

— Surtout ne t'arrête pas… fit soudain une voix d'homme. J'adore être réveillé comme ça…

Sous les doigts d'Yseult, la fourrure était devenue peau. Elle embrassa délicatement le tatouage dans le dos de son amant tout en continuant à caresser sa hanche.

— Que s'est-il passé, hier ? Je ne me souviens plus de grand-chose après le bain.

— Tu étais à bout de forces, et tu t'es endormie dans mes bras. Je n'ai pas eu le temps de te prévenir que je cicatrisais mieux sous ma forme de loup. Tu n'as pas eu trop peur, j'espère ?

— Non, j'ai juste failli faire un arrêt cardiaque.

— Je suis désolé, je…

— Je plaisante ! J'ai eu peur dix secondes, le temps de me rappeler ce qui s'était passé, et je me suis dit que c'était super d'avoir une grosse peluche bien vivante pour moi toute seule.

— Peluche ? On m'a traité de beaucoup de choses au fil des siècles, mais jamais encore de peluche !

— Il y a un début à tout…

Aymeric se retourna pour faire face à la jeune femme et posa sa bouche sur la sienne, faisant bondir son cœur dans sa poitrine. Elle ne se lassait pas du contact de ses lèvres si chaudes sur son corps. Les choses seraient certainement allées plus loin si des coups frappés à la porte n'avaient pas retenti.

— Oh, les tourtereaux ! Tout va bien ?

— Aloys, je vais te tuer ! mugit Aymeric en réponse.

— J'en déduis que tout va bien… Et je vous signale qu'on vous attend ! Je précise que le « vous », c'est Ysolda et Duncan.

— Je te tuerai quand même !

— Oui, oui, on verra ça plus tard !

Aymeric se laissa retomber sur les oreillers avec un gémissement frustré tandis qu'Yseult se levait en riant pour passer la robe rouge qui lui plaisait tant. Son compagnon soupira encore une fois, puis l'imita et enfila ses vêtements. Ils ne tardèrent pas à rejoindre la Dame du Lac et l'Alpha de la meute du Chânais.

— Comment te sens-tu, Aymeric ? s'enquit Ysolda tandis qu'il s'inclinait devant elle.

— Très bien, merci. A-t-on retrouvé la trace de Morrigane ?

— Non, hélas. Et ce ne sera pas si facile ; elle est aussi dépourvue de scrupules que retorse et ambitieuse, et je suis certaine qu'elle a de nombreuses cachettes et de nombreux alliés. Cela fait très longtemps que je la soupçonne d'utiliser la magie noire et d'œuvrer pour prendre ma place. Je n'ai rien pu faire pour te soustraire à la malédiction qu'elle t'a lancée ni aux épreuves qu'elle t'a imposées pour en obtenir les clés – si tant est que j'en aie eu envie, car quelque part, tu as mérité ce qui t'est arrivé – puisqu'elle en avait le droit, et qu'elle a veillé à respecter scrupuleusement les lois d'Avalon, mais lorsqu'elle a refusé de te libérer alors que tu avais satisfait à toutes ses exigences, elle m'a donné l'occasion que j'attendais depuis longtemps.

Du coin de l'œil, Ysolda avait remarqué le sursaut d'Yseult lorsqu'elle avait en quelque sorte approuvé la condamnation d'Aymeric par Morrigane, et se tourna vers elle en souriant.

— Tu as l'air de penser que j'aurais dû intervenir…

— Le pouvais-tu ?

— Non.

— Il ne méritait pas de souffrir autant. Et je la tuerai pour ça.

— Avant de t'attaquer à elle, il faudra que tu suives l'enseignement des druidesses, afin d'apprendre à maîtriser la magie sauvage qui est la tienne pour ne pas qu'elle te tue. Tu es puissante, Yseult. Il ne faudrait pas que cette puissance se retourne contre toi.

— Il faudra que je vienne en Avalon ?

— Oui.

— C'est que… J'ai de la famille, des amis, de l'autre côté. Je ne peux pas juste m'en aller comme ça.

— Je comprends. Tu as le temps ; Morrigane ne peut plus passer en Terre des hommes maintenant qu'elle n'a plus ses pouvoirs de druidesse.

— Pourquoi n'a-t-elle jamais cherché à retrouver Aymeric, si elle pouvait venir à sa guise dans mon monde ?

— Parce que j'avais les moyens de l'empêcher de venir sur la Terre des hommes, intervint Duncan, et que je l'ai fait. Moi aussi je sais lancer des malédictions aux clés tortueuses, et elle n'a jamais découvert la mienne.

— Qui était ? poursuivit Yseult, curieuse

— Libérer Aymeric. Je savais qu'elle n'y penserait jamais.

Yseult lui adressa un sourire reconnaissant tandis qu'Ysolda reprenait :

— Tu reviendras quand tu seras prête, Yseult, mais avant que tu partes, sache que j'ai le pouvoir de te faire un cadeau.

— Un cadeau ?

— Je peux te donner la possibilité de devenir une louve si tu le désires un jour.

Aymeric et Yseult échangèrent un coup d'œil ébahi. Le loup-garou resserra son étreinte autour des épaules de sa compagne.

— C'est vrai ? murmura-t-il, mais comment… ?

— Je suis la Dame du Lac, Aymeric. Mes pouvoirs sont inégalables, et personne à part moi ne les connaît tous.

La voix d'Ysolda était douce, et cependant elle contenait une menace implicite. Aymeric comprit le message et lâcha Yseult pour mettre un genou à terre.

— Je suis désolé, Dame du Lac. J'ai outrepassé mon rang et je m'en excuse.

— Excuses acceptées.

Le loup-garou se releva tandis qu'Ysolda faisait signe à Yseult d'avancer vers elle. Elle prit ses mains dans les siennes et plongea son regard dans celui d'Yseult.

— Souhaites-tu avoir la possibilité de devenir une louve, Yseult ? Je peux modifier ton corps pour que la morsure d'un garou te transforme, mais je n'ai que deux jours après la première fois que vous vous êtes aimés pour le faire, et tu auras ensuite un an pour te décider. Les lois de la magie sont parfois tortueuses.

Fidèle à son impulsivité naturelle, Yseult se décida en quelques secondes et acquiesça d'un signe de tête. Ysolda resserra son emprise sur ses mains et fit appel à son pouvoir. Un halo scintillant enveloppa les deux femmes, les isolant de leurs compagnons. Yseult sentit physiquement la magie couler de la Dame du Lac vers elle, comme une onde de chaleur qui entrait dans son corps et la réchauffait, s'enroulant autour de ses organes, s'insinuant dans leurs cellules pour les transformer et leur faire accepter le gène qui ferait d'elle un loup-garou si elle le voulait.

L'opération ne dura que quelques minutes, mais laissa Yseult un peu étourdie. Elle se réfugia dans les bras accueillants d'Aymeric tandis qu'Ysolda reculait de quelques pas pour rejoindre Duncan. Yseult ne put s'empêcher de remarquer qu'ils formaient un couple absolument magnifique, puis un nouveau malaise l'obligea à fermer les yeux.

— Ça ne va pas ? chuchota un Aymeric inquiet à son oreille.

— Ne t'inquiète pas, intervint Ysolda. Elle a juste besoin de manger quelque chose. Son corps a dû dépenser beaucoup d'énergie pour accepter la mutation.

D'un geste, la Dame du Lac les invita à la suivre vers une table débordante de victuailles. Elle fréquentait les loups-garous depuis trop longtemps pour ne pas savoir qu'ils étaient capables d'engloutir des quantités impressionnantes de nourriture…

Duncan profita de ce pantagruélique petit déjeuner pour signifier à Aymeric qu'il allait prochainement retourner en Avalon pour y rester quelques jours et que de ce fait, il lui confierait la responsabilité de la meute durant cette période. Très occupé à avaler un énorme sandwich débordant de viande froide, son lieutenant se contenta de hocher brièvement la tête. Yseult observait avec effarement le repas gargantuesque des jeunes gens, ce qui conduisit Ysolda à se pencher vers elle.

— Les loups-garous ont un métabolisme très élevé, surtout les mâles, et en plus ils se sont battus, hier.

— Comme on dit sur Terre, mieux vaut les avoir en peinture qu'en pension…

— Oh, le plus souvent, ils chassent, rassure-toi.

Bientôt la meute au complet se retrouva devant le portail permettant de regagner la Terre des hommes. Apprenant que son frère comptait revenir très bientôt en Avalon, Ailis lui adressa un sourire sardonique.

— Avec un peu de chance, Ysolda réussira peut-être à te civiliser durant cette période…

L'Alpha la gratifia d'un regard glacial, mais une longue expérience de la vie avec sa sœur le convainquit de ne pas lancer une polémique dont il n'était pas du tout sûr de sortir vainqueur. Il préféra se tourner vers Ysolda pour l'embrasser et lui murmurer que plus jamais il ne resterait aussi longtemps sans venir auprès d'elle.

Yseult eut un choc en revoyant le manoir de la meute. Elle avait l'impression d'être partie depuis des siècles. Elle amorçait le geste de se couler aux côtés d'Aymeric lorsque la meute s'installa dans le salon, mais Ailis intervint et la saisit par le bras pour l'entraîner dans sa chambre. Blodwyn, Eanna et Eryn leur emboîtèrent le pas. Blodwyn, qui sortait la dernière, se retourna au moment de fermer la porte et promena un regard noir sur l'assemblée des mâles bouche bée devant leur prise de pouvoir.

— Histoires de filles. Le premier qui ose nous déranger, je le castre. Toi y compris, Aymeric.

Quelques instants plus tard, les cinq filles se retrouvaient dans le domaine de la guérisseuse. D'autorité, Ailis fit asseoir Yseult sur son lit et lui passa un bras autour des épaules.

— Comment tu vas ?

— À vrai dire, je n'en sais trop rien… C'est allé si vite… Il y a moins de quarante-huit heures, je ne voulais pas entendre parler d'une relation avec un homme, et là, je me retrouve liée à un loup-garou, je découvre un autre univers, je me fais prendre en otage par une sorcière, j'apprends que je descends des druidesses d'Avalon… Ça fait beaucoup, quand même.

— Je trouve que tu t'es plutôt bien adaptée à toutes les situations bizarres que tu as connues, sourit Eanna.

— J'avoue que j'éprouve quand même un grand besoin de retrouver en partie ma vie d'avant.

— Tu ne vas pas laisser Aymeric, quand même ? s'inquiéta Blodwyn en s'accroupissant devant elle et en posant les coudes sur les genoux d'Yseult.

— Vous l'aimez beaucoup, n'est-ce pas ?

— Il faut que tu saches que nous lui avons toutes proposé d'être là pour lui quand il entendait l'appel, répondit doucement Ailis. Nous pensions qu'ainsi la punition serait moindre, mais il a toujours refusé. Il ne voulait pas nous mêler à ça. Il n'a certes pas toujours été correct avec les femmes, mais il n'est pas non plus un monstre.

— Je sais, approuva Yseult. Je ne sais pas comment c'est possible, mais j'ai l'impression que lui et moi sommes ensemble depuis toujours. Je ne le laisserai pas, Blodwyn, ne t'inquiète pas. J'ai juste besoin d'un peu de temps pour moi.

— Il respectera tes désirs, affirma Eryn. On a tous vu comme il te regardait. Il fera tout ce que tu veux pour te faire plaisir, même si un jour tu décidais de prendre un autre amant.

— Pourquoi ferais-je cela ?

— Parce que tu en as le droit, reprit Ailis. Tu es entièrement libre, il ne peut rien dire.

— Vu sa réaction quand Duncan m'a proposé de me montrer son passé, j'ai du mal à croire qu'il s'inclinerait sans rien dire si je décidais de le partager avec un autre…

— À vrai dire moi aussi, renchérit la guérisseuse. Il en paierait le prix, mais je doute que ça l'arrête.

— De toute façon, fit Yseult avec un sourire à la fois mutin et rêveur. Ça me paraît difficile de seulement regarder un autre homme après l'avoir connu lui…

Un éclat de rire secoua les filles, scellant définitivement leur complicité.

— On devrait redescendre, jeta Blodwyn en sautant sur ses pieds. Aymeric doit tourner en rond comme un lion en cage en pensant à toutes les horreurs dont nous devons être en train de farcir la tête d'Yseult.

— Il a raison de s'inquiéter, constata Eryn. On a plein d'anecdotes à son sujet à raconter à Yseult, et on ne va pas s'en priver… Les soirées entre filles, c'est fait pour ça !

Le petit groupe eut un nouvel accès d'hilarité. Yseult se sentait nettement mieux lorsqu'elle retourna au salon, et ce fut avec bonheur qu'elle rejoignit les bras d'Aymeric. Ses nouvelles amies l'aidèrent à faire comprendre au loup-garou son besoin d'indépendance. De mauvaise grâce, Aymeric finit par s'incliner, et emmena Yseult au cottage pour qu'elle échange sa robe contre une tenue plus conforme aux standards du XXI$^{e}$ siècle.

Lorsqu'Yseult arriva à la bibliothèque, ses collègues et amis furent à la fois surpris et ravis de la voir.

— Tu as déjà fini ton travail au château ? s'exclama Aurore en lui plantant une bise sonore sur chaque joue.

— Ce n'était pas très compliqué, en fait, alors me revoilà !

— Et ton logement, là-bas, c'est comment ? voulut savoir Magali.

— Joli, tranquille, et avec un voisinage… intéressant.

— Quel voisinage ? la questionna Ariane.

— La bande de Duncan de Chânais…

— Houlà ! s'exclama Vincent, et ils sont comment ?

— Fidèles à leur réputation pour les garçons. Les filles sont super sympas.

— Oh, toi, tu nous caches quelque chose… devinèrent en même temps Aurore et Magali.

— En fait… quelqu'un.

— Nooooooooooooooooon ! s'exclama Ariane, tu as mis le grappin sur un de Chânais ? Ben dis donc, pour quelqu'un qui ne voulait rien savoir des garçons ! Lequel ?

— Vous avez jusqu'à ce soir pour deviner, sinon, vous verrez quand il viendra me chercher.

Malgré les efforts conjugués de toute l'équipe, Yseult parvint à garder son secret jusqu'au soir. Il y eut peu de travail et beaucoup de fous rires durant cette journée, ce qui fit le plus grand bien à la jeune femme. Et lorsque vint l'heure de partir, il y eut une joyeuse bousculade pour savoir qui sortirait en premier.

Jusqu'à ce que tout le monde sauf Yseult se fige de stupéfaction en apercevant Aymeric, nonchalamment appuyé sur sa moto garée de l'autre côté de la rue. Sa chemise entrouverte laissait voir son torse puissant, et son pantalon de cuir noir soulignait ses longues jambes musclées, ne cachant pas grand-chose de ses attributs virils. Un petit sourire au coin des lèvres, ses lunettes de soleil cachant ses yeux gris, il irradiait de séduction, et toutes les filles qui passaient par là ralentissaient, espérant qu'il les remarquerait.

— C'est pas vrai… souffla Ariane, les yeux écarquillés. Aymeric de Chânais… Tu as mis la main sur Aymeric de Chânais ? Tu as fait comment ?

— J'ai commencé par lui dire non.

Au même instant, et au grand désespoir des filles qui s'attardaient dans les parages, Aymeric traversa la route et prit Yseult dans ses bras pour l'embrasser.

— Tu m'as manqué…

— Toi aussi.

— Tu me présentes ?

— Si tu me promets d'être d'une correction irréprochable.

— Tes désirs sont des ordres, ma princesse.

— Alors voici Ariane, Aurore, Magali, Vincent et Yanis. Je crois que vous connaissez tous Aymeric.

— Enchanté de faire votre connaissance, fit le loup-garou tout en serrant Yseult contre lui.

— Nous de même, répondit Vincent, s'érigeant comme souvent en porte-parole du groupe malgré son cœur qui battait la chamade face à l'écrasante présence d'Aymeric. Nous avions décidé d'aller boire un pot tous ensemble. Tu te joins à nous ?

— Une autre fois, peut-être. Ce soir, je suis obligé de vous enlever Yseult.

— Je ne me souviens pas qu'on devait aller quelque part… J'ai loupé un truc ?

— C'est une surprise. Tiens, mets ça.

Tout en parlant, il lui tendit un casque de moto. Yseult le regarda d'un air dubitatif, puis haussa les épaules et se tourna vers ses amis.

— Là, j'avoue que je meurs de curiosité… À demain, alors.

— À demain, Yseult.

La jeune femme enfourcha la puissante moto d'Aymeric et noua ses mains autour de sa taille, savourant le plaisir de sentir les tablettes de chocolat de son loup-garou sous ses doigts. Aymeric sourit lorsque les mains de sa compagne se glissèrent sous sa chemise pour toucher directement sa peau. Pour une fois, il roulait à une vitesse normale, histoire de savourer le contact rapproché qu'elle lui offrait.

À la grande surprise d'Yseult, ils s'arrêtèrent au club d'équitation.

— Qu'est-ce qu'on fait là ? s'étonna-t-elle.

— Tu verras bien.

Il lui prit la main et l'entraîna vers les écuries. Il la conduisit jusque devant le box d'Étoile, où il s'immobilisa avant de se tourner vers elle.

— Elle est à toi.

— Pardon ?

— J'ai dit « elle est à toi ».

— Mais…

— Non, pas de « mais ». Tu l'aimes, elle te le rend, elle est à toi. Je parle aux animaux, ne l'oublie pas. Allez, viens, on va faire un tour.

Émue, Yseult voulut le remercier, lui dire que c'était trop, qu'elle ne pouvait pas accepter, mais il devina et l'arrêta en posant ses doigts sur ses lèvres.

— Ne dis rien. Si ça peut t'aider à accepter, dis-toi que je ne fais que rétablir l'ordre naturel des choses. Le cœur d'Étoile bat pour toi, elle t'a choisie. Je ne suis pas très doué pour faire des cadeaux à une fille. En fait, je n'en ai jamais fait. Laisse-moi le temps de m'habituer à l'effet que ça fait. Allez, prépare-la et allons faire une balade sur la plage où on s'est rencontrés.

Yseult hésita, mais une telle tendresse et une telle envie de la voir accepter brûlaient dans le regard du loup-garou qu'elle renonça, ne voulant pas le priver de cette joie presque enfantine qu'il éprouvait.

Quelques instants plus tard, deux cavaliers s'élançaient sur la lande pour une chevauchée infernale.

Les jours qui suivirent passèrent comme un tourbillon pour Yseult. La journée, elle travaillait toujours à la bibliothèque. Le soir, elle rejoignait le manoir, apprenait à connaître la meute, et s'habituait peu à peu à les voir se transformer, ainsi qu'à leur totale indifférence envers la nudité. De leur côté, ils s'efforçaient de prendre en compte la présence de la jeune femme, mais après tant de siècles, il leur était difficile de ne pas oublier de la ménager. Et ce soir encore elle sursauta en découvrant Aloys et Faolan complètement nus dans la cuisine, en train de se préparer un sandwich.

— Oups, désolés, désolés, on a encore oublié ! s'excusa le premier en saisissant un torchon tandis que Faolan s'emparait d'une chaise pour se cacher derrière.

— Ce n'est pas que la vue soit désagréable, sourit Yseult. Mais ça surprend toujours de rencontrer des types à poil derrière chaque porte ou presque.

— Sans compter que si les types en question continuent à se pavaner comme ça devant *ma* compagne, ils vont finir en hachis, gronda une voix en provenance de la porte.

Un instant, Aloys eut la tentation de rappeler à son cousin qu'Yseult était libre de faire ce qu'elle voulait, mais le regard possessif qu'Aymeric posait sur la jeune femme l'en dissuada. Il était plus que clair que le lieutenant de Duncan n'avait pas la moindre intention de respecter cette règle. Ce dernier entra dans la cuisine, s'empara du sandwich confectionné par Faolan, qui leva les yeux au ciel, mais ne protesta pas, puis refit face à Aloys.

— Au fait, je compte sur toi, demain.

— Demain ?

— Je cours le Grand Prix avec Sheïtan. Tu sais comme il est ; il faudra quelqu'un pour prendre la coupe pour moi et me passer le flot[1] du vainqueur assez vite pour ne pas se faire mordre ou frapper.

— Mais… tu n'as pas encore gagné, s'effara Yseult.

— Ma princesse, Sheïtan est le meilleur, et j'ai plus d'expérience de l'équitation à moi tout seul que l'ensemble des cavaliers inscrits réunis.

— Eh bien, heureusement que tu es nu, toi aussi ; au moins, tes chevilles ne feront pas éclater tes chaussures !

Sur ces mots, Yseult quitta la pièce, tandis qu'Ailis, qui venait d'entrer à son tour – habillée, elle –, éclatait de rire devant la mine déconfite d'Aymeric.

---

[1] En équitation, le flot est une rosette remise aux cavaliers classés dans le 1er quart. Par exemple, si seize cavaliers participent à une épreuve, les quatre premiers se verront remettre un flot en récompense. *(Note de l'auteure)*

— Celle-là, tu l'as bien cherchée ! Allez, file la retrouver et fais amende honorable, ou il ne te restera que le canapé en lot de consolation.

Aymeric lui jeta un regard assassin, mais s'abstint de répondre et se précipita derrière Yseult.

Yseult connaissait bien l'ambiance fébrile des terrains de concours, mais lorsqu'elle vit la quasi-émeute que déclenchait l'arrivée d'Aymeric, son premier mouvement fut de se dire qu'elle allait tirer dans le tas si une seule fille venait encore tourner dans les parages du box de Sheïtan. D'un autre côté, le spectacle d'Aymeric en tenue de concours avait de quoi déclencher toutes les convoitises : le pantalon blanc moulait étroitement ses formes, mettant en valeur ses fesses musclées au même titre que sa virilité. Ses puissants pectoraux semblaient prêts à faire éclater sa chemise immaculée, et la veste noire cintrait sa taille à merveille, mettant en valeur ses larges épaules. Impeccablement cirées, ses bottes rehaussaient encore son élégance.

— À quoi penses-tu ? fit-il en constatant qu'Yseult le regardait d'un air rêveur.

— Dans l'ordre, que je vais tuer la prochaine fille qui vient baver sur toi, que tu es honteusement sexy habillé comme ça, et que j'adorerais te voir enlever ces fringues rien que pour moi, très lentement et en musique.

— Je ne te connaissais pas ce genre de fantasme…

— Oh, tu as encore beaucoup de choses à découvrir sur moi… Et non, les filles n'y sont pour rien, cette fois. C'est mon fantasme à moi.

— « Cette fois » ? releva Aymeric.

— Oui, cette fois, et tu n'en sauras pas plus tant que mon fantasme ne sera pas assouvi. D'ailleurs, c'est l'heure de te mettre en selle.

— Je n'oublierai pas, tu sais.

Aymeric saisit Yseult dans ses bras pour un fougueux baiser, puis sauta souplement sur le dos de son étalon qui piaffait d'impatience, et se dirigea au petit trot vers le paddock. Fidèle à lui-même, Sheïtan caracola tout au long du chemin, conduisant bien des personnes à s'écarter précipitamment sur son passage. Accoudée à la lice, Yseult suivait des yeux son amant et sa monture qui s'échauffaient. Il y avait foule autour du terrain d'entraînement, en particulier des filles, mais aussi quelques cavaliers, qui discutaient entre eux d'un air désabusé.

— Tu as vu ça ? Aymeric de Chânais est inscrit au Grand Prix avec son fauve…

— Autant dire qu'on sait déjà qui va gagner… Et je ne te parle même pas des filles ; elles ne regardent que lui !

— Pourtant, il n'en regarde jamais une seule… Serait-il possible qu'il soit gay ?

— Parle moins fort ! Le dernier qui a sous-entendu ça a passé six mois à l'hôpital. Et je n'ai aucune envie d'avoir affaire à Aymeric, il cogne trop fort.

Si cette conversation amusa Yseult, elle s'assombrit à nouveau en constatant que le nombre de filles avait encore augmenté. Beaucoup d'entre elles étaient très belles, sûres d'elles et de leur pouvoir de séduction, et elle se demandait avec angoisse si Aymeric n'allait pas reprendre ses anciennes habitudes à présent que la malédiction était levée.

Elle revint à la réalité en entendant annoncer le nom d'Aymeric de Chânais par les juges, et se concentra sur le parcours. Très vite, elle fut éblouie par la magie du couple que formaient le loup-garou et l'étalon. Les longues et souples foulées de Sheïtan avalaient les distances entre les obstacles comme si elles n'existaient pas, et il ne semblait faire aucun effort pour s'envoler par-dessus les barres. Toujours à sa place, son cavalier ne formait qu'un avec lui. Malgré sa taille, Sheïtan tournait court, et il fut bientôt évident que le parcours d'Aymeric serait le meilleur : sa monture était largement au-dessus des obstacles, sans même parler du fait qu'il atteignait une vitesse ahurissante. Le barrage qui devait départager les cavaliers sans fautes ne fut qu'une formalité ; sans surprise, Aymeric remporta la victoire haut la main. Connaissant le caractère impossible de l'étalon, les juges tendirent d'office la coupe et la rosette du gagnant à Aloys, ce dernier se chargeant de passer le second à son cousin pour qu'il l'accroche au filet de Sheïtan. Puis Aymeric prit la tête des cavaliers appelés à faire le traditionnel tour d'honneur, sous les acclamations quasi hystériques du public féminin, dont les membres rivalisaient pour attirer l'attention du jeune homme. Yseult se rembrunit, partagée entre l'envie d'étrangler très lentement toutes ces filles qui tentaient de se faire remarquer par son amant et le manque d'assurance qu'avait provoqué en elle sa rupture avec Charles. Alors que son humeur devenait de plus en plus sombre, elle sentit soudain deux paires de mains la saisir, se retrouva perchée en équilibre précaire sur la lice et avant qu'elle ait eu le temps de comprendre ce qui se passait, des bras puissants se refermèrent autour d'elle, l'asseyant à califourchon sur un cheval noir à la queue et à la crinière d'argent.

— Comme ça, tout le monde saura que je suis pris, murmura une voix grave à son oreille.

— Mais…

— Je suis un loup-garou, Yseult, j'ai senti ta peine, et grâce au lien de la meute, j'ai averti Aloys et Faolan de ce que je voulais faire. Les autres filles ne m'intéressent pas, tu es la seule et unique.

La jeune femme ne répondit pas, mais un sourire fleurit sur ses lèvres tandis qu'elle se serrait un peu plus contre son compagnon. Aymeric effectua un tour de terrain complet avant de ralentir Sheïtan et de gagner la sortie. Sur son passage, la déception envahissait le visage des filles, tandis que des regards jaloux et assassins se posaient sur celle qu'il tenait dans ses bras.

— Où on va ? s'étonna Yseult en constatant qu'ils ne prenaient pas la direction du box de Sheïtan.

— Je t'enlève !

— Mais…

— Tss, tss, tss, toutes les filles rêvent d'être enlevées par un preux chevalier, et toi, tu l'es par un vrai de vrai. J'ai été adoubé bien avant de devenir un loup, et en tournoi comme à la guerre, j'étais le meilleur.

— Mais Sheïtan… Il vient de faire un parcours à 1,35 m, quand même !

— Ne t'en fais pas pour lui ; c'était juste une promenade de santé. Regarde !

Sur ces mots, Aymeric lança l'étalon en avant, permettant à Yseult de constater qu'il n'avait pas menti. Leur course folle les entraîna loin dans la forêt, jusqu'au sommet d'une colline où Aymeric stoppa leur monture à l'ombre d'un chêne. Il aida Yseult à mettre pied à terre, puis dessella et libéra son cheval.

— Qu'est-ce que tu fais ? s'exclama sa compagne, effarée.

— Ne t'inquiète pas, il reviendra dès que je l'appellerai. Là, il va aller se rouler, se rafraîchir les pattes dans la première rivière venue et brouter un peu.

Tout en parlant, Aymeric avait enlevé ses bottes et s'employait à déboutonner se chemise, fixant Yseult avec un sourire canaille.

— Qu'est-ce que… ? commença la jeune femme avant de s'interrompre en voyant apparaître peu à peu le torse musclé du loup-garou.

— Ce n'est pas toi qui voulais que je te fasse un strip-tease… ? susurra Aymeric en découvrant lentement ses épaules.

— Et si… et si quelqu'un arrive ?

— T'inquiète, je le sentirai. Profite plutôt du spectacle ; contrairement à Aloys, je n'ai pas pour habitude de jouer au Chippendale.

— Ah parce qu'Aloys… ?

— Oublie Aloys…

Au même instant, Aymeric laissait glisser sa chemise sur le sol et se mettait à descendre la braguette de son pantalon, dévoilant peu à peu à Yseult la preuve éclatante de son désir pour elle. Nu, il s'allongea à côté d'elle et croisa les bras sous sa nuque.

— Je suis tout à toi…

Les lèvres d'Yseult se posèrent sur sa poitrine. De la langue, elle titilla un mamelon, puis l'autre, tandis que sa main descendait plus bas, effleurait sa toison bouclée, ses testicules remplis à craquer avant de saisir son sexe et de commencer un lent mouvement de va-et-vient. Aymeric gémit de plaisir tandis qu'elle accentuait ses caresses. N'y tenant plus, il la renversa sur l'herbe, la débarrassa de son pantalon d'un geste impatient et entra en elle. Elle se cambra pour mieux le recevoir, nouant ses chevilles autour de ses cuisses et enfonçant ses ongles dans ses épaules. Ils jouirent à l'unisson, puis le jeune homme se retira et se laissa tomber à côté d'elle.

— Alors, il te satisfait, ton chevalier ? triompha-t-il en se dressant sur un coude pour la regarder.

— J'adore être enlevée comme ça, en fait… Tu peux recommencer quand tu veux !

— J'en prends bonne note.

Ils rentrèrent au pas de l'étalon. Détendue, Yseult ne pensait à rien, se contentant de profiter de l'instant présent.

Ce fut parce qu'elle tournait le dos à Aymeric qu'elle ne vit pas le regard de son compagnon s'assombrir et se charger de tourment et de désespoir…

# *Chapitre 18*

Aymeric attendit que le souffle régulier d'Yseult s'élève pour se lever sans un bruit. En silence, il enfila un jean avant de sortir discrètement de la chambre. Pieds nus, il gagna les appartements de Duncan et frappa à la porte.

— Entre, fit la voix de basse de son Alpha.

— Je te dérange ? s'inquiéta Aymeric en désignant d'un geste les papiers étalés devant son chef.

— Peu importe. Qu'est-ce qui t'arrive ?

L'agitation fiévreuse de son lieutenant ne lui avait pas échappé. Non content de tourner comme un lion en cage, Aymeric avait un regard hanté et furieux qui lui rappelait les pires heures de la malédiction de Morrigane, lorsqu'il revenait pour les vingt-quatre heures qu'il pouvait passer auprès des siens.

— C'est Yseult, finit par soupirer Aymeric en se passant une main nerveuse dans les cheveux. Quand je suis avec elle, je... Il m'arrive de... Parfois, à sa place, je vois l'autre, la sorcière, et j'ai envie de lui faire mal, de la faire payer pour ce que j'ai subi. Elle n'y est pour rien, Duncan, et je mourrais si je m'en prenais à elle !

— Qu'est-ce qui s'est passé avec... la sorcière pour que tu la voies quand tu es avec Yseult ?

— Elle... a exigé de moi... certains... actes, des actes qu'on accomplit lorsqu'on fait l'amour à une femme, mais avec elle et sa clique, j'étais contraint de les exécuter dans la douleur et l'humiliation. Et lorsque je suis avec Yseult, ces sentiments reviennent par flashs, et j'ai envie... de me venger. Lorsqu'elle m'a rejoint, dans le cachot, après que tu lui as montré mon histoire, j'ai cru que sa seule présence me ferait tout oublier, comme s'il ne s'était jamais rien passé. J'avais même réussi à plaisanter avec elle en parlant de... de punitions. Mais ce n'était qu'un leurre, dans l'euphorie de la délivrance. Après... les souvenirs sont revenus, et... me maîtriser devient de plus en plus difficile ; j'ai très peur de perdre le contrôle. Je t'en supplie, Duncan, aide-moi avant que je ne lui fasse du mal !

Cette dernière phrase causa un choc à Duncan. Jamais il n'avait entendu Aymeric implorer qui que ce soit de son plein gré.

— Commence par te calmer et t'asseoir, répondit-il d'une voix apaisante. Je vais appeler Ailis ; il y a de la magie féminine, là-dessous, et ce n'est pas vraiment mon domaine.

— Ailis ?

— Oui, Ailis. C'est une femme, non ?

Aymeric s'était raidi dans une attitude de rejet. Un instant perplexe, Duncan finit par comprendre qu'il répugnait à parler de ce qu'il avait été obligé de faire en tant qu'esclave de Morrigane. Il se traita mentalement d'imbécile ; depuis le temps, il aurait quand même dû savoir que l'orgueil de son lieutenant n'avait pas vraiment diminué au fil des siècles, sans même parler de la honte qu'il éprouvait d'avoir été un esclave sexuel… Il se renfonça dans son siège avec un soupir.

— D'accord, cartes sur table. Tu ne vas pas aimer, mais là, il n'y a guère le choix… On ne t'a jamais posé de questions sur ce qui s'était passé, mais ça ne veut pas dire pour autant qu'on n'en a pas une idée. Pendant toutes ces années, on a joué à faire semblant de ne pas savoir pour ne pas en rajouter à ce que tu subissais, et toi tu as joué à faire semblant de le croire, mais en réalité, tu sais très bien que nous avons tous une idée de ce qui a pu se passer. Je ne pense pas qu'Ailis ait besoin de descriptions précises ; et si c'était le cas, je sortirai de la pièce pendant que tu lui répondras et tu sais qu'elle ne dira rien à personne. Ça te va comme ça ?

— Ai-je le choix ?

— Malheureusement non.

Un silence tendu régna dans la pièce durant d'interminables minutes, puis Aymeric lâcha dans un soupir résigné.

— Appelle-la.

Quelques instants plus tard, Ailis les rejoignait. Elle regarda d'abord son frère, puis Aymeric, et à la surprise générale, lança d'une voix chargée de compassion.

— Alors ça y est, c'est arrivé ? Tes souvenirs se sont interposés entre Yseult et toi ?

— Mais… comment… ? balbutia l'interpellé avant de s'interrompre, à court de mots.

— Ce n'était pas bien compliqué à deviner. Nous le savions toutes.

— Toutes ? releva Aymeric tandis qu'une sourde angoisse lui serrait le cœur.

— Toutes, lui confirma la guérisseuse, Yseult aussi.

— Et… sachant que je risquais de déraper à tout moment, de m'en prendre à elle, de la tuer, peut-être, elle est restée avec moi ?

— Elle t'aime, Aymeric…

— Par les dieux… Je ne la mérite pas…

Accablé, le loup-garou avait enfoui son visage dans ses mains. Ailis s'agenouilla devant lui et lui saisit les poignets pour l'obliger à lui faire face.

— Elle t'aime, et bien que ça lui répugne de tout son être de devoir agir comme Morrigane, elle est prête à faire ce qu'il faut pour te sortir de là.

— Mais… elle n'est pas encore druidesse…

— Il ne s'agit pas de magie. Pendant huit ans, tu as été l'esclave d'une cinglée, ça a obligatoirement laissé des marques dans ton esprit, et des marques profondes compte tenu de ce que tu as dû subir. Une variante du syndrome de Stockholm, si tu veux. Ça se manifeste chez toute personne qui a été aux prises avec une manipulatrice comme elle. Il faut briser les chaînes qu'elle a posées en toi, et pour ça, il n'y a pas trente-six solutions : il faut transformer tes souvenirs.

— Transformer mes souvenirs ?

— Il faudra qu'Yseult te réapprenne que les actes que Morrigane t'a forcé à accomplir sont en réalité des actes d'amour, et pour ça, il faudra que tu revives ce que tu as vécu là-bas. Avec elle.

L'atmosphère devint brusquement irrespirable tant la colère qui envahit Aymeric satura l'air. Plus rapide, Duncan se leva et le cloua à son fauteuil avant qu'il n'ait eu le temps de commettre un acte qu'il aurait regretté plus tard.

— Respire un grand coup et tourne sept fois ta langue dans ta bouche avant de parler.

Un instant Duncan crut qu'il allait devoir se battre avec son lieutenant, puis les muscles de ce dernier se décrispèrent et il se laissa aller en arrière.

— Ça va, tu peux me lâcher. De toute façon, c'est impossible ; Yseult a brûlé le cachot.

— Ysolda peut le recréer, répliqua Ailis.

— Et si je confondais Yseult avec cette garce et que je lui faisais du mal ? Elle est humaine ; avec ma force, je peux la tuer facilement !

— Non. Tu étais contraint par ton serment envers Morrigane ; ça t'empêchera de t'en prendre à elle. Et puis Ysolda te surveillera.

— On dirait que vous avez tout prévu…

— Oui. Avant même notre départ d'Avalon.

— Pourquoi Yseult ne m'a-t-elle rien dit ?

— Pour que ça ait une chance de marcher, il fallait que ça vienne de toi.

— Une chance ? Une seule chance ?

— Ce sera dur, Aymeric. Pour Yseult comme pour toi. Retourne avec elle, maintenant, et dis-lui.

Le jeune homme obéit sans un mot, laissant le frère et la sœur en tête à tête.

— Je me sens stupide, grogna Duncan en se servant un whisky. Je n'ai rien soupçonné, rien du tout !

— C'est pour ça que vous les hommes serez toujours dépendants de nous les femmes, se moqua Ailis en lui subtilisant son verre pour son propre usage, ce qui lui valut un regard peu amène de l'Alpha.

— Pourquoi ne m'as-tu rien dit ?

— Parce que tu n'aurais pas su attendre qu'il vienne. Et non, tu ne viendras pas en Avalon ; il est déjà bien assez humilié comme ça.

— Je ne vois pas en quoi ma présence pourrait l'humilier !

— Les dieux m'en sont témoin, les hommes sont parfois de parfaits imbéciles ! Tu ne crois pas que sa virilité est déjà assez mise à mal comme ça ? Il n'a pas besoin que tu sois là pour voir ça !

— D'accord, d'accord, n'en jette plus, je me rends… ! Tu veux un autre verre ?

— Pas de refus.

Assis sur le rebord de la fenêtre, Aymeric regardait Yseult dormir. Il n'avait pu se résoudre à la rejoindre dans le lit, et pourtant il mourait d'envie de sentir son corps chaud contre lui, de passer la main dans ses cheveux et de la couvrir de baisers. Mais il avait tellement peur que les cauchemars reviennent et ne le conduisent à s'en prendre à sa compagne… Plusieurs fois déjà dans les jours précédents il avait dû réprimer des gestes violents envers elle, lorsqu'ils faisaient l'amour en particulier, et qu'elle prenait des initiatives. Oh, bien sûr, il savait qu'elle n'agissait ainsi que pour lui faire plaisir, mais perdre la main sur ce qui se passait lui rappelait trop ces années terribles où Morrigane avait le contrôle sur ses actes et le forçait à accomplir ces simulacres de l'amour. Il ne voulait pas perdre Yseult, mais il ne voulait pas non plus lui faire de mal, surtout qu'avec sa force de loup-garou, elle n'avait aucune chance de lui échapper.

Avertie par un étrange instinct, Yseult ouvrit les yeux, pour constater qu'elle était seule dans le grand lit. Puis elle découvrit la silhouette qui se découpait dans l'encadrement de la fenêtre et se leva pour la rejoindre.

— Qu'est-ce que tu fais là ? chuchota-t-elle, tu serais mieux au lit, non ?

— Ici, je ne risque pas de te faire du mal.

— Oh…

La jeune femme posa une main sur le genou de son compagnon et lui sourit.

— Alors ça y est, nous partons en Avalon ?

— Comment peux-tu être si détendue alors que je risquais à tout moment de… ?

— Je ne suis pas détendue, le coupa-t-elle, pas parce que j'ai peur de toi, non, mais parce que je vais détester ce que je vais être obligée de faire. Je ne veux pas te faire souffrir, je ne veux pas te replonger dans ce que tu as vécu, mais je ne veux pas non plus qu'elle se dresse entre nous. Je veux la vaincre, qu'elle n'ait plus aucune emprise sur toi, et je le ferai, quoi qu'il m'en coûte. Alors tu vas venir avec moi dans ce lit, et me prendre dans tes bras pour me réchauffer, parce que je suis gelée.

— Je ne peux pas… Je t'ai déjà fait mal, Yseult, je le sais. Tu as juste ri en disant qu'il fallait que je m'habitue au fait que tu es une humaine fragile, mais depuis plus de cinq siècles et demi, maintenant, j'ai parfaitement appris à contrôler ma force. C'est… ce que m'a fait l'autre qui est revenu à la surface, et j'ai eu envie de… frapper.

— Je sais tout cela. J'en ai parlé avec les filles, figure-toi. Et elles aussi ont confiance en toi. Tu es fort, Aymeric, sinon comment aurais-tu pu continuer à vivre avec ce que tu portes en toi ? Ne la laisse pas gagner, viens dans ce lit avec moi.

Le loup-garou hésita, mais finit par se laisser convaincre par l'insistance d'Yseult. Il ne se rendormit pourtant pas, et resta les yeux ouverts dans le noir. Les souvenirs du cachot de Morrigane revenaient en force, et seule la douceur du corps d'Yseult contre le sien l'ancrait dans la réalité…

Lorsqu'Aymeric et Yseult arrivèrent en Avalon, la Dame du Lac les y attendait. Il y eut un rapide échange de regards entre Yseult, Ailis et Ysolda, puis la guérisseuse retourna sur la Terre des hommes tandis que le couple emboîtait le pas à Ysolda. Yseult glissa sa main dans celle d'Aymeric, qui entrelaça ses doigts aux siens.

La Dame du Lac les conduisit jusqu'à une maison située au cœur d'une clairière. Elle ne ressemblait en rien à celle de Morrigane, mais lorsqu'Ysolda ouvrit la porte, Aymeric vit tout de suite l'ouverture du cachot, copie conforme de celui de la sorcière. Il se crispa tandis que la souveraine d'Avalon prenait la parole :

— Je vais arrêter le temps autour de cette maison. Vous ne sentirez ni la faim, ni la soif, ni la fatigue. Bien que ce qu'elle t'a fait n'ait rien de magique, et que ta guérison ne passe pas non plus par la magie, elle peut vous aider en vous permettant de ne vous concentrer que sur votre lutte.

— Tu peux faire en sorte qu'elle sache à quel moment elle perdra toute emprise sur lui ?

— Tu sauras libérer la magie sauvage le moment venu. Et la magie saura trouver Morrigane, où qu'elle soit.

Yseult se tourna vers Aymeric et se hissa sur la pointe des pieds pour poser un baiser sur ses lèvres.

— Tu es prêt ?

— Allons-y.

Ils ne s'aperçurent pas qu'Ysolda avait quitté les lieux. Le cœur battant à grands coups, Yseult ouvrit la porte et entra dans le cachot, suivie par le loup-garou. Elle serra les poings en découvrant les chaînes et les fouets répartis dans la pièce. Derrière elle, Aymeric commençait à retirer ses vêtements. Il eut un sourire triste lorsqu'Yseult se retourna.

— Elle commençait toujours par me faire me déshabiller…

— Oh… Et ensuite ?

D'un geste du menton, Aymeric désigna les chaînes qui pendaient du plafond.

— Pour me livrer à…

— Ça va, j'ai compris l'idée générale ! Garde à l'esprit que je n'aime pas certaines des choses que je vais faire. Je veux que tu y penses tout le temps, d'accord ?

Aymeric se contenta d'acquiescer en silence. D'une main qui s'efforçait de ne pas trembler, Yseult attacha les fers autour des poignets de son amant et commença à tirer sur les chaînes.

— Elle serrait plus fort et elle tirait plus haut, à la limite de me disloquer les épaules, fit doucement

Aymeric tandis qu'elle attachait l'extrémité des chaînes à un anneau encastré dans le mur.

— Elle oui, moi non.

Le loup-garou eut un geste de recul en constatant qu'Yseult s'approchait avec un bandeau dans les mains.

— Qu'est-ce que… ? commença-t-il.

— Tu dois me reconnaître avec ton cœur, pas avec tes yeux ni avec ton odorat. Durant toute cette… opération, Ysolda musèlera l'odorat du loup, il ne te restera que celui de l'homme. Et ceci suffira pour masquer ta vue. Je t'ai dit que je devrai faire des choses que je n'aimerai pas.

Aymeric hésita, puis céda et ferma les yeux.

— Très bien, vas-y.

Yseult passa derrière lui et noua le bandeau tout en murmurant.

— Je t'aime. Ne l'oublie pas, je t'aime, et ce que je fais, je le fais pour nous.

Il n'eut pas la force de répondre. Se retrouver ainsi, nu et sans défense, avait fait affluer les souvenirs, et lorsque la main de sa compagne se posa au creux de ses reins, il eut un violent mouvement de rejet. Mais elle ne se laissa pas décourager et revint à la charge, caressant son corps offert avec toute la douceur dont elle était capable. Elle avait impitoyablement muselé sa peine dans un coin de son cœur, et se concentrait sur une seule chose :

refermer la porte sur huit années de tourments subis par le lieutenant de la meute de Chânais.

Dans l'esprit d'Aymeric, tout se mélangeait. Il revivait en force d'autres attouchements subis contre son gré, mais contre lesquels il ne pouvait se défendre, des mains qui exploraient son corps sans hésiter à le brutaliser, jusqu'à le faire saigner. Cela commençait toujours doucement, par des effleurements sur ses parties intimes, car le grand rêve de Morrigane aurait été de le voir manifester de lui-même du désir, mais jamais il n'avait réagi, et au bout d'un temps plus ou moins long, les sévices commençaient, la sorcière faisant appel à la magie pour le forcer à éprouver l'envie d'elle qu'il lui refusait. Aussi se raidissait-il lorsque les doigts et la langue d'Yseult se posaient sur lui, certain qu'une punition allait suivre. Pourtant, une autre partie de son cerveau lui soufflait que ces caresses-là n'avaient rien à voir avec les autres, qu'elles étaient prodiguées avec amour et tendresse, dans le seul but de lui faire plaisir. Il gémit lorsque sa langue titilla son sexe, puis s'en voulut d'avoir réagi, puis gémit encore alors qu'elle insistait. Ils avaient tous deux perdu la notion du temps, il aurait pu s'être écoulé une heure, un jour ou une semaine, peu importait. Seules comptaient les sensations, celles qu'il éprouvait, celles qu'elle s'efforçait de faire naître en lui, celles qu'elle s'efforçait de faire disparaître de sa mémoire.

Et puis soudain il s'abandonna. Ce qu'il éprouvait était trop exquis, ce ne pouvait être le fruit du mal et de la perversion. Le loup et l'homme relâchèrent leur méfiance, il renversa la tête en arrière, haletant de plaisir tandis qu'elle le prenait dans sa bouche, suçant, agaçant, mordillant. Il jouit dans un long râle, se tendant dans les chaînes qui le retenaient et un nom lui vint à l'esprit : « Yseult… »

Devant lui la jeune femme se releva, le libéra de ses chaînes et de son bandeau. Il la serra contre lui, enfouissant son visage dans la masse de ses cheveux.

— J'aimerais pouvoir te dire que c'est fini, mais il y a encore des ombres autour de toi, murmura-t-elle en répondant à son étreinte.

— Je sais, répondit-il sur le même ton, oh oui, je sais.

De lui-même, il s'allongea sur la table située au centre de la pièce. Des larmes brillaient dans les yeux d'Yseult lorsqu'elle fixa les fers à ses poignets et ses chevilles, le ligotant jambes et bras écartés, puis lorsqu'elle saisit un petit fouet à multiples lanières et le posa sur son ventre nu. L'une d'elles s'écrasa à côté de l'instrument de torture lorsque la respiration d'Aymeric s'accéléra et pour la millionième fois au moins, elle se promit de tuer Morrigane lentement, très très lentement, pour lui faire payer au centuple les souffrances subies par son compagnon. Elle s'essuya rageusement les yeux avant de remettre le bandeau sur ceux d'Aymeric et de saisir le fouet. Le loup-garou prépara son corps à la douleur lorsque les lanières glissèrent sur lui, mais rien ne vint. Yseult se servait du fouet pour le caresser, et lorsque sa main se mêla aux courroies de cuir, il ressentit un plaisir trouble combattre sa crainte du châtiment. À nouveau il se perdait dans ses sentiments, à nouveau le temps s'écoulait sans s'écouler, à nouveau la haine le disputait à l'amour.

Et à nouveau son cœur réagit, faisant taire sa raison. Il sentit son sexe se dresser, avide de plus que de simples frôlements, et puis soudain il se retrouva à l'intérieur d'un corps chaud et accueillant, un corps taillé à ses mesures, où il trouva naturellement sa place. Les mains qui se posaient sur sa poitrine étaient douces et tendres, ne griffaient pas, ne pinçaient pas, mais au contraire faisaient naître des ondes de plaisir en excitant ses mamelons tandis qu'il allait et venait dans cet endroit si délicieux où son sexe s'était niché. La vague les emporta en même temps là où vont tous les amants du monde lorsqu'ils s'aiment, et le même nom revint dans son âme : « Yseult… »

Elle prit le temps de sécher ses joues avant de le délivrer, afin qu'il ne sache pas qu'elle avait pleuré en promenant le fouet sur lui, si bien qu'il ne vit d'elle que son sourire. Il leva la main pour la poser sur sa joue et sourit à son tour en saisissant le fouet.

— Je n'aurais jamais cru pouvoir oublier ça un jour, ni que ceci pouvait faire autre chose que frapper… Je t'ignorais aussi inventive dans la manière de s'en servir…

Elle rougit violemment tandis qu'il faisait glisser les lanières entre ses mains d'un air à la fois canaille et rêveur. Il rit tout bas devant sa gêne.

— Je crois que tu n'as pas fini de me surprendre…

— Arrête, tu veux ? Je ne voulais pas…

— Ne t'excuse pas ; c'était très agréable. Mais il reste encore une chose, une chose qu'elle m'obligeait à faire, à elle et à d'autres, une chose que je dois exorciser pour que tu n'aies pas à souffrir de mon passé.

Aymeric se tourna et croisa ses mains dans son dos.

— Attache-moi, et remets le bandeau.

Elle obéit. Lorsqu'elle eut fini, il s'agenouilla devant elle et posa ses lèvres sur sa toison bouclée. Sa langue s'insinua dans la fente de son sexe, cherchant l'endroit secret que si souvent il avait dû lécher pour satisfaire Morrigane, ses compagnes, et tellement d'autres après pour que le fouet d'Avalon soit clément. Combien de fois avait-il eu envie de mordre, de déchirer, il ne le savait plus, et cette fois encore il voulut blesser celle qui s'abandonnait à ses caresses, mais quelque chose de diffus le retint, un sentiment qu'il ne fallait pas, surtout pas faire de mal à la jeune femme dont il lapait la saveur sucrée. Il la sentait trembler de plaisir tandis que sa langue s'insinuait plus avant, fouillait, frôlait, déclenchant savamment orgasme après orgasme. Et puis tout à coup, le dernier barrage céda, il reconnut le goût de celle qu'il aimait ainsi, et ce fut en toute connaissance de cause qu'il poursuivit. Les chaînes qui liaient ses poignets cédèrent dès qu'il tira dessus, il plaqua ses mains sur les fesses d'Yseult, la tenant fermement tandis qu'une nouvelle vague de plaisir l'emportait. Il arracha le bandeau qui lui couvrait les yeux et la plaqua contre le mur, la pénétrant d'un coup en rugissant.

— Tu es mienne !

Elle l'accueillit en se cambrant, jambes nouées autour de sa taille. Leur union fut aussi brève qu'intense, et lorsqu'il la reposa sur le sol, Yseult libéra la magie sauvage qui bouillonnait en elle. À l'extérieur de la chaumière, Ysolda la reçut, la canalisa et la laissa filer à travers la terre d'Avalon. La flèche magique fusa droit vers son but et dans sa retraite, Morrigane hurla de rage en voyant l'image que lui envoyait sa rivale : elle serrée contre Aymeric, ses yeux bleus à l'éclat vainqueur plantés dans les siens, et le nom d'**Yseult** tatoué dans le dos de celui qu'elle avait en vain voulu soumettre.

*Il est à moi,* songea farouchement Yseult en la défiant, *tu as perdu à jamais toute emprise sur lui. Il est à moi, et il me donne de son plein gré ce que tu n'as jamais réussi à obtenir de lui !*

Puis elle coupa le contact, au moment où Aymeric fixait avec ébahissement les rubans qui enserraient ses poignets.

— Mais… Qu'est-ce que…

Puis il regarda autour de lui et son ahurissement s'agrandit lorsqu'il découvrit une chambre, un lit à baldaquin et tout un assortiment de rubans là où il avait vu des chaînes et des fouets.

— Qu'est-ce que… répéta-t-il avant de s'interrompre, à court de mots.

— Il n'y a jamais eu de cachot, lui expliqua doucement Yseult. Ce ne sont que tes souvenirs qui ont créé ce que tu voyais, et je n'ai rien fait d'autre que de t'attacher et te toucher avec des rubans de soie. Ysolda a utilisé une magie d'une très grande puissance.

Le loup-garou ne trouva rien à répondre tant sa stupéfaction était grande. Imitant sa compagne, il remit ses vêtements, puis tous deux regagnèrent la clairière où les attendait la Dame du Lac.

— Merci, dit simplement le jeune homme en s'inclinant devant elle.

— Je n’ai pas fait grand-chose, tu sais. La véritable magicienne, c’est ta compagne.

— Ysolda, intervint Yseult avant qu’Aymeric n’ait pu répondre. As-tu réussi à localiser Morrigane ?

— Non, hélas. Tu as envoyé une flèche d’une telle puissance que j’ai dû mobiliser toutes mes forces pour que la magie sauvage ne te consume pas.

— Peu importe. Je la retrouverai. Ça me prendra un jour, une semaine, un mois, un an, dix ans, un siècle ou un millénaire, mais je la retrouverai.

Un vent violent s’était levé pendant qu’Yseult parlait, un vent qui tournait autour de la clairière chargé d’une promesse de mort, un vent qui partit vers sa cible alors que retentissait un unique coup de tonnerre et qu’une lueur d’orage s’allumait dans les yeux clairs de la jeune femme et qu’elle grondait d’une voix glacée :

— Et je la tuerai.

# *Chapitre 19*

Un mois s'était écoulé depuis le petit voyage d'Aymeric et Yseult en Avalon. Comme promis à sa Dame, Duncan y était allé à son tour, laissant son second gérer la meute. Il était rentré depuis deux jours lorsqu'Yseult le rejoignit dans le salon, l'air préoccupé.

— Un problème ? s'enquit l'Alpha.

— En quelque sorte.

— Avec Aymeric ?

— Oui et non.

La jeune femme tortilla pensivement une mèche de ses longs cheveux avant de reprendre.

— Un de ces jours, il faudra bien que je présente Aymeric à mon oncle… C'est la seule famille qui me reste, et je ne peux pas juste disparaître comme ça. De toute façon, il remuerait ciel et terre pour me retrouver.

— Je vois. C'est quel genre d'homme ?

— Un historien un peu excentrique, dingue d'armes blanches, passionné par les légendes arthuriennes – eh oui ! – et l'esprit très ouvert.

— Tu préfères qu'on y aille ou qu'il vienne ici ?

— « On » ?

— Révéler notre existence à un humain n'est jamais une décision facile. C'est toujours l'Alpha qui s'en charge, et vu que c'est mon second qui est concerné, je ne peux pas lui laisser la meute, donc, oui, tout le monde se déplacera. Nous ne fonctionnons pas à 100 % comme une vraie meute de loups, mais il y a quand même beaucoup de similitudes. Alors, qu'est-ce que tu préfères ?

— Je préfère aller là-bas. D'autant plus que j'ai quelques comptes à y solder…

— Ton ex ? devina Duncan.

— Tout juste…

— Je crois qu'on va bien s'amuser…

Le sourire qu'arbora Yseult aurait fait honneur à l'ombrageuse Blodwyn…

Adam était tranquillement installé dans son fauteuil favori, un livre en main, lorsque la sonnerie de la porte d'entrée retentit. Il hésita un instant à répondre ; il n'attendait aucune visite et n'avait pas la moindre envie de parler à qui que ce soit. Comme l'importun insistait, il se leva en grommelant, l'œil noir et le cheveu en bataille, et ouvrit d'un geste brusque, tout en prenant une grande inspiration pour dire son fait au fâcheux.

Mais lorsqu'il découvrit ses visiteurs, deux motards grands et costauds, beaux comme des dieux – ou comme des démons ? –, l'un blond et l'autre aux cheveux de jais, qui encadraient la petite silhouette de sa nièce, il ne put que lâcher sur un ton incrédule, tout en continuant à détailler le physique impressionnant des arrivants et en notant leur ressemblance ainsi que l'étrange éclat vert de leurs yeux.

— Yseult ?

— Surprise ! Tu nous fais entrer ?

— Tu aurais dû prévenir…

— Les surprises, c'est plus amusant.

Adam ouvrit plus largement la porte puis les guida vers la bibliothèque, dévisageant sans aménité les deux jeunes gens qui accompagnaient sa nièce, trop beaux pour être honnêtes, et dont l'un d'eux tenait la main d'Yseult.

— Oncle Adam, je te présente Aymeric de Chânais, reprit-elle en désignant son compagnon. Et voici son cousin Duncan.

— De Chânais, hein ? Parents avec le duc du même nom, bien entendu ?

— Oui, acquiesça l'Alpha.

— Et toi, poursuivit Adam en se tournant vers Aymeric, tu sors avec mon Yseult ?

— Euh… oui, admit Aymeric, tout aussi surpris que Duncan par le tour pris par la conversation.

— Alors écoute-moi bien, jeune homme, reprit-il en se plantant devant Aymeric et en agitant le coupe-papier effilé qu'il venait de saisir sur le bureau encombré qui trônait dans la pièce. Je me fiche que tu sois plus grand et plus fort que moi, si tu fais du mal à mon Yseult, je te jure que je te découpe en rondelles avec ceci, tout loup-garou que tu sois !

Un troupeau d'éléphants en kilt passant au milieu du salon en jouant de la cornemuse n'aurait pas fait plus d'effet au trio qui fixait Adam d'un air totalement abasourdi. Il y avait bien longtemps que Duncan n'avait pas été pris au dépourvu par un être humain, et là, il venait de se faire surprendre dans les grandes largeurs.

— Mais comment tu sais ça ? s'exclama Yseult.

— Oh, quand tu m'as parlé de la légende des Meneurs attachée à la famille de Chânais, j'ai appelé quelques vieux amis et fait quelques petites recherches avec eux… Les loups-garous étaient la seule explication logique pour rassembler tout ce que j'ai découvert de-ci, de-là. Et rassurez-vous, aucun de mes amis ne le sait ; ils n'ont fait que me donner un ou deux éléments chacun.

— D'accord, admettons, fit Duncan. Reste que dans la tradition populaire, les loups-garous sont loin d'avoir bonne presse…

— Oui, populaire. Mais il existe d'autres sources qui ne disent pas la même chose, et disent plutôt qu'il en est des loups-garous comme des hommes… Vous devriez vous asseoir, tous les trois ; vous avez l'air un peu choqués…

— Oncle Adam, tu es impossible… ! rit Yseult avant d'ajouter en se tournant vers ses compagnons. Mon oncle a un chic particulier pour tirer des conclusions effarantes des éléments mis à sa disposition, mais il tombe toujours juste. Personne ne sait comment il fait ; il doit avoir un cerveau différent de celui du commun des mortels.

L'interpellé se contenta de sourire, l'air très satisfait de lui-même. Il se réinstalla sur son fauteuil, tandis que ses invités imprévus prenaient place sur le canapé. L'historien pointa son coupe-papier sur Aymeric.

— J'ai ta parole que tu prendras soin de mon Yseult ?

— Promis, juré, craché ! Je n'ai aucune intention de me faire découper en rondelles, surtout avec ce genre d'objets…

— Ça vaut mieux pour toi. Tu es là pour longtemps, ma belle ?

— Un petit moment, oui.

— Ta chambre est toujours prête. Et Duncan peut loger dans la chambre d'amis.

— Oncle Adam, toute la meute est là, en fait, et ça fait quelque chose comme une vingtaine de personnes.

— Ah oui, là, ça risque de poser un problème…

— Aymeric restera ici avec moi. Les autres logeront ailleurs.

— Bon, je vois que tout est déjà réglé. Mais j'aimerais quand même beaucoup faire connaissance avec les autres. Et si tout le monde venait dîner ici ce soir ?

— Crois-moi, avoir vingt loups-garous à table n'est pas une bonne idée ; ils te ruineraient. Ils dîneront d'abord et nous rejoindront ensuite.

— Alors en attendant, raconte-moi ce qui t'est arrivé depuis que tu as mis les pieds dans le fief des de Chânais.

— Pose d'abord ce coupe-papier.

— Pourquoi ? J'aurais des raisons de m'en servir ?

Yseult et Duncan ne purent s'empêcher de jeter un coup d'œil à Aymeric, qui eut une grimace gênée avant de se passer une main nerveuse dans les cheveux.

— C'est bon, j'assume.

— Tu assumes quoi ? grogna Adam.

— Mon passé. Mais c'est bel et bien du passé, maintenant, je vous en donne ma parole.

— Je ne sais pas ce que tu as fait dans ton passé, mais je ne te conseille pas de le refaire avec mon Yseult. Elle m'a déjà empêché une fois de désosser un crétin à la petite semaine, elle ne m'en empêchera pas deux !

— Attends au moins de connaître toute l'histoire avant de le condamner, plaida Yseult en refermant une main possessive tout autant que protectrice sur celle de son amant.

Relayée par ses compagnons, elle entreprit de narrer les semaines écoulées à son oncle. Le regard d'Adam s'assombrit lorsqu'elle évoqua brièvement le passé d'Aymeric, promettant les pires tourments au loup-garou s'il osait se comporter ainsi avec sa nièce. Aymeric lui adressa un sourire contrit en réponse et serra un peu plus fort Yseult contre lui. La jeune femme se laissa aller sans interrompre son récit. La seule chose qu'elle passa totalement sous silence fut ce qui s'était passé entre Aymeric et elle dans le cachot recréé par Ysolda.

— Quelle histoire… commenta Adam lorsqu'elle acheva son récit. Venant de quelqu'un d'autre que toi, je n'y aurais pas cru…

— J'ai parfois un peu de mal à y croire moi-même.

— Et Avalon… Dans mes rêves les plus fous, je n'aurais jamais pensé qu'elle existait réellement, et encore moins que tu descendais des druidesses d'Avalon.

— Si ça se trouve, toi aussi. Ysolda a l'intention de faire des recherches, mais je suppose qu'elle a bien d'autres choses à faire.

— En somme, il lui faudrait de l'aide…

Le regard bleu d'Adam pétillait. Il avait beau approcher de la soixantaine, ses incessantes campagnes de fouilles l'avaient maintenu en forme, et il en faisait facilement dix de moins. Ses cheveux châtains toujours en bataille contribuaient à renforcer cette impression.

— Toi, je te vois venir… s'amusa Yseult.

Le sourire de son oncle s'accentua. Il s'apprêtait à répondre lorsque Duncan, qui avait compris, le devança.

— Oui, je pense qu'Ysolda serait ravie d'avoir l'aide d'un historien pour mettre un peu d'ordre dans ses archives et discipliner son équipe de bibliothécaires.

— Parfait ! se réjouit le vieil homme en se frottant les mains avec satisfaction. L'affaire est entendue !

Duncan éclata de rire en se tournant vers Yseult.

— Tu sais quoi ? Il me plaît bien, ton oncle !

— Je t'avais dit qu'on pourrait lui dire.

— En effet. Je retourne avec les autres ; on se retrouvera ici après dîner.

Adam raccompagna le loup-garou, puis rejoignit Aymeric et Yseult dans son bureau. Le premier chuchotait quelque chose à l'oreille de la seconde tout en jouant avec ses longs cheveux, un sourire enjôleur aux lèvres. Yseult riait en l'écoutant, et ce son lui fit chaud au cœur. Il était clair qu'elle aimait son compagnon, et qu'il la rendait heureuse.

Tout au moins pour l'instant…

— Je vais prendre une douche, annonça soudain la jeune femme. Je peux compter sur vous pour être sages en attendant ?

— Euh… oui, fit Aymeric, étonné. Pourquoi on ne serait pas sages ?

Yseult enveloppa son amant et son oncle d'un long regard pensif, puis se retourna et gravit les escaliers menant à l'étage sans dire un mot, à la grande surprise d'Aymeric.

Elle était à peine hors de vue qu'un poignard siffla aux oreilles du loup-garou, se plantant dans le mur juste derrière lui, tandis qu'une mèche de ses cheveux voltigeait au sol. Le corps tendu, prêt à l'attaque, il se retourna pour affronter son agresseur et se retrouva face à Adam qui le fixait d'un regard dur, un éventail d'armes blanches dans une main. L'archéologue prit la parole le premier, articulant d'une voix lente et lourde de menaces.

— Il est temps que nous ayons une petite discussion, toi et moi…

— Une… discussion ?

— Tu es plus âgé et plus fort que moi, ça je le sais, mais je ne suis pas mauvais au lancer du couteau, comme tu as pu le constater, et quand je te vois, je ne vois pas un homme âgé de plus de cinq siècles, mais un jeune blanc-bec qui tourne autour de mon Yseult, et à ce titre, j'ai deux ou trois mots à te dire.

Aymeric ne put retenir le sourire qui lui monta aux lèvres. Il sentait grandir en lui un respect sincère pour son vis-à-vis. Il avait déjà croisé des humains au courant de sa nature réelle, et aucun d'eux n'avait eu le courage de lui tenir tête. Alors le provoquer comme le faisait cet homme qu'il pourrait tuer d'une seule main… Le loup-garou passa les pouces dans les passants de la ceinture de son jean et s'appuya nonchalamment contre le mur.

— Très bien. Discutons. De ce que vous me reprochez, d'abord, et je suppose que ce n'est pas le fait que je sois capable de courir sur quatre pattes et d'aller hurler à la lune.

— En effet, il ne s'agit pas de ça. Il s'agit de ton attitude envers les femmes. Yseult a déjà donné, et cette fois, je ne me contenterai pas d'une photo.

Un autre poignard siffla dans les airs, pour aller déchirer un peu plus la photo de Charles punaisée au milieu du panneau en liège. Aymeric tourna légèrement la tête, et un éclair de rage pure passa dans ses yeux lorsqu'il reconnut le mannequin. Ses mains se crispèrent sur ses cuisses tandis qu'il luttait pour garder la maîtrise du loup qui grondait dans son esprit. La voix d'Adam le ramena à la réalité.

— Lui aussi, c'est un beau gosse. Comme toi. Et lui aussi les femmes lui tournent autour, alors après ce qui s'est passé, je ne te fais pas confiance. D'autant plus que ton passé ne plaide pas pour toi.

— Je suppose que je le mérite.

Le visage du loup-garou avait pris une expression amère. Une fois encore, il allait devoir boire la coupe jusqu'à la lie…

— Je pourrais sans doute me chercher des excuses, reprit-il. Dire que mon éducation et l'époque dans laquelle j'ai grandi y sont pour quelque chose, mais ce serait lâche, et si j'ai des défauts, je ne suis pas un lâche. Oui, je me suis conduit de manière odieuse avec les femmes, je le reconnais, mais j'en ai payé le prix, et je n'ai aucunement l'intention de recommencer ni de regarder une autre qu'Yseult. Elle est toute ma vie, je ferais et subirais n'importe quoi juste pour un regard d'elle.

Adam hésita. Son interlocuteur avait l'air sincère, mais après l'épisode Charles, il avait du mal à refaire confiance à un homme au physique aussi ravageur que celui d'Aymeric. Il poussa un profond soupir, puis posa ses armes sur le bureau avant de saisir une poignée de magazines et de les jeter au loup-garou, qui ne dut qu'à ses réflexes de les rattraper.

— Lis, grogna-t-il.

Surpris, Aymeric ouvrit le premier tabloïd… et y découvrit une photo d'Yseult, son Yseult, les cheveux emmêlés, l'air hagard, ainsi qu'un article où Charles expliquait d'un air affligé qu'elle était malade, qu'il avait tout fait pour la soigner, mais qu'à présent il n'en pouvait plus, qu'elle était devenue un fardeau trop lourd à porter, et qu'il se voyait contraint de la quitter.

Le loup rugit dans son cœur tandis qu'il ouvrait violemment un autre magazine, puis un autre encore, et que chaque fois il découvrait de nouvelles photos, un nouvel article, qui tous faisaient passer son âme sœur pour une folle hystérique et persécutrice. La voix d'Adam lui parvint assourdie comme s'il était enveloppé dans du coton.

— Les photos sont trafiquées, bien sûr. Ces porcs n'ont reculé devant rien pour la salir !

Une patte griffue s'abattit brusquement sur la photo du mannequin accrochée au mur et la lacéra si profondément que le plâtre en dessous s'effrita.

— Il payera, gronda le loup-garou d'une voix qui n'était plus tout à fait humaine. J'en fais le serment, il payera pour avoir osé s'en prendre à elle !

Aymeric tremblait de rage. Un loup moins puissant que lui aurait sans aucun doute perdu le contrôle, mais il parvint à juguler sa partie animale et à empêcher la métamorphose. Il chiffonna rageusement les magazines et les jeta sur le bureau avant de refaire face à Adam.

— Je me suis conduit comme un salaud avec les femmes, c'est vrai, je le reconnais, mais jamais, vous m'entendez, jamais je n'ai agi ainsi ! Ce qu'il a fait, c'est… abject, méprisable… Détruire quelqu'un comme ça… Il souffrira pour ça, oh oui, il souffrira…

Il s'interrompit brusquement, ferma les yeux, puis poursuivit, son regard planté dans celui d'Adam.

— Et je ferai tout pour qu'Yseult oublie ce cauchemar, quel qu'en soit le prix pour moi. Je l'aime plus que ma vie.

Un bruit de pas dans les escaliers interrompit leur conversation. Sans se concerter, Aymeric et Adam entreprirent de faire disparaître les restes des magazines, et lorsque la jeune femme les rejoignit, la seule chose qui trahissait la violence de la discussion qui avait eu lieu dans la pièce était le mur abîmé. Et bien entendu, Yseult le remarqua aussitôt.

— Vous avez refait la déco ?

— Je crois que ton… compagnon n'a pas aimé la photo.

— Tu ne l'aimais pas non plus, tu n'arrêtais pas d'y planter des poignards.

— C'était une cible amusante.

— Je suis sûre que tu en trouveras une autre.

Tout en parlant, elle se coula contre Aymeric, qui passa aussitôt un bras possessif autour de sa taille et huma avec bonheur l'odeur de citron et d'orange de ses cheveux. Le calme revenait peu à peu en lui lorsqu'Yseult reprit la parole.

— Alors, vous avez eu le temps de discuter, tous les deux… ?

— Discuter ? répéta innocemment l'archéologue.

— Oncle Adam…

— Je lui ai juste dit que s'il te faisait du mal, je le tuais, loup-garou ou pas loup-garou.

— Tu nous laisses une minute ?

Ces derniers mots s'adressaient à Aymeric, qui hésita un instant, puis s'inclina et grimpa à l'étage, se fiant à son odorat pour trouver la chambre d'Yseult. La jeune femme ferma doucement la porte du bureau avant de se laisser tomber dans son fauteuil favori.

— Oncle Adam, il n'est pas comme… l'autre. Il a vraiment beaucoup, beaucoup souffert, et quoi qu'il ait fait, il en a été cruellement puni. Je n'ai pas pu tout te dire, c'est trop dur pour lui d'en parler. Il a subi des humiliations terribles, tu sais, du genre de celles qui peuvent détruire un homme.

— Je ne te demande pas de détails, ma chérie. On voit bien qu'il a souffert. Mais on voit aussi qu'il est violent, incontrôlable et qu'il a le sang chaud.

— Il est aussi tendre, attentionné et prévenant. Et il réparera ton mur.

Yseult sauta soudain sur ses pieds, embrassa son oncle sur la joue et lui sourit avant de quitter le bureau.

— Je vais le rejoindre. Il a besoin de moi.

— Comment sais-tu que… ?

— Il y a un lien entre nous, tu sais. Un vrai lien, et là, je le sens malheureux.

Sans plus attendre, la jeune femme gravit les escaliers quatre à quatre et entra dans sa chambre. Allongé sur son lit, mains croisées sous la nuque, Aymeric regardait le plafond sans le voir. Elle se glissa à ses côtés et posa la main sur son torse, jouant avec les boutons de sa chemise.

— Dis-moi ce qui ne va pas.

— Ton oncle ne me fait pas confiance. Je le comprends, mais… ça fait mal. C'est comme si mon passé m'interdisait la rédemption.

— Mon oncle s'inquiète pour moi. C'est normal, c'est mon oncle. Il n'est pas commode, c'est ce qui a fait de lui un archéologue célèbre.

— Et toi ?

— Quoi, moi ?

— Mon passé…

Elle se redressa sur un coude pour le regarder dans les yeux.

— Chuuuuuuuuut… Je t'aime, toi, tout entier, avec ton passé.

— Tu es trop bien pour moi, tu sais. Beaucoup trop bien pour moi.

— Je t'interdis de dire des choses comme ça !

— C'est la vé…

Aymeric ne put jamais terminer sa phrase, Yseult ayant trouvé que l'embrasser était le plus sûr moyen de le faire taire. Il ne résista pas lorsqu'elle passa la main sous la ceinture de son jean et la referma sur son sexe durci, tout en lui murmurant quelques mots à l'oreille.

— Tu vois, je ne suis pas du tout une fille bien… Une fille bien ne met pas la main dans le pantalon d'un homme pour voir ce qu'il y cache, et ne fait pas ce que je suis en train de faire… Non, tu ne bouges pas, tu te laisses faire !

Aymeric obéit et se laissa aller aux caresses de sa compagne, jusqu'à ce que son corps s'arque sur le lit et que son sperme jaillisse sur sa chemise, encore et encore.

— Tu vas… me tuer, haleta-t-il.

— J'adore te tuer comme ça.

Lorsqu'ils redescendirent, une heure plus tard, Aymeric était torse nu. Sa chemise tachée trempait dans le lavabo de la salle de bains d'Yseult. Adam leva un sourcil moqueur en voyant les griffures qu'il arborait dans le dos.

— Jolies décorations… Ça va bien avec ton tatouage.

— L'ennui, c'est que je ne les garderai pas. Dommage. J'aime bien quand elle me marque comme étant à elle.

— Qu'est-ce qu'on mange ? lança Yseult en soulevant le couvercle d'une casserole.

— Pâtes à la carbonara. Avec une côte de bœuf en plus pour ton loup à deux pattes.

— Tu vois, je t'avais dit qu'il t'aimait bien, rit la jeune femme en se tournant vers Aymeric. Sinon, il ne serait pas fatigué à cuisiner pour toi. N'est-ce pas que tu l'aimes bien, oncle Adam… ?

— Tant qu'il est correct avec toi… bougonna l'archéologue, peu disposé à reconnaître qu'au fond, il appréciait le loup-garou.

Pas dupe, la jeune femme se contenta de sourire tout en mettant la table. Comme de bien entendu, Aymeric prit place à ses côtés, et Adam dut bien s'avouer que sa cuisine paraissait soudain plus petite avec le jeune homme à l'intérieur. Et lorsqu'il entama sa viande très saignante, il eut un instant l'impression de voir le loup affleurer sous l'homme, même si les deux avaient un côté sauvage passablement effrayant. L'archéologue réprima un soupir, pas vraiment rassuré de savoir sa nièce en une compagnie au fond aussi inquiétante, mais il connaissait la lueur tendre qui brillait dans les yeux d'Yseult. Elle avait eu la même pour Charles, avant que tout ne dérape. Enfin, non, pas vraiment la même ; elle avait aimé le mannequin, certes, mais clairement pas autant qu'elle aimait Aymeric. Il remarqua qu'elle ne manquait pas une occasion de le toucher, même si ce n'était que pour l'effleurer, et il nota aussi qu'il agissait de même avec elle. Il ne pouvait pas nier qu'ils formaient un beau couple, un très beau couple, même…

— Youhou, oncle Adam, tu es avec nous ? lança soudain Yseult.

— Quoi ? Euh… oui, oui, je suis là. Il reste des pâtes ?

— Je crains que non, avoua Aymeric avec un sourire contrit.

Adam fixa le loup-garou d'un œil effaré tandis qu'Yseult éclatait de rire.

— Je t'avais prévenu, oncle Adam ! Les loups-garous, mieux vaut les avoir en peinture qu'en pension !

Le carillon de la porte d'entrée interrompit la discussion. Prévenu par le lien de la meute, Aymeric se leva le premier.

— C'est Duncan et les autres.

Abasourdi, Adam le vit se diriger vers le hall à une vitesse que n'aurait atteinte aucun humain.

— Qu'est-ce qui lui prend ? s'effara-t-il en se tournant vers Yseult.

— C'est un loup, tu sais. Il n'aime pas être trop longtemps loin de la meute, surtout après ce qu'il a vécu avec Morrigane.

— Ce n'est pas trop dur de gérer ça ?

— Son côté loup ? Non. C'est surprenant au début, puis on s'y fait. Et puis au moins, je suis sûre de ne jamais m'ennuyer ! Viens, je vais te présenter les autres.

Adam et Yseult rejoignirent Aymeric, qui était sorti dans le jardin et se tenait au milieu de la meute, aux côtés de Duncan et Aloys. Adam s'arrêta un instant pour observer la vingtaine de jeunes gens entassés sur sa pelouse. Il nota tout d'un simple coup d'œil : leur physique avantageux, leur évidente complicité, leur apparente jeunesse, et surtout, la subtile aura de danger qu'ils dégageaient.

L'Alpha finit par s'apercevoir de leur présence et fendit les rangs de la meute pour les rejoindre.

— On a amené le dessert.

— Et aussi les fringues du beau ténébreux ! cria une voix goguenarde. Ça lui évitera de se balader à moitié à poil devant sa belle-famille.

— La ferme, Aloys ! riposta l'interpellé tout en bataillant pour ouvrir le sac que son cousin venait de lui fourrer dans les bras et en extraire un tee-shirt qu'il enfila aussitôt.

— Fais pas ton grand méchant loup, lui glissa Faolan en passant à côté de lui.

— Ou tu vas perdre des points auprès de tonton, ajouta Ciaran en imitant son jumeau.

Ce faisant, les deux frères bousculèrent « accidentellement » le lieutenant de la meute, l'obligeant à lâcher son sac, dont le contenu se répandit sur le sol.

— Vous me paierez ça, les frangins ! aboya Aymeric, exaspéré.

— Quel caractère, vraiment… soupira Faolan d'un air faussement désolé.

— Tu es sûr que tu veux montrer cette image de toi au tonton de ta belle… ? renchérit Ciaran.

Les jumeaux ne comprirent pas précisément ce qui s'était passé, mais soudain ils se retrouvèrent plaqués au sol. Un genou à terre, Aymeric était positionné entre eux et les immobilisait tous les deux en même temps, sa main droite plaquée sur la gorge de Ciaran, et la gauche sur celle de Faolan.

— Et comme ça, reprit-il d'un ton suave. Je lui montre que je suis parfaitement capable de défendre sa nièce contre les andouilles maladroites à la langue trop bien pendue… Quelque chose à ajouter, les jumeaux… ?

— Si tu le prends comme ça, non, croassa Faolan d'une voix étranglée.

— Ciaran ?

— Mon frangin a raison.

— Eh ben voilà… Alors maintenant, vous ramassez le contenu de mon sac, vous me le rangez bien proprement et vous me l'apportez, comme deux bons petits loups que vous êtes. Compris ?

— Compris, affirmèrent les jumeaux d'une seule voix.

Aymeric se redressa souplement et rejoignit Yseult, tandis qu'Aloys questionnait Ciaran et Faolan d'un air affligé.

— Depuis le temps que vous le connaissez, vous pensiez vraiment qu'il allait laisser passer ça ?

— Ça te va bien de dire ça, toi, grommela Faolan. Tu passes ton temps à l'asticoter et vous vous battez au moins une fois par semaine.

— Oui, mais moi, je suis son cousin, et si on restait plus d'une semaine sans se battre, vous croiriez qu'on est malades.

Pendant ce temps, Duncan expliquait à un Adam interloqué par la tournure prise par les évènements.

— Ce n'est pas évident comme ça, je le reconnais, mais ce n'est qu'un jeu, vous savez. La hiérarchie de la meute est bien établie, à présent, il n'y a plus de véritable défi depuis longtemps, mais de par notre nature, les bagarres de ce genre sont fréquentes. Ça ne va jamais bien loin, au pire une bonne raclée qui remet les pendules à l'heure. Parfois, c'est moi qui la file, la raclée, surtout avec ces deux-là.

Aymeric et Aloys eurent la bonne grâce de paraître vaguement penauds lorsque l'Alpha prononça cette dernière phrase en les désignant d'un geste de la main. L'archéologue enfonça les poings dans la poche de son pantalon avant de s'adresser à sa nièce.

— Tu as quand même de drôles d'amis, tu sais… Mais j'avoue qu'ils me semblent tout à fait capables de rendre la vie intéressante ! Bon, on va se le prendre, ce dessert ?

Quelques minutes plus tard, Adam et ses invités s'entassaient dans le salon, qui devint brusquement un peu étriqué. Vu qu'il n'y avait pas assez de chaises ni de fauteuils, une bonne partie de la meute s'installa par terre. Adam remarqua cependant que les meilleures places avaient été tout naturellement réservées aux filles, puis, dans l'ordre, à Duncan et Aymeric. Et aussi qu'Aloys s'était assis au pied du fauteuil de son cousin. Les jumeaux se chargèrent de faire le service tandis que leur hôte pantois comptait les cartons de pâtisserie qui s'entassaient sur la table

— La réponse est « oui, les loups-garous mangent toujours autant », le renseigna Duncan tout en s'attaquant à la moitié de tarte au fromage qu'il avait dans son assiette. Nous avons un métabolisme extrêmement élevé, et les métamorphoses nécessitent beaucoup d'énergie.

— C'est… douloureux ?

— La métamorphose ? Non, pas du tout. La première est la seule à être dangereuse, car il faut accepter de laisser le loup prendre le contrôle. Ce n'est jamais simple. Certains en meurent Étrangement, ce sont toujours des hommes. Les choses semblent plus faciles pour les femmes, elles acceptent plus facilement la louve. Si Yseult choisit de devenir comme nous, tout se passera bien.

— Tu lis dans les pensées ?

— Non. Mais j'ai plus de huit cents ans, et une certaine expérience de la vie.

— On ne dirait pas, en te voyant. C'est… déstabilisant.

— Je comprends. Nous sommes habitués à être considérés comme ayant une vingtaine d'années, ne vous en faites pas. Et j'avoue que ça nous permet de bien nous amuser. Il suffit de voir les jumeaux ; c'est l'exemple même des éternels adolescents. Enfin, en apparence, car en réalité, ce sont des combattants redoutables, et ils sont d'une intelligence hors pair. En fait, ils adorent qu'on les sous-estime, ça leur permet de frapper plus fort ensuite.

— Pourquoi aussi peu de filles ?

— Elles ont plus de mal que les hommes à renoncer à la maternité. Les filles de la meute ont toutes de très forts caractères, elles ne voulaient pas se cantonner aux rôles réservés aux femmes à leur époque. Les louves sont très libres, dans notre monde. Tous les mâles de la meute plient devant elles, y compris Aymeric. Même moi j'hésite à les contrarier. Et elles adorent Yseult.

Adam jeta un coup d'œil à sa nièce, qui riait à une plaisanterie de Faolan, puis se tourna à nouveau vers Duncan.

— J'avoue que ça me fait plaisir de la voir rire à nouveau. Elle a l'air tellement épanouie, avec son Aymeric.

— Mais ?

— L'autre aussi disait l'aimer !

— Aymeric est lié à elle, et les loups liés sont fidèles. Il l'aime de toute son âme, et je plains celui ou celle qui chercherait à la blesser. Faites-lui confiance, Adam. Il a été ce qu'il a été, mais il a traversé l'enfer depuis, et il a changé.

L'archéologue ne répondit pas, cependant Duncan sentit que son opinion sur Aymeric n'était pas si défavorable qu'il voulait bien le faire croire. L'Alpha réprima un sourire lorsqu'il le vit se diriger vers les filles de la meute, certain qu'elles feraient sa conquête mieux que n'importe lequel des mâles du clan. La soirée se déroula joyeusement, au milieu des rires et des plaisanteries, et lorsque Duncan décida que l'heure était venue de lever le camp, Adam surprit tout le monde en gratifiant les filles d'un baisemain aussi théâtral que respectueux.

— Alors là, on est bon pour des siècles de mise en boîte… gémit Faolan à voix basse.

Comme pour lui donner raison, Blodwyn clama au même instant.

— Ça, c'est de la galanterie, au moins… ! Prenez-en de la graine, les garçons !

— Tiens, qu'est-ce que je disais… grommela Faolan.

Il ne vit pas que la brunette s'était approchée de lui à pas feutrés, et sursauta lorsqu'elle lui asséna une claque sur la nuque en susurrant.

— Toi surtout, mon loup…

— Mais pourquoi toujours moi, à la fin ?

— Pourquoi pas ? répliqua la louve en lui adressant un sourire angélique.

— Allez, ouste, les jeunes ! intervint Duncan. On file, maintenant ! À demain !

— À demain ! lui répondirent trois voix depuis le perron.

Lorsque l'archéologue referma la porte, la maison lui parut bien silencieuse et bien vide. Aymeric et Yseult étaient déjà partis vers la cuisine, et il les rejoignit en silence, songeant à l'étrange journée qu'il venait de passer. Il s'arrêta un instant à la porte, observant la jeune femme qui préparait un café et son compagnon qui la couvait d'un regard possessif et adorateur à la fois. Il ressentit presque physiquement la violence des sentiments qu'il éprouvait pour elle, et se dit que celui-là ne la laisserait pas tomber comme le précédent. Il se doutait bien qu'ils ne lui avaient pas tout raconté, mais il était assez philosophe pour accepter que certaines parties de la vie de sa nièce ne le concernent pas. Tout comme il lui paraissait évident qu'Aymeric avait traversé d'indicibles souffrances.

— Oncle Adam, tu prends racine ? lança soudain Yseult, le faisant tressaillir et le ramenant brutalement sur terre.

— Non, je vous regarde.

— Et ?

— Et je me dis que celui-là est au moins mille fois mieux que l'autre.

— Pas difficile, répondit sa nièce.

— Je ne sais pas trop comment je dois prendre ça, moi… intervint Aymeric, l'air chagrin.

— Tu es le meilleur, c'est tout, sourit Yseult en se dressant sur la pointe des pieds pour l'embrasser.

— Attends que je me sois occupé de ton ex, et tu verras à quel point je peux être bon.

— Tiens, tiens, tiens… Je payerais cher pour être là quand tu diras deux mots à ce petit enfoiré, fit Adam en évaluant d'un œil expert la stature du loup-garou tandis qu'un sourire carnassier fleurissait sur ses lèvres.

— Ça peut s'arranger sans problèmes.

— Tu vas me le dire, à la fin, ce que vous mijotez ? se fâcha Yseult.

— Non. Tu verras, tu me remercieras après, parce que tu vas vraiment, vraiment bien t'amuser.

— Et toi tu vas vraiment, vraiment dormir par terre !

— Ce ne sera pas la première fois que mon loup dormira par terre.

— Pour les six mois à venir. Au moins.

— Tu me ferais ça ? À moi qui t'aime et te vénère par-dessus tout, à moi qui donnerais ma vie sans hésiter pour seulement un sourire, un regard de toi ?

Tout en parlant, Aymeric avait pris la jeune femme dans ses bras et lui embrassait le cou et le visage. Elle essayait en vain de se dégager, mais il était bien plus fort qu'elle, et rien n'aurait pu lui faire desserrer l'étau de son étreinte, et pour ne pas arranger les choses, elle riait à perdre haleine.

— Alors ? Je suis pardonné ? murmura-t-il après un dernier baiser.

— Pour cette fois. Et si tu fais la vaisselle après le café.

— Oh, toi, tu fréquentes trop Blod…

— Je n'ai pas encore parlé de tablier à fleurs, que je sache.

Prudemment, Aymeric préféra battre en retraite et commença à entasser la vaisselle sale dans l'évier tandis qu'Yseult s'asseyait avec son café, imitée plus lentement par Adam, absolument ahuri de voir l'impressionnant loup-garou obéir à sa nièce si frêle et se charger de la vaisselle.

# *Chapitre 20*

Adam avait apprécié sa rencontre avec la meute. Malgré leurs plus ou moins nombreux siècles d'existence, les loups-garous ressemblaient souvent à une bande de jeunes gens aimant faire la fête et ne s'en privant pas, et on ne s'ennuyait pas une minute avec eux. Mis au courant de ce qu'ils projetaient pour rendre à Charles la monnaie de sa pièce, il n'avait pas eu besoin de beaucoup insister pour se retrouver dans l'une des voitures qui se dirigeaient vers la plus grande salle de réception de la ville. Une salle où se donnait une soirée privée réunissant tous les notables de la région, ainsi qu'un certain nombre d'invités triés sur le volet, par exemple les mannequins les plus en vue du moment. Une soirée comme celle où son Yseult avait été si cruellement repoussée par ce salopard de Charles… Une soirée à laquelle Duncan de Chânais n'avait eu aucun mal à se faire inviter avec les siens…

Dans la voiture de tête, Yseult tentait en vain de convaincre son amant de parler.

— Tu ne veux toujours rien me dire ?

— Non ! Je t'assure que la vengeance sera encore meilleure si tu ne sais pas à quoi t'attendre. Tu vas simplement entrer, te débrouiller pour qu'il te voie, et on se charge du reste. Enfin, moi, surtout.

— Ce que tu peux être têtu, quand même…

— On me le dit souvent, mais moins gentiment, en général.

Quelques instants plus tard, la procession de voitures se garait dans le parking devant la salle dans de grands crissements de freins. Lorsque les nouveaux arrivants descendirent, le danger descendit avec eux. Aymeric accompagna Yseult jusqu'à la porte et lui donna un dernier baiser en chuchotant.

— Vas-y. Tu es très belle, et si quelqu'un s'avise de dire le contraire, retiens bien son visage pour que je règle son cas après la réception. Ou pendant, c'est selon.

Les filles de la meute s'étaient occupées d'habiller la jeune femme, qui avait d'abord refusé tout net, puis avait fini par passer la petite robe noire moulante que Blodwyn avait choisie et qui lui allait à ravir. Par contre, rien n'avait pu la convaincre de mettre des chaussures à talon, et elle s'était contentée d'élégants escarpins fournis par Eanna. Ailis s'était chargée de la coiffer, relevant une partie de ses longs cheveux en un gracieux chignon entrelacé de fils argentés. Eryn l'avait maquillée avec légèreté, affirmant qu'elle n'avait en réalité besoin de rien pour rehausser sa beauté. Enfin, Aymeric lui avait offert une parure de bijoux en argent et onyx ; des boucles d'oreille, un collier et un bracelet.

Yseult inspira un grand coup puis franchit la porte. La salle était pleine à craquer, mais elle repéra tout de suite Charles. Vêtu d'un costume clair hors de prix, il pérorait devant une douzaine de filles en admiration devant lui. La jeune femme se permit un sourire ironique en songeant à ce que serait la réaction de ces écervelées lorsque les canons de la meute de Chânais entreraient dans la pièce. Car Charles lui paraissait soudain bien fade face au sex-appeal torride des loups-garous. Soudain, le sentiment d'infériorité qu'elle éprouvait depuis leur rupture glissa de ses épaules comme une chape de plomb, et elle se dirigea vers le buffet d'un pas assuré. Elle saisit une coupe de champagne d'un geste nonchalant, s'assurant que Charles la voyait et porta le verre à ses lèvres. Comme de bien entendu, il ne put résister au plaisir de venir la narguer.

— Yseult… lança l'arrivant d'une voix traînante soigneusement étudiée, je ne pensais pas te trouver ici…

— J'accompagne quelqu'un.

— Ah oui ? Tu as enfin trouvé chaussure à ton pied ? Quelqu'un capable de supporter ton hystérie et tes sautes d'humeur ? Alors, où est-il, le petit binoclard qui fait ton bonheur ?

Du coin de l'œil, Yseult aperçut la porte ouverte. Aymeric, suivi de la meute et de son oncle, venait de faire une entrée remarquée et le silence qui s'était installé dans la salle avait permis à son ouïe de loup-garou d'entendre la cruelle remarque de Charles. Avec les de Chânais était venue une ambiance de péril et de séduction ardente, curieusement encore renforcée par l'habillement tout à fait hors contexte des jeunes gens : jeans déchirés, bottes de motard, chemises largement ouvertes sur leur poitrine musclée pour les garçons et tee-shirt découvrant une épaule pour les filles. Les bracelets cloutés qu'ils portaient tous aux poignets n'étaient pas plus rassurants que les chaînes à lourds maillons ternies par d'étranges traces rouge foncé à marron qu'ils arboraient autour de leur taille.

— Il arrive, fit Yseult en étouffant son sourire dans son verre.

Charles se retourna lentement, et découvrit la haute silhouette qui se mouvait avec une grâce mortelle au milieu de la salle. Afin de lui laisser la vedette, les autres membres de la meute s'étaient répartis dans la pièce, bloquant au passage toutes les sorties. Tous les yeux étaient donc fixés sur l'athlète aux cheveux de jais, mais personne n'osait se mettre en travers de son chemin. Ses prunelles grises froides et dures balayaient l'assemblée, mettant quiconque au défi de s'interposer entre lui et sa destination. Les filles le dévoraient littéralement du regard, fascinées par les abdominaux en tablette de chocolat que laissait deviner sa chemise presque complètement déboutonnée et par ses fesses sublimes merveilleusement mises en valeur par son jean moulant. Toutes espéraient attirer son attention, mais il n'en regardait aucune. Ou plutôt si, il n'en regardait qu'une et plus d'une expression déçue apparut lorsqu'il s'arrêta devant Yseult et passa son bras autour de ses épaules... Charles, qui s'était instinctivement écarté lorsqu'il était arrivé près de lui, déglutit avec difficulté lorsque les yeux aux reflets verts du loup se posèrent sur lui.

— Comme tu peux le voir, le binoclard est arrivé.

Sa voix retentit comme un grondement à travers toute la salle. Charles se recroquevilla sur lui-même, incapable d'articuler le moindre mot. Mais Aymeric était loin d'en avoir fini avec lui, et il reprit d'une voix coupante comme un rasoir.

— Et le binoclard t'a entendu manquer de respect à sa dame, alors tu vas lui faire tout de suite des excuses, ou sinon…

— Ou sinon quoi ? osa riposter Charles d'une voix mal assurée.

D'un geste vif, Aymeric lui tordit le bras et le força à plier les genoux devant Yseult. Charles gémit de douleur sous la prise implacable du loup-garou. Ce dernier se pencha et lui glissa quelques mots à l'oreille.

— Ou sinon, je te coupe les couilles et je te les fais bouffer…

La froideur polaire de la voix du jeune homme glaça Charles plus que n'importe quelle menace. Sa vessie se relâcha brusquement, et à sa plus grande humiliation, une tache commença à se former sur le devant de son pantalon.

— J'attends… reprit Aymeric du même ton glacial.

— D'accord, d'accord !! Yseult, je… te présente mes excuses, je ne voulais pas… Pardon, pardon… !

— Bien… poursuivit son tortionnaire. Et maintenant, demande-lui pardon pour la façon dont tu t'es comporté avec elle. Je vais te lâcher, mais je te préviens que si tu te relèves sans mon autorisation, tu peux faire tes prières… C'est clair ?

— O… oui, oui, très clair.

— Parfait.

Aymeric relâcha sa prise et se redressa, balayant rapidement la foule du regard, mais tous baissèrent les yeux, incapables de l'affronter. Charles étouffa un sanglot en comprenant qu'il n'obtiendrait aucun soutien de qui que ce soit.

— J'attends… Encore une fois…

Charles tressaillit violemment. Il leva brièvement les yeux vers Yseult, qui arborait un sourire moqueur, mais les baissa aussitôt en constatant que son compagnon le fixait de ses étranges prunelles brillantes.

— Yseult… pardonne… pardonne-moi, balbutia-t-il. Je… je suis désolé…, je… je n'aurais pas dû te traiter comme je l'ai fait.

— Non, en effet, tu n'aurais pas dû, répondit la jeune femme. Viens, Aymeric, allons-nous-en. L'odeur qui règne ici m'insupporte.

— Tes désirs sont des ordres, ma princesse.

Au grand dam des filles présentes, il se pencha vers elle et posa un tendre baiser sur ses lèvres, puis passa un bras possessif autour de ses épaules et recula d'un bon mètre, laissant la place aux filles de la meute, qui encadraient Charles toujours à genoux, un sourire cruel aux lèvres.

— Monte sur la table, lança Blodwyn en débarrassant un espace d'un large geste du bras.

— Que… quoi ?

— Seigneur, en plus il est demeuré… J'ai dit « monte sur la table ». Et vite ; je suis encore moins patiente que le beau ténébreux d'Yseult.

Lequel beau ténébreux se fendit d'une courbette, sourire railleur aux lèvres, pendant que Charles s'exécutait maladroitement.

— Tourne-toi face à la salle, que tout le monde voie à quel point tu es courageux, reprit la petite louve. Et vite, sinon, on te met les fesses à l'air.

Des rires étouffés commençaient à se faire entendre dans l'assistance jusque-là médusée. Charles s'empourpra, mais quelque chose dans le ton de la jeune femme le convainquit d'obtempérer, et il se tourna lentement, offrant à toute la salle une vue imprenable sur la tache qui maculait son pantalon et le haut de ses cuisses. Blodwyn eut une moue insatisfaite et murmura deux mots qui faillirent arrêter le cœur de Charles.

— Pas assez…

Sans prévenir, elle saisit son pantalon à deux mains, tira, et les lambeaux de ce qui fut une moitié de costume très cher tombèrent sur les chevilles du mannequin, tandis qu'Ailis protestait d'une voix faussement réprobatrice.

— Blod, il y est monté, sur cette table…

— Quoi ? Il n'est pas à poil, que je sache ? Bon, toi, tiens ta chemise au-dessus de ton caleçon, que tout le monde puisse admirer. Voilà, comme ça… Tu vois, quand tu veux ! Et surtout, tu ne lâches pas, sinon…

Visible du seul Charles, un éclat vert traversa le regard de Blodwyn. Elle retroussa légèrement les lèvres, laissant apparaître des canines anormalement pointues, qui, il l'aurait juré, n'existaient pas la seconde d'avant, tandis qu'un grondement sourd sortait de la poitrine de l'inquiétante jeune femme. La frayeur qu'éprouva Charles lui fit à nouveau perdre le contrôle de ses fonctions naturelles, et à sa plus grande honte, un nouveau jet d'urine coula le long de ses jambes nues.

Les rieurs s'étaient faits plus nombreux et plus bruyants. Le caractère hautain et méprisant de Charles lui avait valu un nombre appréciable d'ennemis, qui se réjouissaient de sa déroute. Et puis au fond, pour une fois qu'il se passait quelque chose de *vraiment* intéressant à une de ces assommantes soirées…

Le regard d'Aymeric fit lentement le tour de la pièce, et un léger sourire naquit sur ses lèvres lorsqu'il constata que, conformément au plan prévu, ses compagnons s'étaient discrètement approchés de leurs cibles. Il raffermit sa prise sur les épaules d'Yseult, puis les inquiétantes prunelles du loup se fixèrent à nouveau sur Charles.

— Maintenant que tout le monde te voit, il est temps pour toi d'y aller de ton petit discours, il me semble…

— Mon… mon discours ? croassa le mannequin.

— Oui, ton discours. Celui où tu avoues devant tout le monde que tout ce que tu as raconté sur Yseult n'était que mensonges. Et n'oublie rien, sinon, je ne te promets pas de garder mon calme. Il paraît que j'ai tendance à devenir violent, quand je perds mon calme.

Sa vie en dépendait, et pourtant, Charles était parfaitement incapable d'articuler le moindre mot. Il ouvrit bien la bouche, mais pas un son n'en sortit, ce qui eut le don d'agacer prodigieusement Blodwyn.

— Tu sais quoi, blondinet ? Patience n'est pas mon deuxième prénom, et Yseult, c'est comme une sœur pour moi ! lança-t-elle en bondissant sur la table.

Dans le même mouvement, elle attrapa le mannequin par le col de sa veste et le précipita aux pieds d'Aymeric et Yseult. Empêtré par les restes de son pantalon, Charles ne parvint pas à amortir sa chute et s'écrasa littéralement par terre. Neutralisé par les de Chânais, le service d'ordre se garda bien d'intervenir. Ses employés avaient beau être costauds, ils ne faisaient pas le poids face à la meute.

Du sang se mit à couler du nez de Charles et d'une de ses arcades sourcilières fendues. Machinalement, il tenta de se relever, mais un pied s'abattit brusquement sur son dos, pas assez fort pour le renvoyer au sol, mais suffisamment lourd pour l'obliger à rester à quatre pattes. Vu que les bottes d'Aymeric et les escarpins d'Yseult étaient toujours dans son champ de vision, il se demanda qui le maintenait ainsi jusqu'à ce que la voix de Blodwyn claque à ses oreilles.

— Tu as retrouvé ta voix ou je te livre au beau ténébreux d'Yseult ?

— Pas… pas ça, pitié, pas ça… ! gémit sa victime, terrorisée.

— Donc je peux compter sur toi pour retourner d'où tu viens et avouer tes crimes ?

Le mannequin hocha frénétiquement la tête. Le poids sur son dos s'envola, et il se releva lentement, évitant de croiser le regard de qui que ce soit. Il dut s'y reprendre à deux fois pour remonter sur la table dans un silence de plomb, puis jeta un bref coup d'œil au couple debout au milieu de la salle, en particulier à Aymeric, qui le fixait avec la promesse de terribles représailles au fond des yeux. Il baissa précipitamment le regard, et ce fut en fixant ses chaussures qu'il parla.

— Je… J'ai… j'ai tout inventé… Tout ce que j'ai dit aux journaux, c'étaient… c'étaient des mensonges, pour… pour me venger parce qu'elle… parce qu'elle m'avait quitté. Là aussi, j'ai menti. C'est elle… c'est elle qui est partie, parce que je la trompais. C'est moi… c'est moi le seul fautif. Yseult n'a rien fait, elle n'est ni hystérique ni malade. J'ai dit tout ça… parce que je n'ai pas supporté qu'elle me plaque. Je suis… je suis désolé, Yseult, je… je te demande pardon. Je regrette…

— Oh ça oui, je te promets que tu vas le regretter… Et pour commencer, tu n'adresses pas la parole à Yseult, c'est clair ? Tu ne la regardes pas non plus, tu te contentes de t'aplatir devant elle, compris ?

Charles faillit tomber de la table en s'apercevant qu'Aymeric était devant lui. Le loup-garou avait bougé tellement silencieusement qu'il n'avait rien remarqué. À nouveau incapable d'articuler le moindre mot, il se contenta d'acquiescer avec empressement. Satisfait, Aymeric rejoignit sa compagne, qui venait de remarquer avec surprise que certains des membres de l'assistance s'étaient retrouvés encadrés par des mâles de la meute, qui étaient en train de les guider vers elle d'une poigne ferme. Ses yeux s'assombrirent lorsqu'elle reconnut les arrivants : il ne s'agissait ni plus ni moins que des journalistes qui avaient contribué à la salir dans la presse people.

Cependant, leur air paniqué contribua à la rasséréner. Il était clair que la meute ne les avait pas réunis pour les féliciter, et les premiers mots que son amant leur susurra à mi-voix, de façon à n'être audible que d'eux seuls, la confortèrent dans son opinion.

— Vous avez à présent largement de quoi rectifier vos fausses allégations. Débrouillez-vous comme vous voulez, ça m'est parfaitement égal, mais je veux que dès demain des démentis paraissent dans chacun des torchons pour lesquels vous travaillez, assortis bien entendu d'excuses officielles à Yseult. En plus de celles que vous allez lui présenter dans l'immédiat. Ah, et tâchez de peaufiner vos articles : ce seront les derniers que vous n'écrirez jamais, alors autant quitter le métier en beauté, pas vrai ? Des questions ?

Bien entendu, aucun d'entre eux n'osa contredire le loup-garou, ni ne mit en doute ses affirmations. Et ils ne songèrent pas une seule seconde à lui désobéir, tant son pouvoir d'intimidation était puissant.

Constatant que personne ne semblait disposé à partir, le reste de la meute abandonna sa garde des différentes issues et se mêla à la foule. Aloys rejoignit les filles.

— Allez-vous amuser un peu, je prends le relais.

La lueur qui brillait dans les yeux du cousin d'Aymeric fit sourire ses compagnes. Toujours aussi exubérante, Blodwyn lui planta un baiser sonore sur la joue.

— Il y a des moments où je t'adore…

— Argh, mon pauvre cœur… Parviendra-t-il à supporter une telle vénération… ?

— Je suis sûre que oui, répondit Ailis en imitant sa compagne.

Dès que les louves se furent éloignées, Aloys s'accouda nonchalamment à la table, et reprit à la seule adresse de Charles, sur un ton faussement badin.

— Tu as fait une grosse erreur en t'en prenant à la compagne de mon cousin, tu sais… Il est fou d'elle, complètement fou d'elle. Il est aussi violent, ombrageux, cruel et un tantinet psychopathe. Si tu veux survivre, un bon conseil : fais tout ce qu'il te dit à la seconde où il te le dit. Ou alors, achète-toi un cercueil. Ah, et si par hasard tu avais dans l'idée d'appeler ton avocat en sortant de là, sache qu'il n'a pas résisté à l'offre de Blod de prendre de longues vacances sur une île paradisiaque quelque part au soleil, et qu'il lui a cédé son cabinet… Pareil pour ton agent ; il a éprouvé un besoin urgent de s'en aller loin, très loin, et du coup… tu n'as plus d'agent. Tu remets Blod, je pense… ? ajouta-t-il avec un curieux petit rire amusé, comme devant une bonne blague qu'il était seul à comprendre, c'est la fille qui t'a aidé dans ton strip-tease…

Charles eut l'impression que ses jambes se dérobaient sous lui. Le type à ses côtés exsudait littéralement le danger et le terrifiait.

Pas autant toutefois que celui qui accompagnait Yseult ou que la petite brune qui avait baissé son pantalon…

— Alors ? demandait Aymeric à sa compagne pendant ce temps. Ça valait le coup d'attendre ?

— Oh, alors ça, c'est une soirée que je ne suis pas prête d'oublier… !

— J'aurais peut-être dû lui casser quelque chose, non ? Histoire de bien enfoncer le clou.

— Aymeric, il s'est pissé dessus en public et il a rampé à tes pieds… ! C'est mieux qu'un bras en morceaux, non ? Il va quand même falloir que tu perdes l'habitude de mettre en miettes tous les types qui me regardent…

— Il a fait plus que te regarder. Il t'a fait du mal. Il a de la chance d'être encore en vie. En d'autres temps, je lui aurais arraché la peau du dos à coups de fouet et j'aurais fait de lui ton esclave. Parfois, ça me manque, de ne plus être duc à mon époque.

Yseult se sentit fondre devant l'éclat tendre qui brillait dans le regard de son compagnon. Elle se hissa sur la pointe des pieds pour l'embrasser et soupira de plaisir quand elle sentit ses bras se refermer sur elle, l'enveloppant dans leur cocon protecteur. Ils échangèrent un long baiser, mais une pensée inquiétante vint tout à coup à l'esprit d'Yseult.

— Aymeric, comment la meute va gérer ça ?

— Gérer quoi ?

— Votre exposition de ce soir… Il y aura forcément des photos, des échanges sur Internet…

— Pas de panique. Rodhlann et Finnian sont des hackers de génie ; les photos de nous arrivées sur le Net seront automatiquement effacées. Ils ont créé un programme spécialement pour ça, une sorte de virus indétectable. Les portables ayant une durée de vie limitée, les photos à l'intérieur seront perdues bien avant que quelqu'un n'ait le temps de se demander pourquoi nous ne vieillissons pas. Sauf celles que Faolan et Ciaran ont prises, bien sûr, histoire qu'on garde un souvenir de la soirée. Je crois qu'Alaric et Aydan ont filmé, aussi. Et puis Kerwan est capable de dérégler tout ce qui est machine. Et en dernier recours, on fera ce qu'on fait toujours depuis que la révolution industrielle rend notre existence plus difficile à cacher : on ira se réfugier quelques dizaines d'années en Avalon avant de faire notre come-back.

— Vous restez vraiment si longtemps sans revenir dans notre monde ?

— Oh si, on y revient, histoire de savoir ce qui s'y passe, mais discrètement, pas comme en ce moment où nous sortons au grand jour. Notre… nature nous a rendus maîtres dans l'art de la dissimulation. Allez, ne pense plus à tout ça ; ce ne sont que des détails dont j'ai l'habitude de m'occuper. Savoure ton triomphe, et parie avec les autres pour savoir si Blod parviendra à le faire se pisser dessus encore une fois avant la fin de la soirée.

La nuit était bien avancée lorsque Duncan donna le signal du départ. Charles n'en pouvait plus de fatigue et d'humiliation, et pour couronner le tout, c'était à nouveau Blodwyn qui le surveillait, Blodwyn qui n'avait cessé de l'asticoter en laissant périodiquement sortir la louve, jusqu'à ce que sa victime s'oublie une troisième fois, lui permettant ainsi de gagner son pari, Blodwyn, qui, en posant son verre, accrocha « accidentellement » le caleçon de Charles et le lui arracha tout en lâchant entre ses dents serrées.

— Si tu bouges un poil tant que nous n'avons pas tous quitté cette pièce, je t'arrache les couilles, c'est clair ?

Au même instant, Aydan lança d'un air faussement réprobateur.

— Blod… ! Il s'était tenu tranquille… !

— Quoi ? J’ai glissé ; ça arrive à tout le monde, non ?

La jeune femme détailla Charles de haut en bas, comme si elle évaluait un morceau de viande, une moue dubitative aux lèvres. Puis elle se détourna en haussant les épaules, lâchant une dernière flèche de Parthe.

— De toute façon, c’est pas comme s’il y avait quelque chose à voir !

Un éclat de rire général salua sa repartie, et la meute quitta la salle, en compagnie d’un Adam qui souriait aux anges.

Charles avait vraiment très très mal dormi. Il n’avait cessé de ressasser la terrible honte de s’être uriné dessus devant le gratin de la ville et d’avoir été exposé à tous les regards, sans parler du fait de s’être retrouvé à genoux devant Yseult et d’avoir dû reconnaître publiquement ses forfaitures. Et puis son bras le faisait souffrir. La prise d’Aymeric avait été si brutale qu’il lui avait foulé le poignet. Il lui fallait pourtant se ressaisir, se doucher, s’habiller avec le plus grand soin et se rendre à la société de mannequins où il travaillait, afin de voir comment il allait pouvoir se tirer de ce désastre. Car aussi étonnant que cela puisse paraître, il restait persuadé qu’il réussirait à tirer son épingle du jeu une fois de plus.

Dès son arrivée, il comprit aux rires étouffés que tout le monde était au courant de la scène de la veille. Son arrogance lui avait valu plus d'ennemis que d'amis dans son travail… Il serra les dents pour masquer sa fureur, conscient qu'un éclat ne ferait que le ridiculiser davantage, et gagna son bureau sans adresser la parole à qui que ce soit. Il blêmit de rage en découvrant la photo grand format qui était scotchée sur la porte : lui debout sur la table, le pantalon aux chevilles, et serrant les pans de sa chemise entre ses mains. Furieux, il arracha le portrait et le déchira en tout petits morceaux qu'il jeta au sol avant de claquer violemment la porte derrière lui sous l'hilarité générale, les occupants des autres bureaux du couloir ayant miraculeusement tous des réunions avec de nombreux collègues dans le leur et ayant tous décidé de prendre une pause-café à ce moment précis.

Il faillit hurler de colère en découvrant un autre portrait derrière la porte : lui à genoux devant Yseult, maintenu au sol par la prise implacable du cinglé qui lui servait de petit ami… Comme le premier, ce portrait fut réduit en charpie et jeté par terre, puis le jeune homme se dirigea vers son bureau.

Où il découvrit une sélection de magazines le présentant comme un menteur et un fourbe, accro aux médicaments et à la cocaïne, qui n'hésitait pas à inventer des histoires sur ses rivaux afin de prendre leur place, et qui ne devait sa place de mannequin numéro un qu'à ses intrigues et non à son talent. Et par-dessus tout, une convocation très sèche dans les bureaux du nouveau manager de l'entreprise pour qu'il s'explique sur la teneur de ces articles.

— Cette fois, la coupe est pleine ! hurla-t-il en froissant rageusement le papier. Comme si j'étais responsable de ce qu'écrivent ces crétins de pseudo-journalistes ! Il va voir de quel bois je me chauffe, môssieur le nouveau ! Je suis le mannequin vedette de cette boîte, et il a intérêt à ne pas l'oublier !

Charles sortit en trombe de la pièce et se dirigea à grands pas vers les bureaux directoriaux. En le voyant arriver, la secrétaire pressa le bouton d'appel pour contacter leur occupant.

— Le voilà, monsieur. Et il est furieux.

— Parfait, lui répondit une voix froide.

Quelques secondes plus tard, Charles se plantait devant elle, l'œil noir et brandissant la convocation d'une main vengeresse.

— Je dois voir le patron au sujet de… de cette chose ! Tout de suite ! Et peu m'importe s'il est en réunion !

— Il vous attend, Charles, répondit la jeune femme d'une voix impassible, peu impressionnée par les éclats de la vedette de la société.

Sans prendre la peine de frapper, sans relever le fait que Béryl l'avait appelé par son prénom et non

« Monsieur Saint-Eve » comme elle en avait l'habitude, Charles entra en trombe dans la pièce…

… et faillit s'évanouir en reconnaissant le type de la veille appuyé sur le bureau, les pouces passés dans la ceinture de son jean, les jambes négligemment croisées, et une chemise noire largement ouverte sur son torse puissant…

— Oh mon Dieu… murmura-t-il en vacillant, toute sa colère oubliée. C'est… c'est un cauchemar… Pas toi… N'importe qui, mais pas toi…

— Ts, ts, ts, ça ne se fait pas, de tutoyer son patron, mon petit Charles… Car c'est ce que je suis vois-tu. Aymeric de Chânais, ton nouveau patron. Et si je t'ai fait venir, c'est pour discuter de ton avenir. Enfin, discuter… Tu vas écouter ce que j'ai à te dire, et toi, tu diras « oui, monsieur de Chânais », compris ?

Incapable d'articuler le moindre mot, Charles ne put qu'incliner la tête en signe d'assentiment. Ce fut alors qu'il remarqua Yseult, assise derrière le bureau directorial, un sourire moqueur aux lèvres.

— Au vu des circonstances, je pense que tu comprends très bien que tu ne peux plus garder ta place de numéro un, reprit Aymeric d'une voix détachée, mais comme je ne suis pas un monstre, je te trouverai quelque chose, histoire que tu ne te retrouves pas à la rue. Car il est évident que personne ne t'engagera avec un passif pareil…

— Mais je n'ai jamais pris aucune drogue ! Je…

— Tss… Tss… Tss… Qu'est-ce que je t'ai dit, tout à l'heure… ? Quels sont les seuls mots que tu aies le droit de prononcer… ?

Tout en parlant, Aymeric s'était approché du jeune homme pour lui glisser cette dernière phrase au creux de l'oreille. Charles se raidit, terrorisé, toute velléité de révolte envolée. Confusément, il sentait le prédateur sous le mince vernis civilisé qu'arborait son nouveau patron. Il se recroquevilla sur lui-même et articula d'une voix tremblante.

— Oui… oui, monsieur… monsieur de Chânais.

— Voilà qui est mieux… approuva Aymeric en se reculant de quelques pas. Tu es sous contrat encore pour les cinq années à venir, et durant ce laps de temps, je déciderai personnellement de ce que tu feras ou ne feras pas. N'essaie même pas de penser à le casser ; j'ai avec moi toute une équipe de talentueux juristes tout prêts à me rappeler les rares points de droit que j'aurais pu momentanément oublier. L'un d'eux est la charmante jeune femme qui t'a enlevé ton pantalon et ton caleçon hier.

Charles tressaillit violemment à la mention de Blodwyn, ce qui ne manqua pas d'arracher un sourire au couple, glacé chez Aymeric, moqueur chez Yseult.

— Je vois que tu te souviens d'elle… reprit le loup-garou. J'ai raison ?

— Oui, monsieur de Chânais, approuva son interlocuteur d'une voix étranglée, priant pour que sa vessie ne le trahisse pas une fois de plus.

— Ah oui, une dernière chose, la plus importante de toutes… Interdiction formelle de lever les yeux sur Yseult. Pour toi, ce sera « madame de Chânais », et si tu oses lui manquer un tant soit peu de respect, crois-moi, il t'arrivera pire que de te pisser dessus en public, c'est clair ?

— Oui… oui, monsieur de Chânais, murmura Charles, à moitié fou de peur.

Il ne souhaitait rien tant que sortir de cette pièce, et partir loin, très loin de la dangereuse présence d'Aymeric de Chânais, mais malheureusement, ce dernier en avait décidé autrement.

— Je vois que tu commences à apprendre… Nous allons nous rendre à ton bureau, maintenant. Je veux te voir le débarrasser pour laisser la place au nouveau numéro un de la société, puis tu te rendras comme tout le monde à la réunion générale du personnel. Allez, en route !

Charles dut faire appel à toute sa volonté pour retrouver l'usage de ses jambes, et sentir l'inquiétante présence de son nouveau patron juste dans son dos ne contribua pas à le rassurer tandis qu'il progressait dans les couloirs, lesquels se remplissaient comme par magie sur le passage du si séduisant directeur.

— Encore une qui te regarde comme ça et je ne réponds plus de rien, siffla Yseult entre ses dents tandis qu'une énième employée se mettait à son avantage sur leur passage.

— Je ne les regarde même pas.

— Tu as intérêt, sinon, je t'arrache les yeux, et elles, je les réduis en bouillie.

— J'aime ton côté sauvage, ma princesse…

Yseult allait répliquer, mais Aymeric la fit taire d'un baiser qui suscita bien des jalousies. Entre temps, ils étaient arrivés au futur ex-bureau de Charles, et le loup-garou reprit son rôle de directeur impitoyable.

— Où est passé le portrait que j'avais personnellement scotché sur cette porte ?

Le cœur de Charles rata plusieurs battements et il devint plus pâle qu'un mort. Déjà les yeux gris d'Aymeric se posaient sur les petits morceaux de papier qui jonchaient le sol.

— Serait-ce toi qui as fait ça ? lança-t-il d'un ton trop calme.

— Je… je… suis… désolé, monsieur de Chânais, vraiment désolé… Si j'avais su que…

— Tu comptais sur qui, pour ramasser ? le coupa son patron.

Parfaitement incapable d'articuler le moindre mot, Charles ouvrait et refermait la bouche comme un poisson hors de l'eau.

— Alors ? insista Aymeric. Sur qui ?

— Les… les femmes de ménage, finit par articuler Charles à voix si basse que seul le loup-garou l'entendit.

— Tu crois vraiment qu'elles n'ont que ça à faire les femmes de ménage ?

— Je… non, non, monsieur de Chânais. Je… je m'excuse…

— À genoux, et ramasse le moindre petit morceau.

Oublieux de la foule qui s'était entassée dans le couloir, Charles s'empressa d'obéir, atrocement conscient du regard brûlant qu'Aymeric posait sur son dos courbé. La même scène se reproduisit à l'intérieur du bureau. Les joues de l'ex-mannequin vedette étaient rouges de honte, mais il n'osait se soustraire à l'ordre du loup-garou. Dix minutes plus tard, son bureau était débarrassé de toutes ses affaires, et il se dirigeait avec les autres à la réunion générale du personnel convoqué par Aymeric. Il feignait de ne pas entendre les commentaires railleurs et plus ou moins discrets qui émaillaient son passage, mais en lui-même, la colère et l'humiliation le disputaient à la peur qu'il éprouvait face à

Aymeric. Il n'entendit pas ce qu'Yseult murmura à son compagnon :

— Au fait, je ne savais qu'on était mariés…

— J'ai un peu anticipé.

— C'est une demande ?

— Ma demande, je te la ferai dans les règles. Tu me répondras à ce moment-là.

— Dans les règles ?

— Plus tard, on arrive.

Bientôt, tous furent installés dans la salle de réunion. Aymeric était resté debout, dominant l'assemblée de sa haute taille. Au risquer de faire se pâmer les filles présentes, il n'avait toujours pas refermé sa chemise. Yseult se tenait à ses côtés, parcourant la foule du regard. Sa confiance en elle vacilla lorsqu'elle nota le nombre de top-modèles féminins présents.

*Elles sont... tellement élégantes, bien habillées, bien maquillées, si sûres d'elles...*, songeait-elle, *je suis quoi, moi, à côté ? Une petite bibliothécaire en jean et en tee-shirt, pas taillée pour porter d'aussi belles tenues, jamais maquillée... Et lui, lui... Il est si beau... Il est libre, maintenant, libre de se rattraper de toutes ces années de souffrance, libre de mettre les plus belles femmes dans son lit, comme il le faisait avant... S'il m'abandonnait, j'en mourrais…*

Perdue dans ses pensées, Yseult manqua presque tout le discours d'Aymeric. Elle ne revint à la réalité qu'en entendant son compagnon annoncer que Charles ne serait plus le mannequin vedette de la société, mais qu'il serait remplacé par celui qui, de l'avis d'Aymeric, aurait dû l'être depuis longtemps.

— Brendan Cardwell représentera dorénavant la marque. Sa droiture et son honnêteté auraient dû lui valoir ce poste depuis longtemps, mais les manigances de Charles Saint-Eve ont perverti le fonctionnement de cette entreprise. Cependant, il ne faut pas non plus oublier que la drogue a affecté son jugement, et je m'en voudrais de mettre un malade à la rue. Il viendra donc signer un contrat révisé dans mon bureau dès la fin de cette réunion, et j'espère bien que la chance que je consens à lui donner lui permettra de guérir de ses addictions.

Le regard subtilement moqueur du loup-garou était fixé sur l'ex-vedette de la société, tandis que des applaudissements et des réflexions aussi respectueuses qu'admiratives saluaient la magnanimité du nouveau manager. Pris au piège, Charles n'eut d'autre choix que de se lever pour remercier humblement Aymeric de sa générosité. Cette fois, il avait compris qu'il n'avait aucune chance d'échapper à la vengeance de son vainqueur, et qu'il allait payer pour s'en être pris à Yseult.

Il ne se rassit que lorsqu'Aymeric lui en donna la permission, d'un geste négligent de la main, et garda les yeux fixés sur ses chaussures, refusant tout contact visuel avec les autres employés. Déjà Aymeric reprenait.

— À l'avenir, seul le mérite sera récompensé. D'autres choses vont changer dans les jours à venir, mais au moins, vous savez selon quelles règles jouer.

Le jeune homme se tut le temps que son regard fasse le tour de ses employés. Il nota tout, et surtout, il nota que nombre de femmes le déshabillaient littéralement du regard. Un bref coup d'œil à Yseult lui apprit la souffrance de sa compagne et il décida d'ajouter quelques mots à son discours tout en l'attirant dans ses bras.

— Une dernière chose… Je suis marié, et ma femme est la seule femme qui m'intéresse, alors inutile d'espérer une quelconque infidélité de ma part. Je n'aurai aucun scrupule à renvoyer celles qui espéreraient avoir avec moi autre chose qu'une stricte relation de travail. Quant à ceux qui s'aviseraient de s'intéresser d'un peu trop près à mon Yseult…

Le jeune homme s'interrompit un instant pour balayer l'assistance de ses prunelles grises où affleuraient les lueurs vertes du loup, puis reprit d'une voix métallique qui fit passer un frisson de terreur parmi ses interlocuteurs.

— Je me ferai un plaisir de les massacrer, au sens propre du terme…

Curieusement, personne ne douta de sa capacité à mettre ses menaces à exécution…

La réunion était achevée depuis une heure déjà, et Charles attendait toujours devant le bureau directorial. Il n'avait rien dit lorsqu'un Brendan triomphant lui avait remis la convocation lui signifiant de se rendre pour la deuxième fois de la journée chez le nouveau manager, se contentant de prendre le papier et de s'éloigner, toute sa superbe envolée. La secrétaire lui avait jeté un regard glacé lorsqu'il lui avait tendu d'une main tremblante le mot écrit par Aymeric, tout en lui lançant avec mépris de rester où il était et d'attendre que le patron le fasse appeler. Béryl n'avait pas la moindre intention de se gêner pour faire payer à Charles les nombreuses remarques humiliantes qu'il lui avait adressées lorsqu'il était la vedette de la société et se plaisait à blesser le petit personnel comme elle…

Et depuis il était là, debout, cible des rieurs qui passaient inhabituellement nombreux dans le couloir. Au moment où il se disait qu'il allait mourir de honte, la voix grave d'Aymeric retentit dans l'interphone.

— Béryl, faites entrer Saint-Eve, je vous prie.

— Tout de suite, monsieur de Chânais.

Le ton poli de la jeune femme se changea en iceberg lorsqu'elle s'adressa à l'ex-vedette de la société :

— Il vous attend.

La gorge nouée, Charles frappa à la porte, ne tournant la poignée que lorsqu'il entendit son nouveau patron lui donner l'autorisation d'entrer.

Et la première chose qu'il vit fut les muscles puissants du dos nu d'Aymeric, ainsi que le tatouage qu'il arborait entre ses omoplates.

La deuxième, qu'Yseult portait la chemise dudit Aymeric, et qu'elle avait les joues rouges, les yeux brillants et les cheveux en bataille.

La troisième, que le même Aymeric s'était retourné pour lui faire face, et qu'il était vraiment, vraiment musclé de façon impressionnante…

— Ferme la porte, lança Aymeric d'un ton sec.

Charles s'exécuta en ayant l'impression de refermer le couvercle de son cercueil. Les yeux brûlants du loup-garou étaient fixés sur lui. Il aurait bien aimé leur échapper, cependant Aymeric, désireux de savourer sa victoire, ne l'autorisait pas à rompre le contact. Satisfait de tenir ainsi à sa merci celui qui avait fait souffrir sa compagne, Aymeric croisa les bras sur sa poitrine et reprit.

— Tu es ici pour signer ton nouveau contrat de travail. Il est évident que tes… frasques ne me permettent pas de te laisser continuer ta carrière de mannequin, mais j'ai quand même quelque chose pour toi. Bien sûr, tu devras déménager. J'aime bien avoir mes jouets sous la main.

Charles tressaillit à l'écoute de cette dernière phrase, mais bien entendu, il garda le silence.

— Tu travailleras comme serveur dans une boîte que ma famille possède dans notre fief, poursuivait Aymeric. Et comme danseur, aussi, certains soirs. Peut-être même comme mannequin pour des présentations un peu… particulières.

Yseult, qui ne connaissait pas le plan de son amant, haussa un sourcil étonné, ne comprenant pas vraiment où il voulait en venir. Une lueur d'espoir apparut sur le visage de Charles, qui s'attendait à bien pire. Il avait toujours eu du succès auprès des filles, et se disait qu'il pourrait peut-être réussir à retourner la situation, à se faire prendre en pitié par ses futures admiratrices et à se sortir de ce guêpier.

Jusqu'à ce qu'Aymeric reprenne la parole, dégustant chacun des mots qu'il prononçait.

— La boîte en question s'appelle le *Midnight Fever*. C'est une boîte gay très connue dans la région…

La foudre s'abattant sur lui n'aurait pas eu plus d'effet sur Charles. Homophobe notoire, il n'existait sans doute pas de pire punition pour l'intolérant qu'il était… Anéanti, l'ex-mannequin vacilla et s'effondra sur les genoux. Conscient qu'il n'avait aucune chance d'attendrir son rival, il voulut implorer la pitié d'Yseult, mais au moment où il levait les yeux vers elle, les bottes d'Aymeric apparurent dans son champ de vision, et ce fut le regard du loup-garou qu'il croisa.

— Tu te souviens ? Interdiction pour toi de lever les yeux sur elle. Alors, lui parler… Même pas en rêve !

Charles se le tint pour dit et baissa précipitamment la tête, juste à temps pour voir une liasse de papier et un stylo atterrir devant lui.

— Signe, ordonna le loup-garou. Pas besoin que tu relises, de toute façon, tu n'as pas le choix. Tu auras tout ton temps ensuite pour détailler tes nouvelles fonctions. Ah, une dernière chose… Tant que tu seras ici, tu seras le larbin de Brendan. À charge pour toi de porter ses affaires, lui apporter son café, son repas, enfin bref, tout ce qu'il voudra te faire faire. Et s'il n'est pas content de tes services, on aura une petite discussion, toi et moi… Je suis assez clair ?

— Oui… oui, monsieur de Chânais, lâcha Charles dans un souffle tout en se saisissant du stylo.

Il avait parfaitement conscience de signer sa condamnation, mais il n'avait pas tellement le choix. Il se releva sur l'ordre d'Aymeric et lui tendit le contrat, prenant bien soin de ne pas regarder Yseult.

Puis il quitta les lieux, confusément soulagé d'être toujours en vie.

Un nouveau choc l'attendait dans le bureau de la secrétaire. Quatre des membres de la famille de Chânais étaient présents, dont le blond qui s'était présenté comme le cousin d'Aymeric, et la brune qui s'était plu à l'asticoter. Ils encadraient les journalistes qu'il avait jadis soudoyés pour détruire Yseult, et qui n'avaient pas l'air ravis d'être là. Il eut une fugitive pensée pour les plaindre face à la confrontation qui les attendait, mais revint très vite à son souci principal : s'éclipser sans que les de Chânais ne le remarquent.

Sauf que Béryl ne l'entendait pas de cette oreille, et l'interpella sèchement lorsqu'il passa devant elle.

— Charles ! Brendan vous attend ; il a du travail pour vous. Ah, et il aussi dit que vous deviez venir avec un café. Noir, sans sucre. Et chaud.

Charles serra les dents pour masquer son humiliation, mais il ne pouvait pas échapper au sort qu'Aymeric avait choisi pour lui. Et en y réfléchissant bien, mieux valait servir Brendan que retomber sous la coupe d'Aymeric ou de la copine d'Yseult…

— J'y vais tout de suite, murmura-t-il, espérant que les de Chânais le laisseraient passer sans problèmes.

Mais bien entendu, ce ne fut pas le cas… Blodwyn tendit un bras négligent en travers de son chemin, l'obligeant à s'arrêter. Plus petite, elle se glissa devant lui pour le forcer à la regarder, et ce qu'elle lui dit l'acheva.

— Au fait, Aymeric t'a dit que le *Midnight* m'appartient à moi en particulier… ?

— N… non, bafouilla-t-il, tout prêt de sentir sa vessie le trahir une fois de plus.

— Entre autres… détails, c'est moi qui décide des spectacles, là-bas, et de qui sera sur scène… Les employés se contentent d'obéir, et de subir quand ils m'ont déplu…

Elle s'interrompit un instant, savourant la déconfiture de l'ex-vedette, puis reprit d'un ton léger.

— Alors à bon entendeur… Vous venez, les garçons ? Aymeric nous attend.

Charles la suivit des yeux tandis qu'elle ouvrait la porte du bureau, ce qui lui permit d'entendre la remarque moqueuse du grand blond.

— Ben heureusement que ton bureau est insonorisé, cousin chéri, sinon, tout le monde saurait pourquoi Yseult a ta chemise sur le dos… Remarque, un patron à moitié à poil, ça ne fait pas très sérieux, tu sais, et…

— Aloys ?

— Oui, Aymeric ?

— La ferme.

Le verrouillage de la porte par l'un des garçons l'empêcha d'entendre la suite, et il s'éloigna en silence, les épaules voûtées, toute arrogance envolée. Il avait tant conspiré contre Brendan pour la seule raison que ce dernier aimait les hommes, lui avait mis tant de bâtons dans les roues qu'il s'attendait à passer une très très longue et très très pénible journée…

Pendant ce temps, les journalistes affrontaient à leur tour le loup-garou. Ainsi qu'il l'avait exigé, ils avaient présenté leur démission à leurs journaux respectifs juste après la publication des articles voulus par Aymeric. Le traitement subi par Charles à la soirée leur avait ôté toute velléité de résistance. Ils restèrent debout devant le jeune homme toujours torse nu tandis que leurs accompagnateurs s'éparpillaient dans la pièce. Blodwyn rejoignit Yseult et lui glissa à l'oreille quelque chose qui la fit rire. Aloys se percha sur le bureau de son cousin, tandis que Faolan et Ciaran s'écroulaient plus qu'ils ne s'asseyaient dans des fauteuils.

— Vos nouveaux contrats, lança Aymeric en sortant des papiers d'un dossier. À présent, vous travaillerez pour ma famille. Pas comme journalistes, bien sûr ; vous ne valez pas un clou dans ce domaine, mais on a besoin de personnel dans l'une de nos filiales russes. Certes, c'est loin, isolé de tout, mal payé, mais vous n'avez malheureusement pas tellement le choix…

L'odeur de la peur se répandit dans la pièce lorsqu'ils comprirent le sous-entendu : soit ils acceptaient, soit ils mouraient. Aussi ce fut sans protester que l'un après l'autre, ils prirent un stylo et paraphèrent le contrat qui les liait aux de Chânais.

— Vous avez huit jours pour mettre vos affaires en ordre, disait pendant ce temps Aymeric. Et je vous conseille de ne rien oublier de la clause de confidentialité de ce document, ou il vous en cuira. Disparaissez, maintenant. Votre présence empuantit mon bureau.

Les interpellés ne se le firent pas dire deux fois et s'empressèrent de quitter les lieux, tandis que Faolan prenait la parole.

— Sérieusement, Aymeric, tu devrais te rhabiller… Ça ne se fait pas, pour un patron, de se balader à poil ! Sans compter que ça va déclencher une émeute dans les couloirs…

— Et c'est le type qui adore jouer au strip-teaseur devant les filles qui me dit ça… ? Non, mais je rêve, là !

— Oh moi, je disais ça pour toi, tu sais… Si tu sors dans cette tenue, Yseult te transforme en pâtée pour chat.

— Je confirme, approuva l'intéressée. Il y a trop de filles qui te reluquent, ici, et je ne partage pas ce qui est à moi.

— Tu veux la mienne, de chemise ? proposa obligeamment Aloys en commençant à ouvrir les boutons.

— Je ferais craquer les coutures. Je vais plutôt récupérer la mienne.

— Tu ferais… ? commença Aloys, estomaqué. Tu n'es qu'un vantard !

— Non, je suis réaliste, le nargua Aymeric tout en récupérant son bien, qui recouvrait en fait le chemisier de sa compagne. Si tu veux, ce soir, je te montrerai que je ne mens pas.

— Tu n'es qu'une outre vantarde !

— On en reparlera quand tu auras pris ta raclée, d'accord ? Pour l'instant, je vais faire un tour dans ma nouvelle boîte. Qui m'accompagne ?

— Moi, déjà, intervint Yseult, et la première ou le premier qui pose la main sur toi ou qui te regarde avec un peu trop d'insistance peut commander son cercueil.

— Si j'étais toi, Aymeric, je me tiendrais à carreau ! rit Blodwyn, je viens aussi.

— Nous aussi ! clama Ciaran, pas question qu'on reste sur la touche alors qu'il y a plein de jolies filles qui nous attendent là-dehors. D'accord avec moi, frangin ?

— Oh que oui ! Aloys ?

— Vous ne croyez quand même pas que je vais vous laisser vous amuser tout seuls ?

Au final, ce fut tout le groupe qui emboîta le pas à Aymeric, et qui eut la réjouissante vision de Charles servant un café et un sandwich à Brendan. Bien entendu, Aymeric ne résista pas au plaisir d'interpeller le nouveau numéro un.

— Brendan !

— Oui, monsieur de Chânais ?

— Si ton nouvel homme à tout faire ne te satisfait pas, n'hésite pas à venir me le dire, je me chargerai personnellement de le recadrer.

— Très bien, monsieur, je n'y manquerai pas.

Le sourire en coin qu'arborait Brendan terrifia Charles presque autant que le regard de connivence qu'il échangea avec Aymeric. Il venait juste de réaliser que son maître avait donné tout pouvoir sur lui à celui qu'il avait rabaissé pendant des années…

# Épilogue

Presque une année s'était écoulée depuis ce jour. Malgré toutes les recherches, Morrigane était restée introuvable. Yseult avait commencé son apprentissage de druidesse, ce qui n'était pas allé sans quelques ratés et quelques fous rires. Au fond de lui-même, Aymeric était soulagé qu'elle ne soit pas retrouvée face à Morrigane alors que ses pouvoirs n'étaient pas encore pleinement développés. Mieux que personne, il savait de quoi était capable la sorcière, et il craignait pour sa compagne. Charles tremblait toujours sous la coupe d'Aymeric et Blodwyn réunis, et continuait à travailler au *Midnight Fever*, tout en servant Brendan lors de ses défilés en France. Il avait bien essayé de se révolter, mais il n'était pas de taille face aux loups-garous, et avait fini par se résigner à son sort, lequel était moins dur lorsqu'il obéissait sans faire d'histoires.

Mais cette nuit, Aymeric et Yseult étaient bien loin de toutes ces considérations. Main dans la main, ils se promenaient sur la plage où ils s'étaient rencontrés pour la première fois. Leurs pieds nus foulaient le sable sans faire un bruit. Yseult portait une longue robe en soie bleue, serrée à la taille par une ceinture brodée de fil d'argent, modèle unique réalisé spécialement pour elle et cadeau de son compagnon. Aymeric, lui, avait revêtu sa tenue préférée : un jean et rien d'autre.

— Tu reconnais l'endroit ? lui demanda-t-il en s'arrêtant soudain près d'un amas de rochers.

— Je devrais ? répondit-elle avec un sourire mutin.

— Moi en tout cas je n'ai pas oublié la jeune femme qui lisait sans se laisser troubler par l'arrivée d'une bande de beaux gosses que toutes les autres filles suivaient des yeux en tirant la langue…

— Des beaux gosses ? Sur cette plage ? Curieux, je n'en ai aucun souvenir… Je me souviens vaguement d'une bande de dragueurs à la petite semaine, c'est tout.

— Que de cruauté envers un pauvre loup-garou amoureux…

— Parce qu'au milieu de toutes ces filles qui tiraient la langue, il m'avait vue, le loup-garou… ?

— Dans ses rêves depuis des semaines, sur cette plage à la seconde où ses yeux se sont posés sur elle et depuis elle occupe tout son esprit. Je t'aime, Yseult, de tout mon cœur, de toute mon âme, je t'aime. Je sais que je ne suis pas toujours facile à vivre, que je suis violent, coléreux, dominateur, souvent hanté par mon passé, mais mon amour pour toi est sincère. Je sais que tu doutes parfois, mais je te donne ma parole qu'il n'y en a pas d'autres que toi, qu'à mes yeux tu es la plus belle, et que chaque jour j'ai peur que tu me quittes pour quelqu'un de plus digne de toi.

Il leva la main pour caresser son visage avant de poursuivre avec le sourire en coin qui la faisait craquer.

— Je sais aussi que je ne suis pas censé intervenir dans ta décision, mais je ne peux imaginer la vie sans toi…

Tout en parlant, et sans lâcher les mains d'Yseult, Aymeric avait mis un genou à terre et levait les yeux vers elle.

— Yseult, veux-tu m'épouser, en tant que femme et en tant que louve ? Je jure de t'être toujours fidèle et dévoué et de consacrer ma vie à ton bonheur. En d'autres temps, je t'aurais offert mon titre, mes terres et ma fortune. Aujourd'hui, je n'ai que moi à t'offrir, avec tout ce que j'ai d'imparfait, mais aussi avec tout l'amour que j'ai pour toi.

Il baissa brièvement la tête avant de river à nouveau son regard au sien.

— Et si tu choisissais de ne pas devenir louve, je resterais envers et contre tout auprès de toi. Jusqu'à ce que la mort nous sépare et que tu emportes mon cœur avec toi.

— Aymeric… murmura Yseult, la gorge serrée.

Puis elle se jeta à ses côtés et passa ses bras autour de son cou, enfouissant son visage dans son cou.

— Mon Aymeric… Si tu savais comme je t'aime et à quel point j'ai besoin de toi… Je serai toujours là pour toi, en tant que femme et que louve. Emmène-moi dans ton monde, mon amour, fais de moi l'une des vôtres.

— Tu en sûre ?

— Crois-tu que je pourrais vivre avec la pensée qu'un jour une autre que moi toucherait ce corps de rêve… ?

— Il t'appartient tout entier, tu peux en user à ta guise.

Des larmes coulèrent sur les joues d'Yseult lorsqu'elle entendit ces mots. Elle savait mieux que personne ce qu'ils signifiaient pour Aymeric.

— Ne pleure pas, murmura-t-il en essuyant gauchement ses joues. Je n'aime pas te voir pleurer… Je veux te voir sourire et rire, mais pas pleurer.

Incapable de parler, elle l'embrassa pour toute réponse. Il la serra contre lui, enfouissant son visage dans ses cheveux, le loup et l'homme respirant à pleins poumons leur odeur d'orange et de citron. Il frémit en sentant ses mains caresser son dos et chuchota d'une voix rauque au creux de son oreille.

— Je commence à être à l'étroit dans mon jean…

— Alors, enlève-le… J'aime te voir te déshabiller pour moi…

— Tes désirs sont des ordres, ma princesse.

Aymeric se releva souplement et déboucla sa ceinture avant de laisser son jean glisser sur ses chevilles. Comme toujours, la vue de son corps musclé causa un choc à Yseult, qui ne se lassait pas de contempler et de toucher son compagnon. Il se laissa tomber près d'elle et entreprit de lui retirer sa robe. Leur faim l'un de l'autre les consumait, et ils s'aimèrent avec fièvre, dans une étreinte aussi brève qu'intense. Puis Aymeric laissa sortir son loup et posa sa mâchoire sur l'épaule d'Yseult. Elle tressaillit lorsque les longs crocs ivoire effleurèrent sa peau, mais elle sentit à peine leur morsure. Un peu de sang coula sur sa poitrine sans qu'elle y prît garde. En elle le changement s'opérait, et la louve s'éveillait. Elle sursauta en entendant la voix apaisante de son amant dans sa tête.

*Ne lutte pas. Laisse le loup te guider. Si tu luttes, tu auras mal. Ferme les yeux, utilise les sens du loup. Tout se passera bien.*

Le cœur battant, Yseult obéit. Lorsque ses paupières furent closes, elle sentit peu à peu son ouïe s'aiguiser, son odorat s'affiner. Toute à ses nouvelles sensations, elle en oublia le reste, et ce ne fut que lorsqu'Aymeric lui parla à nouveau qu'elle réalisa que la métamorphose était terminée.

— *Tu es une très très jolie louve, tu sais...*

— *Je ressemble à quoi ?*

— *Une louve argentée aux yeux bleus. Il va falloir que j'en morde quelques-uns quand ils te verront, je crois...*

— *Tu es impossible... S'il y a bien des hommes avec qui je ne risque rien, ce sont tes compagnons de meute.*

*— Ce sont les tiens aussi. Et il ne s'agirait pas qu'ils oublient qui est le chef.*

*— Les hommes... Attrape-moi si tu peux !*

Impatiente d'expérimenter ses attributs tout neufs, Yseult s'élança sur la plage, savourant la puissance des muscles de la louve, la sensation du sable sous ses pattes, les riches odeurs qu'elle inspirait, les sons insoupçonnés qu'elle entendait. Ils jouèrent longtemps sur la plage déserte, défiant la marée, effrayant les oiseaux, bondissant dans les vagues. L'aube se levait lorsqu'ils reprirent forme humaine pour regarder le soleil se lever sur la mer, enlacés comme des milliers d'amoureux avant eux l'avaient fait et comme des milliers d'autres le feraient encore, puis, main dans la main, ils retournèrent au manoir annoncer la nouvelle à la meute.

Afin de ne laisser aucune trace en Terre des hommes, le mariage eut lieu en Avalon, sous le double patronage d'Ysolda et de Duncan. Yseult portait la tenue traditionnelle de mariage des druidesses, une longue robe vaporeuse cintrée à la taille aux reflets irisés et un diadème d'or et d'argent. Avec un grand sourire, les filles de la meute lui avaient offert une cape rouge avec un chaperon assorti à passer par-dessus, certaines qu'elle apprécierait l'humour de leur cadeau. Elle avait éclaté de rire et passé le vêtement avec joie, impatiente de voir la réaction d'Aymeric.

Lequel Aymeric l'attendait sous la tonnelle fleurie érigée au centre de la clairière dévolue aux mariages, incroyablement sexy avec sa tenue de peau noire : bottes par-dessus ses chausses moulantes, chemise comme toujours largement déboutonnée, large ceinture à laquelle était pendue une épée courte qui était tout, sauf une arme d'apparat. Et il était si nerveux qu'il ne remarqua pas que ses sœurs de meute échangeaient des regards pétillants d'amusement. D'ailleurs, lorsqu'il vit apparaître Yseult au bras de son oncle, il commença par se tourner vers son Alpha, qui écarta les bras en geste signifiant à la fois « je n'y suis pour rien » et « je n'y peux rien ». Puis il capta l'air réjoui d'Ailis et poussa un soupir résigné. Après tout, elles lui avaient promis de lui faire payer son obstination à avoir toujours refusé leur aide lorsqu'il était sous le coup de la malédiction de Morrigane. Et surtout, Yseult était tellement belle avec sa cape que son corps réagit de façon plus que visible, prouvant à tous que c'était bel et bien le petit Chaperon Rouge qui avait capturé le loup…

— Je suppose que tu as conscience d'épouser un bâton de dynamite, disait cependant Adam à voix très basse à sa nièce.

— Ne fais pas ton méchant, je sais que tu l'aimes bien, au fond, répondit la jeune femme sur le même ton, un sourire aux lèvres.

— Et j'espère qu'il est conscient que, loup-garou ou pas, je l'écorche vif s'il te fait du mal…

— Tu as dû lui en toucher un mot une ou deux fois, si ma mémoire est bonne.

L'archéologue sourit, parfaitement conscient qu'il avait fait plus que toucher un ou deux mots une ou deux fois au loup-garou, ce qui ne l'empêcha pas de grommeler un dernier avertissement au jeune homme lorsqu'il lui céda le bras de sa nièce.

— Je te la confie, Aymeric de Chânais. Prends soin d'elle, ou tu auras affaire à moi.

— Vous avez ma parole que je la chérirai plus que ma propre vie, Adam.

Puis le couple se mit face à face en se tenant par les poignets, tandis qu'Adam regagnait l'assistance. Ysolda et Duncan s'avancèrent, des rubans brodés de fil d'or et d'argent à la main. La première, la Dame du Lac noua son ruban autour de leurs mains gauches réunies.

— Par ce geste, j'unis l'homme à la femme.

Puis Duncan la remplaça et sa voix grave retentit dans la clairière comme le grondement du tonnerre.

— Par ce geste, j'unis le loup à la louve.

Enfin Aymeric arracha sa chemise, dégaina son épée et s'entailla la poitrine au niveau du cœur tout en mettant un genou à terre devant sa bien-aimée et en posant son épée à ses pieds.

— Yseult, que l'offrande de mon sang te prouve mon amour pour toi. Que la Terre d'Avalon soit le témoin de mon serment : je jure de te chérir et de te protéger, à chaque instant de ma vie et jusqu'à mon dernier souffle.

— Et que la Terre d'Avalon soit témoin que mon cœur ne bat que pour toi, que mes yeux ne regardent que toi et que ton nom est gravé à tout jamais au plus profond de mon âme.

Aymeric récupéra son épée et la rengaina en se levant. Lorsque ses lèvres touchèrent celles d'Yseult et qu'il entoura sa taille fine de son bras libre pour la serrer contre lui, le tatouage dans son dos s'illumina un bref instant. Un vent soudain se leva dans la clairière, capturant les particules lumineuses qui s'en échappaient pour les disperser dans tout Avalon et faire passer le message : la Dame du Lac et son prince consort avaient béni l'union d'un homme et d'une femme, d'un loup et d'une louve, et un serment de sang avait scellé la consécration de l'amour d'Aymeric et d'Yseult.

L'une de ces particules atteignit un sombre vallon perdu dans les régions ténébreuses d'Avalon, tournoya un instant dans les airs, puis reprit sa course et poignarda Morrigane droit au cœur, arrachant un hurlement d'agonie à la sorcière…

# *Le mot d'Ysaline*

La malédiction qui frappait Aymeric a été levée, cependant mes Chroniques continuent, car jamais Morrigane ne renoncera à retrouver son pouvoir sur celui dont la pensée l'obsède.

J'ai choisi de m'appeler Ysaline en hommage à Yseult et Ysolda. Nos trois prénoms signifient « belle » en celte. *Fear-faol* veut dire loup-garou en gaélique écossais.

Malgré les règles, il m'est impossible d'écrire les Chroniques des de Chânais en restant totalement impartiale, et à l'heure où je commence à coucher par écrit l'histoire d'Aloys, ma main se met à trembler en songeant à ce que je vais vous raconter.

Car le parchemin qui est venu à moi est de la couleur des flammes de l'enfer, et le nom d'Aloys de Chânais y est écrit en lettres de sang…

# *La meute de Chânais tome 2 : Aloys – le sacrifice (Ysaline Fearfaol)*

Le puissant clan de Chânais partage son temps entre la Terre des hommes et Avalon, la contrée magique dirigée par Ysolda, la Dame du Lac et l'amante de Duncan, l'Alpha de la meute.

Lors d'un séjour en Avalon, Duncan est grièvement blessé par une flèche trempée dans de l'aconit tue-loup. Le grimoire contenant la seule formule susceptible de le sauver a disparu de la bibliothèque d'Ysolda. Une course contre la montre commence pour le retrouver. Les loups-garous passent sous le contrôle d'Aymeric, l'ombrageux lieutenant de Duncan, secondé par son cousin Aloys. Hélas la situation se complique encore lorsqu'Aloys disparaît sans laisser de traces, et la tension monte dans la bande.

Serait-il possible que seules les filles de la meute soient en mesure de sauver les leurs… ?

# *Les Plumes d'Ysaline*

# *Recueil 1 : plume d'amour*

*Plume d'amour* est un recueil de textes écrits dans le cadre de défis littéraires entre janvier 2013 et octobre 2014, et ont en commun le thème de l'amour. Ils répondent tous à deux exigences : se conformer à une consigne précise –expliquée au début de chaque texte-, et ne pas dépasser la longueur de deux pages format A4. Certains personnages se retrouvant d'un défi à l'autre, les textes sont regroupés en fonction de leurs apparitions au fil du temps.

Bon voyage au pays de l'amour

## A PROPOS DE L'AUTEUR

Ysaline Fearfaol écrit depuis l'âge de 12 ans et lit depuis bien plus longtemps encore. Si elle a commencé à écrire, c'est parce qu'elle n'était jamais comblée par les livres qu'elle lisait ou les films qu'elle voyait, aussi a-t-elle très tôt créé ses propres versions des histoires avant d'inventer les siennes. *Les Chroniques de la Meute de Chânais* sont les premiers écrits qu'elle publie. En parallèle, elle publie également des recueils de textes, *Les Plumes d'Ysaline*, qui regroupent des textes issus de défis littéraires et écrits au fil des ans.

Elle vit à la campagne, entourée de sa famille, de leurs quatre chats, de leurs trois chevaux et du poney de sa fille.

7417732R00267

Printed in Germany
by Amazon Distribution
GmbH, Leipzig